Gérard Delteil

Bugs

Gallimard

Gérard Delteil a été dessinateur de trottoirs, peintre de fresques, guitariste à la terrasse des cafés, journaliste, avant de se consacrer à l'écriture. Il a publié aussi bien des enquêtes que des romans d'aventures ou des polars. Il a obtenu le grand prix de Littérature policière pour *N'oubliez pas l'artiste* et le prix Polar du Festival de Reims pour *Votre argent m'intéresse.*

L'auteur tient à exprimer ses remerciements à Florent Latrive, informaticien et journaliste, qui lui a fourni toutes les informations techniques nécessaires sur les pratiques des *hackers*.

Selon la formule consacrée, toute ressemblance avec des personnalités, des entreprises et des produits réels ne pourrait être que le fruit d'une coïncidence.

Boost Grafic Exterminator

La salle d'attente du service social municipal était bondée, comme d'habitude. L'homme attendait depuis près d'une heure et demie. Contrairement à ses voisins qui s'impatientaient, râlaient, manifestaient leur nervosité et leur impatience de multiples manières, il demeurait très calme. Il était assis entre une femme noire de forte corpulence et un jeune homme maigre, et tranchait sur eux de façon surprenante, non seulement par sa sérénité, mais par ses vêtements d'excellentes coupe et qualité. Sa présence semblait déplacée. Le guichetier qui vérifiait les numéros des visiteurs s'en était fait la réflexion. Ce personnage élégant l'intriguait. Quand le numéro 6212 apparut dans le petit rectangle lumineux que chacun surveillait anxieusement, l'homme se leva et, d'un pas égal, se dirigea vers le guichet indiqué. Les autres se précipitaient, faisaient tomber le dossier qu'ils ne cessaient de compulser, se trompaient de guichet, commençaient à expliquer leur situation en long et en large ou rouspétaient, sans comprendre que le rôle du guichetier se limitait à les diriger vers un des six boxes où officiaient des assistantes sociales.

— Box 3, annonça le guichetier d'une voix neutre.

L'homme inclina la tête et, toujours aussi calmement, franchit le tourniquet qui permettait d'accéder aux boxes. Ceux-ci étaient disposés de part et d'autre du couloir que devait emprunter le visiteur. On avait tenté de préserver la confidentialité des entretiens en isolant ces petits espaces carrés de deux mètres cinquante de côté, mais les cloisons étaient si minces que chacun pouvait entendre tout ce qui se disait dans le box voisin. On avait le son mais pas l'image. Présentement, une grosse voix d'homme résonnait dans le couloir. Une voix de femme, très jeune, lui donnait la réplique, posément. Le dialogue était sans originalité. L'homme ne comprenait pas pourquoi on le faisait revenir pour la quatrième fois au lieu de lui envoyer enfin un chèque. Il manquait toujours une pièce dans son dossier.

L'élégant visiteur fut lui aussi reçu par une jeune femme. Cheveux courts, maquillage discret, T-shirt à rayures bleues et blanches, elle avait l'air d'une étudiante. Il aurait pu être son père, bien qu'il n'ait pas atteint la cinquantaine. Le visage distingué, le regard intelligent la surprirent autant que le loden vert, la veste de tweed, la serviette de cuir fin, les mocassins bien cirés. Pourtant, les traits de l'homme étaient creux, son teint cireux. Elle s'appliqua à ne pas extérioriser sa surprise. Il ne faut jamais manifester ses sentiments, ni laisser voir qu'on porte un jugement personnel, positif ou négatif, sur son interlocuteur. C'est un principe qu'on enseigne aux travailleurs sociaux.

La jeune femme adressa un petit sourire à son visiteur, l'invita à s'asseoir, puis ouvrit ostensiblement une chemise cartonnée et se mit à feuilleter les documents qu'elle contenait.

— Monsieur Préjean. Je vois que vous êtes demandeur de RMI. Pourtant, voici trois ans, vous étiez P-DG d'une entreprise prospère, Clé de Voûte Com, qui employait douze salariés... Comment en sommes-nous arrivés là ?

Ce « nous », vaguement paternaliste, sonnait désagréablement aux oreilles de Michel Préjean. C'était lui, et lui seul, qui touchait le fond, et non cette jeune personne installée confortablement derrière son bureau, pourvue d'un salaire régulier et assurée de le conserver jusqu'à sa retraite. Toutefois, ce n'était pas la première fois qu'on lui parlait de cette façon et il savait qu'il fallait jouer le jeu.

— C'est une longue histoire...

— Je suis là pour l'écouter, monsieur Préjean.

Le visiteur eut un geste de lassitude : il se passa la main sur le visage. Combien de fois avait-il déjà raconté ses déboires ?

Tout avait commencé un jeudi, il s'en souvenait très bien. Un jeudi, car, la veille, son fils n'avait pas eu classe l'après-midi. Ce jeudi-là, donc, il arrive au bureau comme chaque matin. Il s'installe, dépouille son courrier, passe quelques coups de fil, puis se rend dans le studio où les maquettistes planchent sur les projets en cours. On lui soumet des projets de plaquettes publicitaires. Il les commente, donne des indications, sans jamais se montrer trop directif. C'est un homme qui sait déléguer.

À l'instant où il s'apprête à quitter le studio, une jeune femme s'approche de lui.

— Tu as une seconde, Michel? J'ai un petit problème technique qui pourrait être facilement résolu. Un copain m'a parlé d'un logiciel : Boost Grafic System... C'est un truc paraît-il génial qui permet d'améliorer les performances d'X-Press. Il a été conçu par une boîte américaine. Veux-tu voir la doc?

— C'est inutile. Je n'ai pas beaucoup de temps et je te fais confiance. Ça coûte combien?

— 1 200 francs TTC, je ne pense pas ruiner la boîte...

— Pas de problème. Commande-le.

Une semaine plus tard, son chef de fabrication vient le trouver dans son bureau.

— Le logiciel que Dominique a installé sur son Mac est absolument génial. Elle gagne un temps fou. Il n'y a qu'un petit problème...

— Oui ? demande distraitement Michel, qui est en train de faire ses comptes.

— Quand un fichier a été traité avec Boost Grafic System, on ne peut plus l'ouvrir sur un autre poste de travail.

— C'est vraiment gênant ?

— Plutôt.

— Les questions techniques, c'est ton rayon. Tu as une solution ?

— Il n'y en a qu'une : installer le logiciel sur les six autres postes de travail.

— On est obligés d'en acheter six ?

— Si tu as envie de payer une amende de 50 000 francs et une publication dans la presse, libre à toi. Sans compter les frais de justice. Ils sont durs, en ce moment.

La politique de Michel n'avait jamais consisté à pirater les logiciels. Il haussa les épaules.

— Achetons-en six, s'il n'y a pas moyen de faire autrement.

Il avait totalement oublié cette affaire quand un de ses gros clients, un groupement régional de concessionnaires automobiles, lui passa un coup de fil désagréable.

— Monsieur Préjean, je suis surpris. C'est la première fois que vous avez un retard pareil. Nous attendions cette plaquette pour notre opération de promotion de la rentrée, et voilà que vous flanquez tout par terre. Si nous ne sommes pas en mesure de la diffuser avant la fin de la semaine, nous pourrons la mettre directement à la poubelle...

— Je vais voir ce que je peux faire.

Il appela aussitôt son chef de fabrication pour lui demander des explications. Celui-ci prit un air contrit.

— Désolé, Michel, je voulais t'en parler. Nous avons un pépin technique avec l'imprimeur.

— Qu'est-ce qui se passe ? Si Braudin me fait perdre des clients, je vais me faire imprimer en Belgique ou en Espagne comme tout le monde, moi !

— Ce n'est pas de leur faute. Il y a une merde avec les Syquest que nous leur avons remises. Ils ne peuvent pas ouvrir les fichiers. Ça va te paraître débile, mais c'est à cause de Boost Grafic System. Nous leur avons tout rendu en Boost Grafic System. Or, d'une part, ils ne l'ont pas sur leurs bécanes, d'autre part, il paraît qu'ils ont déjà essayé et que ça n'est pas compatible avec...

— Passe-moi les détails ! Vous ne pouvez pas leur rendre les fichiers sous X-Press comme d'habitude ?

— Impossible : maintenant, nous avons Boost Grafic System sur toutes les bécanes.

— Et ça ne vous est pas venu à l'idée qu'on pouvait rencontrer un problème avec l'imprimeur ?

— C'est une boîte énorme ! On pensait qu'ils

étaient équipés pour intégrer ce genre de trucs sans problème !

— Il aurait fallu commencer par le leur demander.

— Ah non ! protesta le chef de fabrication. Souviens-toi : c'est toi qui as décidé d'installer Boost Grafic System.

— Comment ça ? Tu es venu me demander d'en acheter six, il y a quinze jours ! explosa Michel.

— Parce qu'on ne pouvait plus faire autrement, à partir du moment où on en avait un.

Michel estima qu'il était inutile d'insister et de braquer le chef de fabrication, alors qu'il se préparait à demander un effort supplémentaire à toute l'équipe.

— Laissons tomber, soupira-t-il. Virez-moi ce logiciel et récupérez tout ce que vous pouvez des maquettes. Si l'imprimeur ne livre pas à la fin de la semaine, nous risquons de perdre le client...

— Ça veut dire qu'il faut pratiquement tout recommencer. Je te dis pas la galère.

— Nous n'avons pas le choix.

Michel se sentit obligé de fournir lui-même des explications à ses employés. Il emboîta le pas du chef de fabrication. Les maquettistes, qui pensaient avoir bouclé leur plus gros dossier, accueillirent assez fraîchement la nouvelle.

Un jeune barbu eut un geste d'énervement.

— Tout ça parce que cette conne de Dominique a voulu installer ce truc !

Celle-ci devint écarlate, quitta sa place et alla se placer devant le barbu, les poings sur les hanches.

— T'es gonflé, mon pote ! T'as été le premier à me dire que c'était génial !

Le chef de fabrication s'interposa.

— Ça n'est pas du tout le moment de s'engueuler : je vous signale qu'il faut tout reprendre.

La perspective de recommencer le travail fut accueillie par des grimaces, mais elle ramena le calme.

— Bon, dit Michel. Alors il faut commencer par désinstaller cette saloperie.

— Moi, je vous préviens, je ne sais pas le faire, annonça Dominique. Je n'ai pas été engagée comme informaticienne.

Le chef de fabrication la fusilla du regard, mais se retint de lui sortir la réflexion qui le démangeait. Il s'installa à la place de la jeune femme et se mit à pianoter sur le clavier de son ordinateur. Il fit apparaître diverses icônes, dont l'une représentait un losange rouge et jaune souligné par les lettres B. G. Il procéda à des manœuvres plus ou moins compliquées. Ses collègues l'observaient silencieusement, penchés au-dessus de lui. Il renouvela plusieurs fois de suite les mêmes opérations, puis s'avoua vaincu.

— Apparemment, ça n'est pas possible de le désinstaller de façon classique. Sans compter qu'on risque le plantage et la perte des fichiers...

D'ordinaire, tout le monde aimait plus ou moins bidouiller, mais cette fois, en présence du patron et face à un enjeu aussi important, personne ne voulut s'y risquer.

Il n'y eut pas de candidat pour une nouvelle tentative.

— Sois gentille, Dominique, appelle le service après-vente du fabricant.

Dominique se dirigea en soupirant vers un placard encombré d'objets divers dont de nombreuses boîtes ayant contenu des logiciels, en prit une, la vida sur la table avec des gestes agacés et en sortit un manuel qu'elle se mit à feuilleter. Quand elle eut trouvé le numéro de la hot-line, elle le composa, porta le combiné à son oreille, puis le tendit à Michel.

— C'est un répondeur. Ils parlent en anglais. Je ne comprends rien du tout.

Michel s'empara de l'appareil, écouta le message, puis raccrocha.

— Leur hot-line est momentanément interrompue... Qui parle anglais ?

Le maquettiste barbu leva la main.

— Je me débrouille, mais je préférerais que tu le fasses. Au téléphone, ça n'a rien d'évident d'expliquer ce genre d'affaire.

Michel rappela trois fois au cours de l'après-midi. La hot-line ne fut rétablie que le lendemain matin. Il eut pour correspondant un jeune homme très aimable qui s'exprimait en parfait français.

— La méthode que vous avez utilisée ne permet pas de désinstaller Boost Grafic System. Pour effectuer cette désinstallation, nous disposons d'un outil spécial : Boost Grafic Exterminator.

— Boost Grafic Exterminator ? Et comment peut-on se le procurer ? C'est urgentissime !

— Vous pouvez le commander par fax ou e-mail et nous vous garantissons une livraison dans les vingt-quatre heures pour une somme supplémentaire de 100 dollars.

— Et le logiciel lui-même, combien vaut-il ?

— Ne quittez pas, je vais consulter mes tarifs.

Boost Grafic Exterminator coûtait 935 dollars hors taxes. Plus de 6 000 francs.

— Ce n'est pas donné, mais je n'ai pas le choix. Envoyez-le-nous immédiatement, je vais vous donner les coordonnées de notre agence et mon numéro de carte bancaire.

Le jeune homme nota tout cela.

— Un détail, monsieur Préjean.

— Oui ?

— Avez-vous plusieurs postes de travail sur lesquels vous souhaitez désinstaller Boost Grafic System ?

— J'en ai six.

— Et vous avez déjà acheté six logiciels ?

— En effet.

— Alors je dois vous dire qu'il vous faut six exemplaires de Boost Grafic Exterminator. Ce logiciel de désinstallation a en effet été conçu pour être couplé avec Boost Grafic System. Une fois qu'il a été utilisé pour désinstaller un exemplaire de Boost Grafic System, il ne peut pas fonctionner avec un autre...

— Vous voulez dire qu'on me fait payer 900 dollars un logiciel qui ne peut servir qu'une seule fois ?

— Absolument pas. Il peut servir autant de fois que vous le souhaitez, mais avec le même exemplaire du logiciel. Si vous décidez par la suite de réinstaller Boost Grafic System sur un autre poste de travail ou sur le même, vous pourrez parfaitement vous servir du même exemplaire de Boost Grafic Exterminator pour le désinstaller ensuite.

— Ça ne risque pas d'arriver ! ricana Michel.

Il effectua un rapide calcul : six fois 935 dollars, plus les taxes, cela faisait près de 6 000 dollars, plus de 30 000 francs ! Et le plus grave risquait d'être la perte d'un de ses meilleurs clients, car les chances de parvenir à lui livrer sa plaquette en temps et en heure devenaient de plus en plus faibles...

Les six exemplaires de Boost Grafic Exterminator furent livrés le lendemain matin par la messagerie américaine Mail Post dans un joli camion noir et jaune de forme bizarre.

Les six exemplaires tenaient dans un paquet rectangulaire de vingt centimètres de long. L'envoi ne comportait en fait que six disquettes 3,5 rangées dans des poches de papier kraft gris et accompagnées de notices rédigées en anglais.

— Ça fait cher la disquette ! commenta Michel en déballant le paquet en compagnie du chef de fabrication, mais nous avons peut-être encore une chance de sortir cette plaquette à temps.

Ils se précipitèrent dans le studio et s'installèrent devant un poste de travail. Michel, qui était un homme méticuleux, lut attentivement la notice. Certains termes techniques lui échappèrent, mais il crut néanmoins avoir compris l'essentiel. Il introduisit donc la disquette de Boost Grafic Exterminator dans le lecteur.

Un quart d'heure plus tard, il dut s'avouer vaincu. De plus, l'ordinateur semblait souffrir de dysfonctionnements désagréables. Il fallait sans cesse l'éteindre et le rallumer.

Cette fois, il commençait à perdre son calme. Il avait rendez-vous avec un client important. Ça ne pouvait pas attendre. Il risquait de perdre un second budget. Le rôle de Michel était essentiellement commercial, mais comme dans beaucoup de petites entreprises, il devait toucher à tout...

Il regarda sa montre.

— Je dois partir, dit-il au chef de fabrication. Appelle leur hot-line, il y a un type qui parle très bien français...

Il quitta donc l'agence pour son rendez-vous, lequel se passa mal. Le client arriva avec trois quarts d'heure de retard et se montra très exigeant. Rien ne lui plaisait. Ou du moins le prétendait-il, car c'était sans doute une tactique pour obtenir un rabais. Pour faire passer la pilule, Michel l'invita à déjeuner.

— Alors, c'est réglé, cette histoire ? demanda-t-il à son retour.

— Rien de nouveau. Le type qui parle français n'est pas de service aujourd'hui et je ne comprends pas la moitié de ce que m'a raconté celui sur qui je suis tombé.

— Il faut vraiment que je fasse tout, dans cette boîte, s'énerva Michel. Il y a des moments où je me demande pourquoi je vous paie !

— Je ne suis pas encore SDF ! rétorqua sèchement le directeur de fabrication. Je peux gagner ma croûte ailleurs. Si tu estimes que je ne fais pas mon boulot, vire-moi, donne-moi mes indemnités, et on n'en parlera plus !

Conscient qu'il avait été trop loin, Michel voulut lui donner une petite tape amicale sur l'épaule, mais l'autre s'écarta et sortit en claquant la porte. Michel se prit la tête entre les mains, ferma les yeux, pour décompresser pendant quelques secondes, puis il chercha une des six notices et composa le numéro de la hot-line de Boost Grafic Exterminator. Il dut supporter pendant une dizaine de minutes une musique grinçante et répétitive, genre techno, avant d'entendre enfin la voix de son correspondant. Il s'efforça de soigner sa prononciation, de détacher ses mots — il avait peu l'occasion de parler anglais.

— Quelle version de Boost Grafic System et de Boost Grafic Exterminator avez-vous, monsieur Préjean ?

Sans lâcher le combiné, il examina un des paquets.

— Eh bien... La version 3. Pour Mac.

— Oui, mais il y a la version française et la version américaine. Laquelle avez-vous ?

— Tout est écrit en anglais.

— Ça ne veut rien dire. Il n'y a que la notice de la version française pour PC qui a été traduite. Pouvez-vous me donner les numéros d'identification des logiciels ?

— Où sont-ils indiqués ?

— Ils ne sont pas marqués sur les disquettes. Il faut installer le logiciel et l'ouvrir pour avoir le numéro. Il est inscrit dans un rectangle bleu, dans le coin droit de l'écran. Vous n'êtes pas devant votre poste de travail ?

Michel avait appelé de son bureau. Il annonça à son correspondant qu'il allait le prendre sur un autre poste et fonça au studio, mais la communication fut coupée pendant son déplacement. Il dut rappeler et supporter à nouveau l'irritante musique pendant près d'un quart d'heure, qu'il mit à profit pour noter les numéros demandés. Au terme de cette attente, il lui fallut répéter toute son histoire, car il avait affaire à un nouveau correspondant.

— Je crois avoir compris votre problème, monsieur Préjean, déclara celui-ci après avoir sans doute vérifié les numéros des logiciels sur son propre ordinateur. En fait vous avez Boost Grafic System en version française et Boost Grafic Exterminator en version américaine. Ça ne peut pas fonctionner. Vous auriez dû préciser la version quand vous avez passé votre commande.

— Alors ?

— Il n'y a pas d'autre solution que de commander la version française. Nous pouvons vous l'envoyer...

— Je sais : dans les vingt-quatre heures pour 100 dollars de plus. C'est OK. Mais pouvez-vous me faire l'échange ?

— *Sorry*, mais les deux opérations doivent être effectuées séparément. Expédiez-nous la première version dans son emballage d'origine, et si tout est en ordre nous vous la rembourserons dans les trois semaines.

— Alors, je dois payer d'avance la seconde version ?

— Je le crains.

Michel dut prendre sur lui pour ne pas raccrocher au nez de son correspondant après lui avoir dit qu'il ne marchait pas dans ce racket. Protester ne servirait pas à grand-chose et le sous-fifre à qui il avait affaire n'y était probablement pour rien. Les fabricants de Boost Grafic System le tenaient à la gorge. Il commanda donc sans broncher six exemplaires de la version française de Boost Grafic Exterminator.

La plaisanterie commençait à coûter cher.

60 000 francs, c'était pratiquement le prix d'un poste de travail complet. La moitié de cette somme devait revenir dans les trois semaines, mais tout de même...

Le lendemain matin, le camion noir et jaune de Mail Post s'arrêta à nouveau devant l'agence et son chauffeur déposa un paquet rigoureusement semblable à celui de la veille.

Michel remit le paquet au chef de fabrication avec mission de se débrouiller pour mettre un terme à l'incident, puis partit honorer trois rendez-vous avec des clients potentiels. La bagarre avec les autres agences devenait de plus en plus dure, de plus, le bruit commençait déjà à se répandre qu'il avait du retard dans ses livraisons. La fuite devait venir de Braudin, chez qui plusieurs de ses concurrents se faisaient imprimer eux aussi.

Le soir, il trouva toute l'équipe désœuvrée et démoralisée.

— Ça ne fonctionne que sur trois bécanes, les trois autres sont plantées. Et le problème, c'est que les trois quarts des fichiers sont sur les bécanes plantées.

— Vous ne les aviez pas sauvegardés ?

— Bien sûr que si ! Mais sous la version Boost Grafic System qu'on ne peut plus lire, puisque nous avons désinstallé le logiciel.

— Bon, on se calme et on arrête pour aujourd'hui. Je vais réfléchir à la question.

Cette décision fut accueillie par des soupirs de

soulagement. Michel se retrouva seul dans le studio vide devant les ordinateurs inutilisables. Il contempla pensivement pendant quelques minutes un écran qui était resté allumé, puis l'éteignit, passa dans son bureau et se mit à chercher dans son carnet les coordonnées de l'entreprise qui avait installé le système informatique de l'agence.

— Michel Préjean, l'agence Clé de Voûte, vous vous souvenez de moi ? Vous nous avez vendu...

— Oui, oui, je vois... Mais c'est vieux, ça... Vous avez un problème ? Entendu, je vous envoie un technicien demain matin. Vous connaissez nos conditions ?

Le tarif de l'intervention — 2 000 francs de l'heure — arracha une petite grimace à Michel, mais il n'avait pas le choix.

Dès qu'il fut sur place, le technicien leva les bras au ciel.

— Je comprends pourquoi vous avez eu des plantages. Vos monstres ne datent pas d'aujourd'hui. Ils contiennent probablement des composants qui ne sont pas compatibles avec les logiciels que vous avez voulu utiliser. Je peux vous remettre les compteurs à zéro en réinitialisant le lot. Ça va prendre deux bonnes journées, mais...

— Mais ?

Le technicien s'assit sur une table et alluma une cigarette, ménageant le suspense. Il inspira une profonde bouffée, puis laissa tomber son verdict.

— Ça restera toujours des vieux monstres. Les ennuis de ce genre vont se multiplier.

— Dites donc, c'est vous qui nous les avez vendus, ces monstres !

— Je n'étais pas dans la boîte à ce moment-là, mais j'imagine que ça doit faire un bail. Je suppose que vous ne gardez pas votre voiture plus de cinq ans. Pourtant, la technologie de l'automobile évolue beaucoup moins vite que l'informatique... Maintenant, c'est vous le client, c'est vous qui décidez. Moi, ça m'est égal. Je ne suis pas un commercial. À titre personnel, ça ne me rapportera rien de plus si vous décidez de renouveler votre équipement.

— Et les données ?

— On doit pouvoir les récupérer, mais ça va prendre au moins une journée en plus.

Michel se redressa dans son siège et adressa un pâle sourire à l'assistante sociale qui tendait vers lui un visage attentif.

— Voilà, dit-il, ensuite, tout s'est enchaîné très vite. Nous avons perdu nos trois plus gros clients. J'ai été obligé de licencier deux de mes gars. Le moral en a pris un coup. Six mois après cette histoire, je déposais mon bilan. Et, comme j'étais garant sur mes biens propres, vous imaginez facilement la suite : saisies, déménagement...

La dégringolade. Et, à mon âge, comme commercial, je n'intéresse plus personne, même pour vendre de la lingerie au porte-à-porte. Alors, dans la publicité, vous pensez, on ne prend que des jeunes...

L'assistante sociale le gratifia d'une moue compréhensive.

— Vous n'êtes pas le seul, monsieur Préjean... (Elle pointa son doigt sur une pile de dossiers.) Nous avons énormément de demandes. Mais, en ce qui vous concerne, je crois que la réponse sera positive. Toutefois, je regrette, mais nous n'allons pas encore pouvoir trancher aujourd'hui...

Cette fois, Michel ne put réprimer un mouvement d'impatience. Il avait accepté de s'humilier en racontant ses déboires à cette femme qui les aurait oubliés dans cinq minutes ; il avait réussi à prendre sur lui pour dissimuler son amertume, pourtant il partageait les sentiments de tous les autres demandeurs de subsides, ceux qui râlaient, criaient, menaçaient, ou pleuraient, suppliaient. Comme eux, il espérait repartir avec un chèque, si modeste soit-il. Il n'avait rien mangé depuis deux jours, mais pour rien au monde il ne se serait abaissé à utiliser sa faim comme argument. Pourtant cette fois, c'en était trop. Il ne put résister à poser la question qui le démangeait.

— Mais enfin, pourquoi attendre encore ? Vous avez reconnu vous-même que mon dossier est complet...

L'assistante sociale se pencha vers lui et lui adressa un nouveau sourire, le genre de sourire qu'un psychiatre réserve à un patient récalcitrant.

— Absolument, il est complet. Ce n'est qu'une question de temps. Il ne me reste plus qu'à consulter notre fichier central des demandeurs, pour vérifier que vous n'êtes pas déjà allocataire — c'est le règlement.

Michel se leva d'un mouvement brusque et s'approcha du bureau.

— J'ai déjà répondu à cette question : non, je ne suis pas allocataire ! cria-t-il. Vous attendez quoi, pour vérifier ? La saint-glinglin ? La fin du monde ?

Du doigt, l'assistante sociale désigna l'ordinateur posé sur son bureau.

— Je suis absolument désolée, monsieur Préjean. Je ne pourrai pas procéder à cette vérification aujourd'hui. Notre système informatique est en panne et le technicien ne passera pas avant jeudi. Nous avons des problèmes avec le nouveau logiciel et...

Extrait de *Libération.*

« Bug à la mairie : un cadre craque »

Michel Préjean, cadre au chômage de quarante-sept ans, a piqué une véritable crise de rage dans le bureau d'aide sociale de la mairie de Breutilly. Apprenant que l'allocation qu'il réclamait depuis plusieurs mois ne pourrait pas lui être attribuée en raison d'une panne informatique, il s'est mis à saccager systématiquement le matériel informatique de la mairie. Il avait réussi à détruire près de vingt-deux ordinateurs quand le personnel municipal est enfin parvenu à le maîtriser. [...]

Mort d'un bibliothécaire

Quand Julien Cronberg est mort, on a annoncé à sa famille comme à tous nos collègues qu'une crise cardiaque l'avait emporté. C'est toujours la thèse officielle. Personne ne l'a publiquement contestée. Les causes du décès ont été établies par un médecin, et je ne dis pas qu'il a violé le serment d'Hippocrate : Julien a effectivement succombé à un arrêt du cœur. À quarante-cinq ans, cela arrive, surtout quand on fume trop et qu'on ne surveille pas son alimentation. Mais ce médecin s'est bien gardé de préciser quels événements avaient entraîné cette crise fatale. Nous ne sommes qu'un très petit nombre à les connaître, on nous a fait jurer le secret. On nous a expliqué qu'il y allait non seulement de l'intérêt, mais de l'honneur national, et on nous a laissé entendre que notre discrétion serait récompensée à sa juste valeur. On nous a fait comprendre aussi que ceux qui ne respecteraient pas cette consigne pourraient bien avoir des ennuis, sans nous préciser lesquels. Nous avons tous bénéficié d'une promotion avant d'être mutés dans des administrations différentes dans les huit jours qui ont suivi. Si je vous en parle aujourd'hui, c'est parce que le souvenir des derniers moments de Julien ne cesse de me hanter : l'image de son visage cramoisi me poursuit jusque dans mon sommeil. Je le vois encore allongé sur le sol de béton nu, tremblant de tous ses membres, l'écume à la bouche, les yeux exorbités, avec les livres éparpillés autour de lui...

Aujourd'hui, je peux donc vous le dire : Julien a été assassiné. Et je suis, comme tous ceux qui ont partagé ses dernières heures, complice de ce crime. Cette affaire est devenue un secret d'État et il n'est pas certain qu'on me laissera librement exposer les faits au grand public. C'est pourquoi je préfère prendre la précaution de rapporter ces faits par écrit et de mettre ce témoignage en lieu sûr. On ne sait jamais, ou plus exactement on sait très bien de quoi ils sont capables.

Par où commencer? Bien que toute ma carrière professionnelle se soit déroulée au milieu des livres, je ne suis pas habitué à rédiger ce genre de récit. La confection et le classement de fiches ont été mon lot quotidien depuis près de vingt-cinq ans. Hormis pour quelques courriers et rapports succincts, je n'ai guère eu l'occasion de tenir la plume, et mon respect pour les livres me donne une conscience aiguë de mes insuffisances. Je sollicite donc votre indulgence quant à la forme de ce témoignage tardif. Pour ce qui est du fond, je peux vous assurer en revanche que tout est vrai. Je suis parfaitement conscient aussi que cette histoire est si extravagante que vous allez peut-être me prendre pour un affabulateur, voire pour un fou.

Mais je n'ai pas le choix. Il faut que fasse connaître cette affaire. Pour être délivré du fantôme de Julien.

Je vais essayer de vous présenter les faits dans l'ordre. Ceux d'entre vous qui connaissaient Julien savent qu'il est mort le jour de l'inauguration. Il y aurait certes beaucoup de choses à dire sur les jours et les mois qui ont précédé cette cérémonie, sur tout ce que nous avons enduré, mais, pour éviter de me disperser, je vais donc commencer par ce jour, qui aurait pu et dû être un jour de fête, mais qui reste dans ma mémoire comme le plus sinistre de mon existence.

La visite officielle du président devait avoir lieu au début de l'après-midi, puis on l'a avancée de deux heures en raison d'une réunion imprévue avec l'ambassadeur de je ne sais plus quel pays africain. C'est du moins ce qu'on nous a dit. Nous avions déjà un retard considérable sur notre planning, et ce décalage n'a pas arrangé les choses. La journée avait déjà très mal commencé : j'habite à Cormeilles-en-Parisis, ce qui n'est pas la porte à côté, et il n'existe ni train, ni métro, ni bus direct pour me rendre sur mon lieu de travail. Bien que je ne sois pas un fanatique du volant, je suis bien obligé de me déplacer quotidiennement en voiture. La nouvelle bibliothèque est un peu à l'écart du centre, mais sa situation présente au moins un avantage : nous disposons d'un grand parking et n'avons aucun problème de stationnement. Pourtant, ce matin-là, ordre avait été donné à la préfecture de police d'interdire le parking. Ils redoutaient, paraît-il, un attentat. Ça n'avait guère de sens, car l'itinéraire du président ne passait pas par le parking. Mais vous savez ce qu'il en est de ce genre de décision administrative : il n'y a pas à discuter. Or moi, justement, j'ai essayé de discuter avec les policiers qui interdisaient l'accès du parking ; je leur ai expliqué que j'étais en retard et que j'avais des tâches importantes et urgentes à accomplir, en raison de l'inauguration. Tout ce que j'ai obtenu, c'est d'être obligé de me placer jambes et bras écartés, appuyé sur le capot de ma voiture, pour que ces messieurs vérifient que je ne transportais pas d'arme plus dangereuse qu'un double décimètre de métal, un objet que je conserve dans mon cartable depuis des années par habitude. À l'origine, il me servait à souligner certains mots sur les fiches. Ils ont examiné le double décimètre avec circonspection, se sont demandé s'ils devaient le saisir — après tout, j'aurais pu l'utiliser pour frapper le président ou un des importants personnages qui l'accompagnaient —, puis ils me l'ont rendu comme s'ils me faisaient un cadeau royal. Ils se sont un peu radoucis quand je leur ai présenté ma carte. Fort heureusement, je l'avais sur moi, sinon ça aurait pu sans doute se passer plus mal.

Mais j'ai quand même dû faire demi-tour et aller chercher une place ailleurs, beaucoup plus loin.

Vous vous demandez peut-être pourquoi je vous raconte tous ces détails. Ils ont leur importance, car ils ont contribué à créer le climat de tension, pour ne pas dire d'angoisse, qui a précédé la fin tragique de Julien.

Après avoir enfin réussi à garer ma voiture, je m'appuie le trajet au pas de course, dans l'espoir d'arriver tout de même à mon poste à l'heure ; en dépit de ces efforts, c'est avec dix minutes de retard que je m'installe à ma place. Partir une demi-heure plus tôt que d'habitude pour arriver en retard, avouez que c'est contrariant ! De plus, mon chef de service ne voulait entendre aucune explication. Il avait, lui, trouvé le moyen d'arriver à l'heure, alors pourquoi pas moi ? Mon chef avait pris un taxi. Il savait que le parking allait être fermé pour la journée. Une note de service avait paraît-il circulé. Je peux vous assurer que je n'avais jamais eu cette note entre les mains, mais comment prouver sa bonne foi dans ces situations-là ? Bref, je vous laisse imaginer dans quel état de nerfs j'ai commencé la journée. Et je n'étais pas le seul : plusieurs centaines de mes collègues s'étaient eux aussi cassé le nez sur le barrage de police, beaucoup avaient été contrôlés manu militari comme je l'avais été moi-même et quatre malheureux, qui n'avaient pas de documents convaincants sur eux, avaient été conduits au poste.

À peine installé et avant même d'avoir eu le temps d'avaler un café pour me remettre — et il y aurait beaucoup à dire aussi sur l'endroit où ils ont installé les machines à café —, j'apprends qu'il va y avoir une réunion générale pour préparer l'inauguration. Le grand directeur veut nous parler.

Je rejoins donc mes collègues dans l'amphithéâtre. Julien, qui discute avec un relieur que je connais de vue, me fait signe de venir m'asseoir à côté de lui. Le relieur lui aussi a été retardé par la fermeture du parking, et il râle, comme la plupart des gens. Bien entendu, le grand directeur nous fait poireauter pendant vingt bonnes minutes que nous aurions certainement pu mieux utiliser, mais c'est toujours comme ça. Nous sommes habitués. Pourtant, ses premières paroles sont malheureuses : « Mes amis, nous n'avons pas une seconde à perdre... » Les visages des collègues se renfrognent encore un peu plus, mais personne n'éclate de rire, car personne n'en a envie ; ce n'est drôle que pour ceux qui ne se trouvent pas dans notre situation. Ensuite le grand directeur se lance dans un laïus interminable : nous avons une mission à remplir, nous sommes les gardiens du temple de la culture du XXIe siècle, bref, un jour comme aujourd'hui, nous devons nous montrer à la hauteur. Il en va d'ailleurs de la reconduction du budget pharaonique qui a été octroyé par la communauté nationale à notre maison, donc de notre avenir collectif et personnel. Et, cela va sans dire, de l'avenir du grand directeur. Il n'ignorait pas que tout n'était pas rose, qu'il avait été difficile à beaucoup d'entre nous de s'adapter à ce nouveau cadre de travail, qu'on déplorait encore çà et là, malgré les efforts de tous, des dysfonctionnements, des blocages.

Mais le grand directeur faisait appel à notre conscience pour que nous nous dépassions. Un jour pareil, rien ne devait clocher, tout devait fonctionner comme sur des roulettes. Nous devions donner au président l'image d'une entreprise efficace, performante, à la pointe de la modernité ; et aussi d'une équipe soudée, d'une famille. Le reste, les défauts de rodage, les frictions, tout cela devait rester entre nous. D'ailleurs, le grand directeur en était certain, nous allions nous dépasser. Mais il avait déjà trop parlé. Chacun à son poste. Branle-bas de combat. Vous me croirez si vous voulez, mais ce discours a porté. Moi-même, j'étais ébranlé.

On ne peut pas travailler pendant trente ans dans une administration sans s'y attacher. Quant à Julien, il avait oublié ses motifs de mécontentement. « C'est vrai, me dit-il, ça la foutrait mal que ça ne tourne pas rond le jour de l'inauguration officielle. » Mon collègue résumait à sa manière le sentiment général. Tous les regards étaient braqués sur nous : ce n'était pas seulement le président qui allait débarquer, mais une armée de journalistes et de caméras.

Tout avait été briqué, récuré depuis plusieurs jours. Le parcours du président avait été discrètement balisé. Dans l'équipage, comme l'avait rappelé utilement le grand directeur, il y avait deux catégories de marins : ceux qui travaillaient sur le pont et allaient se trouver directement en contact avec le président, et ceux qui trimaient dans les cales et dont le rôle était tout aussi important, voire plus important. Moi, je faisais partie des soutiers. Il n'y avait aucune chance que le président parcoure à pied des kilomètres de couloirs de béton gris pour venir me serrer la pince. Julien Cronberg et moi, nous étions « magasiniers-archivistes indice 3 » — depuis, ils m'ont octroyé l'indice supérieur. Nous passions nos journées à classer des livres, les placer dans des monte-charge, les pousser dans des petits chariots.

Auparavant, la rédaction des fiches occupait une grande partie de nos journées de travail. À l'époque où on les rédigeait à la main, l'administration nous classait en fonction de la qualité de notre écriture. J'étais très fier de la mienne. Elle était très sûre, avec des pleins et des déliés. Comme le précisaient nos consignes, j'écrivais certains mots à l'encre rouge et d'autres à l'encre noire ou bleue, et j'en soulignais quelques-uns à l'aide du fameux double décimètre qui a failli me valoir des ennuis avec les policiers. Ensuite, nous sommes passés aux fiches dactylographiées et il m'a fallu apprendre à taper à la machine. J'avais déjà la quarantaine à ce moment-là, ça n'a pas été si facile. Et maintenant, bien sûr, tout est informatisé. Nous avons suivi des stages, mais, personnellement, je n'ai jamais pu m'y mettre. Je fais un blocage. C'est pour ça que je suis condamné à pousser des chariots, nous sommes plusieurs dans le même cas, Julien Cronberg faisait partie du lot.

Donc, pour en revenir à ce jour-là, je vais m'installer à mon poste et j'attends les consignes. Quand le président est arrivé, malgré les kilomètres de couloirs et les nombreux niveaux de béton armé qui nous séparaient — vous ai-je précisé que je travaille au sous-sol numéro huit ? —, les premiers signes d'agitation nous sont très vite parvenus. Les appels téléphoniques commençaient à pleuvoir, malgré la consigne qui nous avait été donnée de ne pas embouteiller les lignes, et on voyait régulièrement des chefs de service passer en courant, l'air affolé. Le compte à rebours avait commencé.

Le président, lui, là-haut, ignorait tout de ce bourdonnement de ruche. Flanqué de son aréopage, cornaqué par le grand directeur, il visitait les salles de lecture. Avec un sourire épanoui, il distribuait les compliments et les poignées de main à tous ceux qu'il croisait sur son chemin. Ces heureux collègues, que leurs familles ont pu voir sur le petit écran le soir même, ne se trouvaient bien sûr pas par hasard dans les jambes du président. Ils avaient été soigneusement sélectionnés. On avait écarté de sa route tous ceux qui auraient pu, par maladresse ou mauvais esprit, gâcher la cérémonie en profitant de l'occasion pour prononcer une critique ou avancer une revendication, voire refuser de serrer la main du président. Les syndicalistes, les anarchistes et les diverses variétés de contestataires que compte la maison — sur deux mille cinq cents salariés, on trouve inévitablement de tout... — avaient été envoyés en mission ou exilés provisoirement dans des services inaccessibles où les probabilités d'une apparition présidentielle étaient voisines de zéro.

Une série de démonstrations avaient été prévues pour montrer au président l'efficacité du système de recherche, de distribution et de récupération des ouvrages. Chacune d'elles avait été répétée plusieurs fois. Un technicien se chargeait à chaque fois d'effectuer les opérations. Il pianotait sur le clavier de l'ordinateur et, quelques minutes plus tard, le livre ou le document choisi arrivait sur la table du président. Mais ce livre et ce document aussi avaient été sélectionnés. Il n'y avait pas vraiment tricherie car tout fonctionnait, mais on avait préféré prendre des précautions pour que ça marche encore mieux et plus vite.

Comme on s'y attendait, le chef de l'État s'est émerveillé devant ces nouveaux miracles de la technique contemporaine et s'est fendu devant les caméras d'une de ces petites phrases dont il a le secret et que répètent à loisir les médias, oubliant tout le reste, c'est-à-dire l'essentiel. Je ne me souviens plus des mots qu'il a prononcés ce jour-là, et que bien entendu je n'ai pas entendus personnellement, mais je sais qu'il a fait mouche, comme d'habitude. Je suppose que ses conseillers avaient dû lui concocter une série de réflexions pertinentes et amusantes qu'il avait plus ou moins apprises par cœur. Des deux côtés, la cérémonie avait donc été soigneusement peaufinée pour ne pas laisser place à l'imprévu. Car l'imprévu, chacun le sait, conduit souvent à la bavure.

Tout s'est très bien passé jusqu'au moment où le président, qui s'est peut-être pris au jeu, a voulu commander des livres tout seul. Au premier abord, quand vous observez un utilisateur averti, cette opération paraît être un jeu d'enfant. Elle a un côté ludique, avec toutes ces petites icônes de couleur qui s'affichent sur l'écran : un livre vert pour les éditions courantes, un moine armé d'une plume d'oie pour les textes anciens, un appareil photo pour obtenir une photocopie d'un texte, un personnage lisant son journal pour tout ce qui concerne la presse...

Le président a dit : « Vous permettez ? » et il s'est assis devant le clavier, à la place de l'opérateur. Celui-ci a voulu guider ses gestes, mais le chef de l'État l'a repoussé avec un air agacé. « Merci, je crois avoir compris. » En termes courtois, cela signifiait : « Ne me prenez pas pour un imbécile. » Le technicien a échangé un regard inquiet avec le grand directeur, qui lui a fait signe de ne pas contrarier davantage le caprice présidentiel. Ça n'aurait fait qu'aggraver les choses. Le président a consulté le répertoire et choisi un livre consacré aux objets en jade chinois de l'époque Ming, ou quelque chose comme ça. À la surprise générale, il manifestait une certaine aisance. Il manipulait la souris avec habileté et ses doigts se déplaçaient très vite sur le clavier. Peut-être avait-il pris des cours...

« J'ai commandé *Le Livre des merveilles* de Wang-Wu Houa, annonça-t-il fièrement à l'issue de ces opérations, nous allons voir si ça fonctionne. »

À cet instant, le signal lumineux du téléphone mobile du grand directeur se mit à clignoter — il avait coupé la sonnerie à l'occasion de la visite, bien entendu. Pour prendre la communication, le grand directeur s'écarta un peu de la foule qui se massait autour du président.

— Monsieur le directeur ?

— Lui-même, mais ce n'est vraiment pas le moment, rappelez-moi dans une heure. Le président est encore là...

— Justement, c'est urgent. Nous avons un problème très gênant.

— Comment cela ?

— Un abruti a fait des fausses manœuvres sur un ordinateur et planté tout le système.

Instinctivement, le grand directeur jeta un regard par-dessus son épaule en direction du président qui s'acharnait sur sa souris, cliquait et recliquait dans l'espoir de faire arriver plus vite sur sa table l'ouvrage auquel le lettré mandchou avait consacré douze ans de sa vie.

— Parlez doucement, je vous en prie, chuchota le grand directeur, c'est justement le président qui...

— En tout cas, tout est planté. Il va falloir sans doute réinitialiser le système...

— Passez-moi les détails, pour le moment, je m'en fous, je viens de vous expliquer que je m'occupe de la visite du président...

Comme il prononçait ces mots, le grand directeur réalisa soudain que, si *Le Livre des merveilles* ne parvenait pas très vite sur la table du président, celui-ci allait se rendre compte que le système informatique, dont on venait de lui vanter les mérites et qui avait coûté une fortune, ne fonctionnait pas.

— Vous pouvez réparer ça en quelques minutes, oui ou non ?

— En quelques minutes ? Mais vous plaisantez, monsieur le directeur. C'est une affaire de plusieurs jours, peut-être de plusieurs semaines...

Le grand directeur s'efforça de conserver son sang-froid. Il se concentra, demeura silencieux pendant une vingtaine de secondes qui parurent durer très longtemps à son interlocuteur, puis prit sa respiration.

— Très bien, voilà ce que nous allons faire. Les livres d'art chinois sont rangés au magasin 442 du huitième sous-sol...

— Comment savez-vous cela, monsieur le directeur ?

— Peu importe. Il se trouve que je le sais et que c'est une chance... Alors appelez le chef de service, je ne peux pas le faire moi-même, et dites-lui qu'il fasse immédiatement chercher le *Livre des merveilles* de Wang-Wu Houa et qu'il l'envoie par le monte-charge !

— Mais vous ne comprenez pas, monsieur le directeur, tous les monte-charge sont informatisés, et par conséquent ils sont bloqués...

— Je ne veux pas le savoir. Que ce type se débrouille, qu'il prenne l'ascenseur, l'escalier de secours, ce qu'il voudra, mais je veux voir ce livre ici dans cinq minutes. Exécution ! Ah, j'oubliais... Que le type qui livrera le livre soit discret : je l'attendrai à l'entrée de l'issue de secours de la salle de lecture numéro deux.

Cinq minutes, pour parcourir une pareille distance, c'était une mission impossible.

Le chef de service, dès que la consigne lui a été transmise, a néanmoins fait venir Julien.

— Cronberg, je crois que c'est vous qui avez rangé les livres d'art chinois anciens...

— En effet...

— Alors trouvez-moi *Le Livre des merveilles* de Wang-Wu Houa et, dès que vous l'aurez en mains, courez ventre à terre le porter à la salle de lecture numéro deux. Le grand directeur en personne vous attendra à la porte de l'issue de secours.

Puis, devant l'air ébahi de Julien, il ajouta :

— Ne posez pas de questions, ne discutez pas, exécution !

Julien a donc foncé au magasin. Une minute lui a suffi pour trouver l'ouvrage de référence de la période Ming, il lui en fallut deux pour courir jusqu'à l'ascenseur, mais, une fois au rez-de-chaussée, il en a mis six pour atteindre l'issue de secours de la salle de lecture numéro deux. Si l'on ajoute les trente secondes nécessaires à l'ascenseur pour l'amener du niveau moins trois au rez-de-chaussée, Julien Cronberg a donc rempli sa mission en moins de dix minutes, ce qui est une belle performance. D'autant que l'ouvrage qui a permis à Wang-Wu Houa de passer à la postérité est très lourd et très volumineux.

Le président, lui, avait patienté pendant douze minutes et quarante secondes. Quand il a eu le livre entre les mains, il s'est contenté de remarquer :

— C'est pratique en effet, mais c'est plus long que je ne pensais...

— Ça représente un gain de temps considérable, a souligné le grand directeur, songez, monsieur le président, que dans l'ancienne bibliothèque il fallait parfois compter trois quarts d'heure d'attente pour certains ouvrages tels que celui-ci...

J'ignore de quelle façon le grand directeur s'y était pris pour dissimuler la supercherie.

Le président s'est mis à feuilleter *Le Livre des merveilles* avec un air gourmand.

Il est tombé sur une fiche glissée entre les pages.

— Ah oui, je vois qu'il y a une traduction française du XIXe siècle, je vais la commander de la même manière. Parce que, voyez-vous, ma connaissance du mandchou ancien est tout de même très superficielle. Et je vais profiter de ma visite pour vérifier quelque chose. Il se trouve que, lors de mon dernier voyage en Chine, mon ami Deng Xiaoping, c'était peu avant sa mort, m'a offert un dragon de jade de l'époque Ming et j'aimerais savoir ce que Wang-Wu Houa dit de la fonction religieuse et magique de ces objets...

— Nous pouvons rechercher ce texte et vous en faire parvenir une photocopie à l'Élysée, suggéra le grand directeur.

— Mais non, mais non, je vais le commander tout de suite de la même manière, c'est très amusant...

Et le président se remit à cliquer sur sa souris

et à tapoter sur son clavier avec énergie, sans réaliser que le système était en panne car, bizarrement, l'ordinateur ne lui fournissait pas cette information.

Le grand directeur s'éloigna donc à nouveau de la foule, et appela directement le chef de service sur son mobile.

— Rebelote. Il nous faut la traduction française du XIXe siècle.

Julien, qui avait à peine eu le temps de souffler, repartit donc au pas de course en direction de l'ascenseur dès qu'il eut mis la main sur cette traduction, qui était un peu moins volumineuse que l'original mais pesait tout de même plusieurs kilos. Cette fois, quand il parvint à la porte de l'issue de secours, la salle de lecture numéro deux était vide. Un conseiller avait rappelé au président que la visite était minutée et qu'il y avait maintenant un cocktail dans un salon réservé aux réceptions, en présence du maire de Paris et de diverses personnalités du monde de la culture et des lettres, de sorte qu'il n'avait pas attendu l'arrivée du livre qu'il avait commandé.

Julien fit quelques pas, hébété et haletant, puis il posa le lourd volume sur une table et se laissa tomber sur un siège. La curiosité le poussa à feuilleter cet ouvrage qu'il avait eu tant de peine à transporter. Il tomba en arrêt sur une illustration représentant un objet bizarre, peut-être le dragon offert au président par son homologue chinois, mais ce dessin semblait flou, ses contours se déplaçaient. Il voulut lire la légende. Les caractères dansaient devant ses yeux. Puis, brutalement, un voile rouge l'aveugla. Il se mit à suffoquer, porta les mains à sa poitrine, son buste vacilla, ses paupières se fermèrent. Au prix d'un terrible effort, il parvint à se redresser et à quitter la salle de lecture. Mû par un ultime réflexe, il emporta le livre et, d'un pas mal assuré, parcourut les couloirs en sens inverse. Son dernier souffle de vie fut donc consacré à tenter de remettre l'ouvrage à sa place, témoignage d'une conscience professionnelle forgée par des années de service.

C'est au pied de l'échelle métallique du magasin 442, gisant sur le sol de béton nu, le visage cramoisi, les yeux exorbités, que je devais le trouver quelques minutes plus tard. Il n'avait pas eu la force de gravir l'échelle mais il étreignait encore *Le Livre des merveilles* de Wang-Wu Houa. Sans doute le lettré chinois aurait-il été très peiné de savoir que son œuvre était indirectement à l'origine de ce drame.

Un de nos collègues, qui avait vu le film *Le Nom de la rose*, ne put s'empêcher de penser à cette histoire de moines empoisonnés. Il suggéra au médecin d'alerter la police et de confier le livre à un laboratoire spécialisé. Le praticien entreprit alors de lui expliquer que le décès de Julien Cronberg était parfaitement naturel et résultait d'une crise cardiaque consécutive à un effort violent. Toutefois, ces mots, « effort violent», ne figurèrent pas dans son rapport. Quant aux médias, s'ils parlèrent abondamment de cette inauguration et vantèrent les mérites de notre système informatique, ils n'évoquèrent pas la mort de Julien Cronberg.

Message codé

15 h 30. Paul Trévoux, directeur des ressources humaines de la Satarib, franchit le seuil de son bureau. Il revenait d'un déjeuner d'affaires. C'était un homme de haute taille, qui approchait la cinquantaine mais conservait une silhouette et une démarche juvéniles. Sans ses tempes grisonnantes, on lui aurait facilement donné dix ans de moins. Son élégance désinvolte et sa courtoisie en imposaient à ses collaborateurs. Ses collègues femmes disaient de lui qu'il était distingué.

Trévoux retira sa veste et la mit sur un cintre qu'il rangea dans un placard, puis roula ses manches de chemise avant de s'installer à son bureau, une grande table de verre épais sur laquelle rien ne traînait. Sa méticulosité confinait à la maniaquerie. Il détacha sa montre-bracelet, la plaça à sa gauche perpendiculairement à la table, tira vers lui le clavier de son ordinateur, ouvrit son agenda électronique. La liste de rendez-vous et de réunions qui défila sur l'écran lui arracha une petite grimace. Après avoir noté un rendez-vous supplémentaire, il referma l'agenda et composa un message électronique qu'il expédia aussitôt :

Urgent, Lapin — EH-HH — 1 000 CS et T

Ensuite il repoussa le clavier, décrocha son téléphone et fit venir sa secrétaire à qui il donna diverses consignes. À son habitude, Trévoux se montra courtois. Pourtant, la secrétaire eut le sentiment qu'il était préoccupé. Les symptômes ne pouvaient guère laisser de doute à une femme qu'il côtoyait depuis des années : cette façon de consulter sa montre à intervalles réguliers, ce regard dans le vide, ces petits signes de fébrilité à peine perceptibles. Elle aurait voulu lui venir en aide, l'inviter à lui exposer les problèmes qui le tracassaient — il arrivait en effet qu'il confie de menus secrets de l'entreprise à sa collaboratrice —, mais il ne saisit aucune des perches qu'elle lui tendit et il était difficile de lui demander de but en blanc la cause de sa nervosité. Elle savait ne pas sortir de son rôle, il lui en était reconnaissant et elle l'avait compris. Elle se retira donc, ses dossiers sous le bras, non sans avoir jeté un dernier regard un peu inquiet à son patron qui dodelinait de la tête, les yeux mi-clos, en jouant avec son gros stylo Montblanc.

16 heures. Roger Lambert, programmeur au service «projets et déploiements», se frotta les yeux, s'étira et décida de s'offrir une pause. Il abandonna donc son ordinateur pour se diriger vers la petite pièce réservée aux fumeurs. L'aménagement de cet endroit avait fait l'objet d'un débat épineux au sein du personnel de l'étage. Pour sa part, Roger Lambert avait vigoureusement bataillé contre l'isolement des fumeurs dans ce local exigu et sans fenêtre utilisé auparavant pour entasser des dossiers anciens. Avec le temps, il avait fini par s'y habituer.

Au passage, il donna une tape sur l'épaule d'un de ses collègues.

— Tu viens en griller une avec moi, Molina?

L'autre, qui se concentrait sur son moniteur, ne l'avait pas vu arriver. Il sursauta, puis leva la main, pour lui faire comprendre qu'il ne voulait pas être dérangé.

— Dans cinq minutes, je suis sur un truc...

Molina le rejoignit en effet quelques instants plus tard. Il refusa la cigarette que Lambert lui proposait, glissa une pièce dans la fente de la machine à café, donna une claque du plat de la main sur l'appareil, observa le filet de liquide qui remplissait le gobelet de plastique. Sa tasse à la main, il alla ensuite s'installer dans un fauteuil à côté de son collègue. Il se pencha vers lui, prit un air gourmand et glissa, sur le ton de la confidence :

— Je viens de tomber sur une information qui risque de faire du bruit. Tu le gardes pour toi ?

— Une tombe !

— Tu es au courant des projets de fusion avec la Cegelib, je suppose.

— Vaguement.

Cette fusion, c'était un peu le serpent de mer. On en parlait régulièrement, mais elle avait été repoussée à diverses reprises. Néanmoins, la presse économique avait fait état de rencontres entre les directions des deux groupes.

— Si tu veux connaître mon humble avis, ça n'a plus rien de vague. C'est même très précis.

Il s'interrompit pour boire une gorgée de café et prolonger le suspense.

— Explique-toi.

— Officiellement, tu ne sais rien. Je viens de tomber sur un message de Trévoux. Sur l'Intranet. En principe, ça ne m'était pas destiné, mais le DRH s'est planté : il a utilisé la fonction « reply to all » au lieu de « reply »[1] Ça n'est pas triste !

Il tira de sa poche une feuille pliée en quatre qu'il tendit à Lambert. Quand il eut lu le message, celui-ci écrasa sa cigarette et émit un petit sifflement.

— C'est la merde, dit-il. On est forcément dans le lot.

— Je ne te le fais pas dire. S'ils gardent un

1. « Reply » permet de répondre à un correspondant particulier, alors que « reply to all » adresse le message à tous les correspondants enregistrés.

seul service, ce sera celui de la Cegelib. Ils sont beaucoup plus performants. Mais, si ça se trouve, vu leurs objectifs, ils vont liquider les deux et refiler notre boulot à Saint-Étienne.

Lambert secoua la tête.

— Même pas. Ils vont sous-traiter. C'est la nouvelle politique. Il faut montrer ce truc à Bertillon.

— Bertillon ? Il va foutre son souk.

— Et alors, tu crois qu'il y a une autre solution ?

— Tu fais ce que tu veux, mais ça ne vient pas de moi. Tu m'oublies.

— Juré. Je dirai que c'est moi qui l'ai sorti. Je n'en ai rien à secouer. Au fait, c'était adressé à qui ?

— À Vigier-Lelièvre. Enfin à Lebihan, sa secrétaire, ça revient au même, mais d'autres collègues ont dû le recevoir... (Molina leva l'index.) Tu oublies que ça vient de moi, hein !

Lambert promit tout ce que Molina lui demandait, replia le papier, le fourra dans sa poche et, d'un pas décidé, sortit de la salle de repos des fumeurs et quitta le service sans même prêter attention à une jeune femme qui lui adressait des signes. Il parcourut un très long couloir qui longeait les parois vitrées de bureaux paysagers où s'affairaient des dizaines d'employés et prit l'ascenseur, dont il partagea la cabine avec le chef d'un service voisin du sien. Les deux hommes se saluèrent aimablement, mais le chef de service considéra Lambert d'un œil méfiant quand il le vit descendre au septième. Cet étage sentait le soufre : nul ne l'ignorait dans l'entreprise, le septième accueillait les locaux des syndicats.

Lambert entra sans frapper. Bertillon et deux activistes du syndicat palabraient autour d'une table en plastique blanc. Ils levèrent la tête vers l'arrivant.

— Tu tombes mal, Roger, fit Bertillon. On est en plein cirque.

— Lis d'abord ça.

Il sortit la feuille de papier, la déplia, l'agita sous le nez de Bertillon, puis l'étala sur la table en faisant le geste de la repasser avec sa main.

Bertillon émit un petit ricanement, du fond de la gorge.

— Figure-toi qu'on t'a pas attendu, mon pote ! Deux copains nous ont déjà apporté ce message. Ils croyaient faire leur sale coup en douce, mais, manque de pot, la moitié de la boîte a dû lire ce texte. Trévoux a des progrès à faire en informatique !

Lambert demeura muet pendant quelques secondes. Dans un sens, c'était aussi bien que l'information provienne de plusieurs sources, ainsi personne ne pourrait être accusé d'avoir espionné les communications internes de la direction...

— Et alors, qu'est-ce que tu en penses ?

— La même chose que toi. Si tu es là, c'est

que tu as compris les projets de nos grands manitous.

— Pas tout, dit Lambert, qui voulait entendre la version de Bertillon. (En général, le secrétaire du syndicat ne se faisait pas prier pour exposer ses analyses en long et en large.)

— Bon, dit Bertillon, d'un ton las. « 1 000 CS et T », c'est limpide : mille cadres supérieurs et techniciens à la trappe. Vlan !

Du tranchant de la main, il balaya l'air devant son visage, comme s'il sectionnait une rangée de têtes.

— Et « EH-HH » ?

L'homme qui faisait face à Bertillon, un petit râblé en blouse grise, haussa les épaules.

— Ça, on n'a pas réussi à trouver. Probablement un code. « Lapin » ! Ils sont gonflés, ces cons-là ! Les lapins, c'est nous ? Mais je vais te dire qu'on ne va pas se laisser faire comme des lapins !

— De toute manière, dit le troisième syndicaliste, c'est un message pour Vigier-Lelièvre. V.-L., c'est lui qui décide de tout dans la maison, aujourd'hui. Je suppose que tu as lu le papier des *Échos*, qu'on a reproduit dans le bulletin syndical, sur la rencontre entre V.-L. et les patrons de la Cegelib. Suis mon regard. Ils ont demandé à V.-L. d'étudier un dégraissage avant la fusion, pour ne pas avoir à s'en charger eux-mêmes. Ou bien ce sont les actionnaires qui ont demandé une restructuration, pour faire monter la cote de leurs actions. Ça ne sera jamais que la cinquième en dix ans. Et V.-L. a repassé le bébé à Trévoux, qui lui envoie son verdict sur l'Intranet. Et boom : mille suppressions de postes. Si tu retires les préretraites, les départs volontaires, ça va faire au moins six cents gus sur le pavé. De toute façon, avec l'Europe...

Lambert écouta d'une oreille distraite la tirade sur l'Europe. Il calculait ses chances personnelles d'échapper au couperet. Elles étaient voisines de zéro.

— Qu'est-ce qu'on va faire ?

Bertillon avança le menton d'un air décidé.

— Ce qu'on va faire ? On va exiger un entretien immédiat avec V.-L., et on va mobiliser. Parce que c'est pas avec des belles paroles qu'on les fera changer d'avis.

16 h 20. Un sourire incurva les lèvres de Carole Lebihan quand le message s'afficha sur son écran. Sa bouche, dont la lèvre inférieure était un peu plus épaisse que la supérieure, était mise en valeur par un rouge très discret. Il arrivait à Carole de se maquiller de façon plus agressive, mais jamais pendant son travail. Ça n'aurait pas convenu à une femme appelée à seconder Paul Vigier-Lelièvre, le personnage le plus important de la Satarib. Elle tirait en arrière ses longs cheveux auburn et les ramassait en chignon derrière sa nuque, ce qui lui donnait un air

sérieux, sinon sévère, et s'habillait toujours de façon très stricte, voire vieillotte (aux yeux de certaines de ses jeunes collègues) : tailleurs noirs ou bleu marine, chemisiers de soie, escarpins noirs. Bref, il ne restait que cette bouche et son regard pour laisser deviner sa sensualité. Mais cette retenue augmentait l'intérêt des hommes pour Carole, elle ne l'ignorait pas.

Elle relut le message, puis l'imprima. À cet instant, le téléphone se mit à sonner. Elle décrocha et reconnut la voix de Bertillon, le secrétaire du syndicat. Son sourire s'effaça, ses lèvres se pincèrent. Elle ne supportait pas ce type.

— Madame Lebihan ? Roland Bertillon. Pourriez-vous me passer M. Lelièvre ?

Carole s'efforça d'adopter un ton neutre, pour dissimuler l'animosité que lui inspirait son interlocuteur, néanmoins sa voix était sèche.

— Je vais voir s'il peut vous prendre.

Elle posa le combiné sur son bureau, se pencha pour prendre le message imprimé dans le réceptacle de l'imprimante, le plia en quatre et reprit le combiné.

— Je suis désolé, monsieur Bertillon. M. Vigier-Lelièvre est en pleine réunion. Essayez de le rappeler demain en fin de matinée.

Son ton montrait qu'elle n'était pas vraiment désolée.

— C'est vraiment urgent, insista Bertillon.

— Vous pouvez peut-être m'expliquer le motif de cet appel, susurra Carole.

— C'est à Vigier-Lelièvre que je veux parler. S'il refuse de me recevoir, c'est avec une cinquantaine de collègues en colère qu'il va être obligé de s'expliquer.

Carole soupira, secoua la tête en levant les yeux au ciel, puis se leva et se dirigea vers la double porte capitonnée.

À l'entrée de sa secrétaire, Vigier-Lelièvre, qui était penché sur son immense bureau de marbre, releva la tête et souleva ses lunettes.

— Pardonnez-moi de vous déranger, mais Bertillon veut absolument vous voir, il prétend que c'est urgent...

— Il n'y a pas le feu. Nous avons la réunion du comité d'entreprise dans huit jours. Il aura tout le temps de me raconter son histoire. Dites-lui que je suis occupé...

— Il menace...

— Quant à ses menaces, vous savez où il peut se les mettre...

Le numéro deux de l'entreprise était parfois grossier. Carole n'appréciait pas cette façon de s'exprimer, mais elle aurait aimé transmettre l'intégralité de ces paroles au responsable syndicaliste. Néanmoins, elle se contenta d'un suave :

— Comme je vous le disais, M. Vigier-Lelièvre ne veut pas être dérangé. Je regrette, monsieur Bertillon.

— Parfait, il prend ses responsabilités, je prends les miennes.

17 heures. Roger Lambert et ses collègues avaient cessé le travail. Assis sur les bureaux ou renversés dans leurs sièges, les pieds sur les tables, ils discutaient ferme. Chacun voulait s'exprimer, de sorte que tous parlaient en même temps et que personne n'arrivait à se faire entendre. Même l'interdiction de fumer n'était pas respectée, sans que personne ne s'en offusque, ce qui n'était pas pour déplaire à Lambert. L'arrivée de Prigent, l'adjoint de Bertillon, ramena un semblant de calme.

— Mes amis, écoutez-moi ! cria celui-ci, en levant les bras pour obtenir le silence. Je suppose que vous avez tous lu ceci. (Il brandit le fameux message.) Trévoux et V.-L. ont refusé de recevoir notre délégation. Ils font le mort. Leur tactique est de faire traîner. Alors, voilà ce que nous allons faire. (Il consulta sa montre.) Dans une demi-heure, je vous donne rendez-vous dans la cour. Et, s'il y a une majorité de collègues pour nous suivre, moi, je suis pour l'occupation immédiate de la boîte.

— Vous ne pensez pas que c'est prématuré ? demanda une petite blonde.

— Prématuré ? s'indigna le syndicaliste. Toi, tu es jeune, tu as des diplômes, tu peux espérer retrouver un job. Mais les collègues qui ont une famille et vingt ans de maison, qu'est-ce qu'ils vont devenir ? Tu t'es posé la question ?

— J'ai trois gosses, moi ! renchérit Lambert.

Des commentaires divers accueillirent cette assertion. Face à la réprobation de ses compagnons, la jeune fille blonde battit en retraite. Le débat reprit dans la plus grande confusion.

— Alors, dans une demi-heure dans la cour ! répéta Prigent. Je vous laisse, j'ai d'autres services à voir.

— Je viens avec toi ! annonça Lambert sur un coup de tête.

Il n'avait pas repris sa carte du syndicat depuis six ans, mais, tout à coup, il retrouvait ses ardeurs juvéniles. La perspective de pointer à l'ANPE lui avait fait l'effet d'un électrochoc.

17 h 30. Une sourde rumeur parfois couverte par les grésillements de la sono montait de la cour. Vigier-Lelièvre s'approcha de la fenêtre, observa un instant le rassemblement, puis quitta son bureau.

— Je vais sortir par-derrière, annonça-t-il à sa secrétaire.

Les membres de la direction disposaient d'un ascenseur qui les conduisait directement à leur parking réservé, lequel avait deux issues, l'une devant l'entrée du siège de l'entreprise, l'autre directement sur le boulevard périphérique intérieur.

— Vous n'allez pas les recevoir ?

— Dans ces conditions, ce ne serait pas une bonne chose. Je n'ai pas envie de me faire séquestrer, comme en 87. Attendons que ça se calme un peu. Vous pouvez partir aussi, mon petit.

Carole ne se fit pas prier.

Dans l'ascenseur, elle se trouva serrée dans une foule d'employés qui allaient rejoindre leurs collègues dans la cour. Tous semblaient très excités, mais aucun ne lui adressa de propos désobligeants. Certains lui lancèrent cependant des regards peu amènes, qu'elle ignora. Dans le hall, une femme lui tendit un tract. Les syndicats n'avaient pas perdu de temps. Carole refusa le tract et pressa le pas. Dès qu'elle se retrouva dans la rue, elle sauta dans un taxi. Quand elle fut installée sur la banquette arrière, elle dénoua son chignon et entreprit de coiffer sa longue crinière, puis de rectifier son maquillage en accentuant le dessin de ses lèvres à l'aide d'un bâton d'un rouge plus vif.

17 h 35. Paul Trévoux jeta lui aussi un œil par la fenêtre, en prenant soin de ne pas se faire voir, de façon à ne pas susciter la colère des manifestants. Les syndicalistes venaient d'installer une nouvelle sono plus puissante que le porte-voix grésillant utilisé par Bertillon au début de l'assemblée. Son discours parvenait clairement au DRH, mais rien sur le visage de Trévoux ne permettait de deviner les sentiments que lui inspiraient les propos véhéments du secrétaire

syndical. Il affichait un petit sourire et avait l'apparence d'un homme heureux. Il rangea soigneusement les objets posés sur son bureau, fixa sa montre à son poignet, enfila sa veste, prit son imperméable sur son bras et passa dans le bureau de sa secrétaire.

— Je vais vous demander un petit service. Pouvez-vous rester encore un moment ?

C'était pure courtoisie, car il n'était pas encore l'heure de quitter l'entreprise. Mais, de fait, dans le climat d'agitation ambiant, même ceux qui ne participaient pas à l'assemblée dans la cour avaient pour la plupart abandonné leur poste de travail.

La secrétaire inclina la tête.

— Alors soyez gentille : si Bertillon ou quelqu'un d'autre cherche à me joindre, faites-lui savoir que je serai prêt à le rencontrer demain à 11 heures. Ce soir, j'ai un rendez-vous important et, de toute manière, je ne crois pas qu'il serait positif de recevoir le syndicat dans cette atmosphère...

18 h 10. Lambert quitta l'assemblée après avoir voté pour la grève, avec la majorité du personnel. Une centaine de jeunes étaient restés sur place avec l'intention d'occuper l'entreprise. Quand il se retrouva dans la rue, seul, il éprouva une sensation curieuse. L'excitation qu'il avait partagée avec ses collègues tomba d'un seul

coup. Il se sentit vidé. Il réalisa qu'il allait lui falloir annoncer la triste nouvelle à sa femme. Leur couple n'allait déjà pas très fort. Son licenciement risquait de lui donner le coup de grâce. Car, s'il était convaincu qu'il fallait protester, pour le principe, il ne se faisait guère d'illusions sur l'issue de l'affrontement avec les patrons de la Satarib. On obtiendrait peut-être des indemnités un peu plus importantes, mais après, ce seraient les Assedic. Il marcha jusqu'à sa voiture du pas d'un automate, prit le volant, tourna la clef de contact et se mit à rouler au hasard. Il conduisait avec des gestes mécaniques. L'enseigne d'un bar fit jouer un déclic. Il avait besoin de boire quelque chose. Il trouva une place, dans les clous, à l'angle de la rue, abandonna sa voiture au risque de récolter un P-V et entra dans le bar.

Une musique jazzy jouait en sourdine, de discrètes lampes champignon de style rétro éclairaient les tables. Cette ambiance feutrée, ce calme après le tohu-bohu de l'assemblée eurent immédiatement un effet bénéfique : il éprouva une sensation de bien-être, se détendit et alla s'installer dans un box. Le contact de la banquette de cuir capitonnée était agréable. Il commanda un cognac, fit le vide dans son cerveau et dégusta son alcool par petites gorgées en le gardant longuement en bouche. Ses soucis immédiats se dissipèrent, la menace du licenciement semblait plus lointaine. Il commanda très vite un second cognac et se mit à observer les rares consommateurs. Deux hommes de type oriental, très bien habillés, étaient assis sur les tabourets, devant le zinc. Tout au fond, un individu tirait avec avidité sur son cigare, son visage disparaissant derrière les volutes de fumée. Dans le box voisin, celui qui était situé immédiatement devant lui, il y avait un couple que Lambert ne pouvait pas voir et qui chuchotait. Néanmoins, il lui sembla que ces voix ne lui étaient pas inconnues. Il tendit l'oreille.

— C'était vraiment urgent? minaudait la femme.

— Absolument, mon lapin, répondait l'homme.

— Et que signifiaient donc ces initiales mystérieuses?

— Tu n'as pas deviné, mon lapin? Mille caresses sensuelles et tendres...

Un ronronnement de satisfaction accueillit cette déclaration.

Lambert sursauta dans son box. Avait-il bien entendu? Lapin, mille caresses sensuelles... 1000 CS et T...

Il se leva et marcha jusqu'aux toilettes. Au passage, il jeta un regard sur le couple. Il ne distingua pas le visage de la femme qui était enfoui dans le creux de l'épaule de son compagnon, en revanche il reconnut immédiatement Trévoux, qui heureusement était trop occupé pour lui prêter attention. La main du DRH glissait sur la cuisse de la secrétaire de direction, dont la jupe était remontée jusqu'à la hanche. Lambert distingua même ce qui lui sembla être de la dentelle noire. Il devint écarlate et pressa le pas. Son cerveau, peut-être sous l'effet de l'alcool, fonctionnait maintenant à plein rendement. Au point que, lorsqu'il effectua le trajet en sens inverse, il avait deviné le sens du fameux EH-HH qui avait tant intrigué les syndicalistes : Endroit Habituel-Heure Habituelle ! L'idée lui vint d'incendier le couple, de lui dire ses quatre vérités pour le punir du cataclysme déclenché par leur billet doux, mais il réalisa qu'il n'en avait pas vraiment envie. Une douce euphorie l'envahissait : il n'allait pas se retrouver sur le pavé ! Il se paya tout de même le luxe de s'arrêter devant eux, sourire aux lèvres, et de leur souhaiter une bonne soirée, sur un ton ironique, mais sans la moindre agressivité.

Expertise

Rapport adressé au Parquet

Monsieur le Procureur général,

Vous trouverez ci-jointes les différentes pièces dont l'examen m'a conduit à procéder à la mise en examen et à l'incarcération de Didier Brignon.

Vous en souhaitant bonne réception, je vous prie de bien vouloir agréer, monsieur le Procureur général, l'expression de ma haute considération.

Yves Petitjean

Rapport d'expertise informatique

Suite à la demande de M. Yves Petitjean, juge d'instruction, nous avons procédé à l'examen du disque dur de l'ordinateur (PC) de M. Didier Brignon. Ce disque dur est du modèle Seagate 3,2 giga, réf. 4T 3254177904. L'examen des différentes couches de ce disque a permis d'établir avec certitude les connexions Internet suivantes, que nous avons classées par catégories :

— Le site Érosex a été consulté 875 fois. Durée totale de connexion : 7 heures, 46 minutes.

— Le site Libidonet a été consulté 213 fois. Durée totale de connexion : 2 heures, 17 minutes.

— Le site Sexyteen a été consulté 342 fois. Durée totale de connexion : 4 heures, 23 minutes.

— Le site Coquinet a été consulté 286 fois. Durée totale de la connexion : 3 heures, 33 minutes.

— Le site Pee-girlnet a été consulté 3 fois. Durée totale de connexion : 18 minutes.

— Le site Strange-sex web a été consulté 2 fois. Durée totale de connexion : 6 minutes.

— Le site Érotic-stories a été consulté 6 fois. Durée totale de connexion : 19 minutes.

Échanges d'e-mails :

— L'ordinateur examiné a été utilisé pour envoyer 293 messages e-mails et en recevoir 142. Sur ces 435 e-mails, il a été possible de reconstituer complètement les textes de 312 messages (ci-joints) et partiellement 92 messages. 31 e-mails ont été totalement effacés.

Correspondance électronique :

(Une partie des messages a pu être récupérée directement sur le disque dur, une autre sur le serveur, l'utilisateur ayant, sans doute par ignorance ou inadvertance, coché la case

« conserver le message sur le serveur » dans ses paramètres Internet.)

— Sexnet Forum : 123 e-mails expédiés, 42 reçus (liste des correspondants ci-jointe).

— Docteur sexe : 43 e-mails expédiés, 12 reçus.

— Virtual Gadget Library (boutique de vente par correspondance de matériel érotique : vidéo, livres, BD, aphrodisiaques, harnachement SM, godemichés, etc.) : 18 e-mails.

(6 demandes de renseignement, 1 commande de catalogue et 11 commandes d'objets divers (liste ci-jointe).)

NB : 32 correspondants n'ont pas pu être identifiés.

Photographies :

Les traces de 1247 photographies téléchargées en format JPG ont pu être retrouvées.

412 photographies ont pu être intégralement récupérées, 519 partiellement reconstituées, les autres totalement perdues. (Ces photos ont été enregistrées sur le DVD joint à ce rapport et classées par ordre d'enregistrement.)

Un premier classement sommaire permet de distinguer :

Photographies à caractère érotique et/ou pornographique :

— 140 photos de femmes seules, nues ou partiellement déshabillées « soft ».

— 277 photos de femmes seules, nues ou

partiellement déshabillées « hard » (masturbation, introduction d'objets à connotation « phallique » dans le vagin, l'anus, la bouche, etc.)

— 318 photos de couples, trios ou quatuors mixtes (ou groupes d'une quantité plus grande de partenaires) se livrant à des activités érotiques, avec ou sans pénétration, à dominante hétérosexuelle.

— 212 photos de couples, trios, quatuors mixtes (ou groupes d'une quantité plus grande de partenaires) se livrant à des activités érotiques, avec ou sans pénétration, à dominante bisexuelle.

— 52 photos de couples, trios, quatuors féminins (ou groupes d'une quantité plus grande de partenaires) se livrant à des activités érotiques, avec ou sans pénétration, à dominante homosexuelle féminine.

— 12 photos de couples ou trios masculins se livrant à des activités érotiques, avec ou sans pénétration.

— Trois photos d'hommes seuls (dont l'un en état d'érection).

— Deux photos de femmes en train d'uriner et une photo d'une femme en train de déféquer.

— Trois photos à caractère sadomasochiste : flagellation d'homme et de femme, bondage.

Photographies diverses :

— 18 photos de voitures (liste des modèles ci-jointe). Dominante : véhicules de grand luxe (Mercedes, Rolls, Cadillac...).

— 12 photos d'oiseaux (liste des espèces ci-jointe).

— 12 photos de poissons (liste des espèces ci-jointe).

— 17 photos d'animaux divers (liste des espèces ci-jointe).

— 12 photos familiales.

— 12 photos de paysages (liste des lieux ci-jointe).

— Autres photos : 29.

Textes :

— Fax destinés à des commandes, réservations de voyage, etc. : 9.

Textes enregistrés sur Internet (copies en annexe à ce rapport) :

— Sur 278 documents textes enregistrés sur Internet (formats divers), 197 ont pu être totalement récupérés, 52 partiellement reconstitués, 29 ont été totalement perdus.

— Textes à caractère érotique ou pornographiques : 123 (92 enregistrés sur le site canadien Erotic-stories, 14 sur le site australien Magic sexweb, 17 sur le site Coquinet (français amateur)).

— Articles de la revue *Le Droit français* : 64. (Liste ci-jointe, dont deux commentaires de l'avocat Roger Léon-Defarge sur la répression de la pédophilie et un de Frédéric Gisberg, président de la Cour d'appel, sur la question de la majorité pénale.)

— Articles de la revue américaine *Fishing and hunting* : 36 (liste ci-jointe).

Me tenant à votre entière disposition pour toute précision supplémentaire, je vous prie d'agréer, monsieur le Juge, l'expression de toute ma considération.

Jean-Jacques Hainaut, docteur en informatique, maître de conférences à Paris-VI, expert auprès des tribunaux.

P.-S. : Pour mener à bien cette expertise, j'ai bénéficié de la collaboration de deux de mes assistants de Paris-VI et de quatre étudiants de cette université. Tous se sont engagés par écrit à respecter la confidentialité de leurs analyses.

Rapport d'expertise psychiatrique

Après des entretiens portant sur une période de trois semaines, à raison de deux entretiens par semaine, au cours desquels le sujet s'est réfugié dans un mutisme absolu, Didier Brignon nous est clairement apparu comme un pervers polymorphe doublé d'un dissimulateur.

De fait, nous sommes en présence de plusieurs personnages :

— Didier Brignon n° 1 : employé modèle de la Banque de Bretagne et père de famille modèle, dont ni la femme ni les enfants ne peuvent soupçonner les perversions sexuelles.

— Didier Brignon n° 2 : véritable drogué de « pornographie virtuelle », rivé à l'écran de l'ordinateur à l'aide duquel il collecte sur le réseau Internet toutes sortes de documents à caractère pornographique et correspond avec d'autres amateurs, dans le cadre de « messageries » et de « forums » douteux. À ce titre, le disque dur de cet ordinateur nous fournit des informations précieuses sur ce Didier Brignon n° 2, puisque le n° 1 refuse obstinément de reconnaître cette obsession envahissante.

— Didier Brignon n° 3, qui, ne se satisfaisant plus de ces « plaisirs virtuels », passe à l'acte, viole la petite Julie Douneau et la tue pour faire disparaître les traces de son forfait... de la même manière qu'il efface consciencieusement les images qu'il contemple sur son écran, de crainte sans doute qu'un de ses proches ne les découvre, ou/et parce qu'il en éprouve une certaine honte. Du moins croit-il les effacer, car ses connaissances limitées des techniques de l'informatique ne lui permettent pas de savoir qu'il est possible de reconstituer une grande partie de ces documents.

Pour savoir si l'existence de Didier Brignon n° 3 est une hypothèse réaliste, nous allons nous pencher sur la sexualité de Didier Brignon n° 2, ses pulsions conscientes et inconscientes, telles que nous pouvons les découvrir à travers l'étude de ce disque dur, qui nous fournit des indications précieuses sur la libido du sujet.

Après avoir été tenté par l'hypothèse de la schizophrénie (Didier Brignon n° 1 ignorant l'existence de Didier Brignon n° 3, et peut-être même celle de Didier Brignon n° 2, le sujet nie obstinément son obsession sexuelle « virtuelle »), nous l'avons formellement rejetée et nous avons conclu à la dissimulation. S'il est possible d'admettre qu'un individu, dans un moment d'égarement, commette un acte criminel qu'il refoule ensuite, il n'est pas vraisemblable qu'il puisse ainsi régulièrement consulter des sites Internet pendant des durées aussi longues, les efface systématiquement, ce qui exige de très nombreuses manipulations, et en perde le souvenir.

Si nous examinons maintenant les matériaux contenus dans ce disque dur, plusieurs observations s'imposent :

— Les images les plus nombreuses représentent des femmes seules ou des couples mixtes et correspondent à une sexualité socialement admise. Il en va de même pour les textes. Les images d'hommes seuls ou de couples homosexuels masculins sont trop peu nombreuses pour qu'il soit possible de déceler une attirance marquée pour l'homosexualité. On ne peut en effet exclure que ces images aient été trouvées et enregistrées au hasard des recherches du sujet et non choisies.

— Parmi les modèles féminins, le pourcentage de très jeunes filles demeure faible. Nous n'avons trouvé qu'une demi-douzaine de modèles dont l'âge pourrait être inférieur à dix-huit ans — âge légal minimum pour poser pour ce genre de photos —, et il est difficile d'en avoir la certitude en l'absence d'enquête — on sait qu'il existe divers artifices pour rajeunir un modèle : coiffure, maquillage, tenue vestimentaire, etc.

— On ne trouve aucun site pédophile caractérisé parmi les nombreux sites auxquels s'est connecté le sujet.

Une observation superficielle conduirait donc à conclure que la sexualité du sujet ne sort pas d'un cadre « socialement correct » ou « relativement correct », si l'on excepte toutefois quelques clichés, notamment ceux à caractère sadomasochiste, bien qu'il soit nécessaire de répéter que nous ne pouvons pas avoir la certitude que ces photos ont été choisies.

Les éléments permettant d'établir les tendances pédophiles du sujet devront donc être cherchés ailleurs. À ce stade de l'examen, il convient de rappeler l'un des traits majeurs du sujet : la dissimulation. Une hypothèse s'impose alors : cette sexualité « socialement correcte », en dépit de son caractère obsessionnel et virtuel, ne servirait-elle pas de masque pour dissimuler des tendances moins avouables ? Non vis-à-vis de l'environnement social, puisque le sujet croit avoir détruit les traces de ses connexions avec des sites pornographiques, mais vis-à-vis de lui-même. Résumons-nous : le sujet éprouve une frustration sexuelle qui tourne à l'obsession et qu'il s'efforce de juguler, à défaut de pouvoir la satisfaire, par ces manipulations névrotiques d'images et de textes. C'est parce qu'il « devine » plus ou moins la nature inacceptable de ses véritables pulsions qu'il s'efforce de les noyer sous cette avalanche de représentations sexuelles acceptables par lui. (Même s'il ne les juge pas acceptables par son environnement familial et s'enferme aujourd'hui dans un refus total.)

Pourtant, le sujet n'a pas la possibilité de maîtriser totalement ses pulsions. Mais il les refoule, les sublime. Celles-ci vont donc apparaître sous une forme totalement inattendue : les photos d'animaux ! Quelles espèces découvrons-nous : des lapins, des ours, des marmottes, des dauphins ! Le monde de l'enfance ! Une analyse traditionnelle directe du sujet (avec son consentement), une plongée dans son passé, sa propre enfance nous en diraient certainement beaucoup sur l'origine de ces pulsions, sur un possible traumatisme lié à ces symboles enfantins. Hélas, son refus total de collaboration ne nous permet pas d'avancer davantage sur ce terrain prometteur. Nous persistons d'ailleurs à considérer qu'il s'agit, non d'un blocage, mais d'une volonté consciente de dissimulation.

La présence de ces photos d'animaux serait sans doute insuffisante pour attester formellement des tendances pédophiles du sujet, si elle ne se combinait pas à d'autres éléments.

Certains de ces éléments apportent des informations directes sur les pulsions du sujet, telles

les photos de femmes en train d'uriner ou de déféquer et la connexion avec le site spécialisé Pee-girlnet. Si l'on tient compte du fait que le sujet possède une certaine connaissance de la langue anglaise (comme l'indiquent les enregistrements d'articles tirés de publications anglo-saxonnes), ce site ne peut pas avoir été consulté par hasard — bien que son choix puisse avoir été « semi-conscient ». Or, l'ondinisme et la scatologie sont des formes de régression sexuelle (voisines du retour à la phase anale), déterminées dans la majeure partie des cas par le vécu de la petite enfance et de la préadolescence.

D'autres éléments nous donnent des indications indirectes qui nécessitent une interprétation. (Celle-ci est cependant simple, voire lumineuse, en regard des autres éléments présents.) Ces éléments sont essentiellement les photos de poissons et d'oiseaux et les articles issus de revues de chasse et de pêche. (Le fait que, selon toutes les autres informations dont nous pouvons par ailleurs disposer et de son propre aveu, le sujet ne pratique ni la chasse ni la pêche, donne encore davantage de vraisemblance à l'interprétation que nous avons retenue : la symbolique sexuelle[1].) Pour éviter d'être trop long, nous

1. Pour une étude analytique complète de la symbolique sexuelle de la chasse (et de certaines formes de pêche qui s'en rapprochent), on se rapportera à l'ouvrage de notre distingué confrère, le professeur Devray-Virzen, *Chasse et sexualité*, qui fait aujourd'hui autorité.

ne retiendrons que deux exemples : la chasse à l'arc et la chasse sous-marine (sports décrits à plusieurs reprises dans les articles des journaux anglo-saxons enregistrés sur Internet).

On a coutume de distinguer plusieurs phases dans ces activités (voir l'ouvrage précédemment cité) :

— L'acte de bander l'arc, l'arbalète ou le fusil sous-marin, qui correspond à l'érection.

— La pénétration de la flèche dans la chair de la proie, qui correspond à la pénétration sexuelle phallique.

— Le saignement de la proie blessée qui correspond à l'éjaculation et l'orgasme (et qui peut être complété par l'achèvement de la proie, généralement à l'aide d'une arme blanche : couteau, poignard).

— La récupération de la proie, chargée dans une gibecière ou accrochée à un fil de Nylon (chasse sous-marine), qui correspond à la phase de plénitude et de récupération avant un nouvel acte.

Examinons maintenant les cibles présentes : d'innocents oursons et marmottes, des oiseaux blancs (symboles de pureté et de virginité), des poissons rouges comme un enfant peut en contempler dans l'aquarium familial. (On notera à ce propos qu'aucune de ces proies n'appartient à la catégorie des espèces animales redoutables : on ne trouve ni crocodile, ni requin, ni aigle, ni tigre.)

En rapprochant cette fascination pour la chasse (jamais exercée par le sujet) de sa fascination pour ces proies symboliques, le doute n'est plus permis : nous entrons bel et bien dans le subconscient de notre sujet, dont le conscient, rappelons-le, n'avait pas voulu s'écarter des formes de sexualité que nous avons définies comme « socialement acceptables » (selon les propres critères du sujet).

Pour être très précis dans notre analyse, nous soulignerons pour conclure une petite contradiction qui n'est qu'apparente : dans le refus de sortir des limites de cette « sexualité acceptable », on observe néanmoins quelques « glissements » : photos de très jeunes filles (mais « noyées » dans la masse des autres photos), photos de pratiques sadomasochistes, ondinistes, etc. Nous avons dit plus haut que, dans l'état de nos recherches, nous ne pouvons pas avoir la certitude que leur enregistrement résulte d'un choix délibéré. Cependant, c'est leur présence simultanée, dans le contexte que nous venons de décrire, qui a valeur, sinon de preuve, du moins de très forte présomption que le sujet a brièvement cédé ouvertement à des pulsions qu'il réprouve habituellement. C'est pourquoi nous le croyons également susceptible d'avoir été incapable de résister à ces mêmes pulsions, non plus de façon « virtuelle » comme il l'a fait devant l'écran de son ordinateur, mais devant une enfant en chair et en os.

NB 1. La consultation de textes juridiques concernant la pédophilie conforte bien évidemment nos analyses, néanmoins elle sort de notre domaine de compétence...

NB 2. Dans l'état de notre connaissance du sujet, nous n'avons pas d'hypothèse fiable à formuler pour relier l'enregistrement de photos de voitures de luxe aux faits précédemment exposés.

Jacques Renaud-Lelièvre, docteur en médecine, psychiatre, expert agréé par les tribunaux, chargé de cours à l'université Paris-V.

Extrait de *Libération*, 27 janvier 2002.

«L'avocat de Didier Brignon demande de nouvelles expertises»

Maître Roland Rajfus, avocat de Didier Brignon, mis en examen et incarcéré pour le viol et le meurtre de la petite Julie Douneau, a contesté la validité de l'expertise de l'ordinateur de son client au cours d'une conférence de presse organisée par le comité de soutien qui s'est formé à la Banque de Bretagne, où aucun de ses proches collègues ne veut croire à la culpabilité de Brignon. «Il s'agit d'une expertise hautement fantaisiste, a notamment déclaré Roland Rajfus. Comment et pourquoi Didier Brignon, qui ne parle pas un mot d'anglais, aurait-il enregistré des articles dans cette langue, et qui plus est des textes de loi très compliqués? Cette expertise a été réalisée beaucoup trop rapidement. Pressés de désigner un coupable à une opinion publique révoltée par ce crime odieux, le juge d'instruction et la brigade de recherche de la gendarmerie n'ont par exemple même pas cherché à établir le calendrier des dates et heures de connexion à Internet de M. Brignon (ce qui est très facile grâce aux relevés de France Télécom), afin de vérifier que ce calendrier correspond point par point avec la consultation des sites pornographiques, voire pédophiles, que M. Brignon est accusé d'avoir consulté ! Nous ajouterons que, quand bien même il aurait régulièrement consulté de tels sites — et quoi qu'on puisse penser de ces pratiques —, cela ne prouverait en aucune façon qu'il est l'horrible assassin pédophile sur lequel plusieurs médias se sont acharnés. Faut-il souligner à nouveau que les tests génétiques n'ont donné aucun résultat probant ? Nous avons à ce propos l'intention d'engager des poursuites contre plusieurs de ces médias qui, par pur voyeurisme malsain, ont décrit ces sites ou prétendus sites à longueur de colonnes et même reproduit des e-mails que M. Brignon nie formellement avoir expédiés... »

M. Rajfus a conclu sa conférence de presse en soulignant qu'il s'apprêtait à demander la mise en liberté provisoire de son client qui, selon lui, supporte très mal sa détention et se réfugie dans un mutisme absolu.

Extrait du *Parisien*, 2 février 2002.

« Quel crédit accorder aux analyses informatiques ? »

[...] On se souvient que les traces de consultation de sites pornographiques (un peu vite qualifiés de « pédophiles ») sur le disque dur de l'ordinateur de M. Brignon, ajoutées à la présence du suspect à proximité des lieux du crime, ont été considérées par le magistrat instructeur comme des éléments suffisamment solides pour mettre M. Brignon en examen et le placer en détention. Or, voici que son avocat et ses proches contestent formellement ces analyses. Répondant aux questions de la presse, le juge Petitjean a affirmé que les expertises réclamées par la défense ne seraient pas faciles à réaliser car, si les textes et les photos enregistrés ont pu être totalement ou partiellement restaurés, les dates et heures de connexion resteraient incertaines en raison du fait que l'ordinateur utilisé par M. Brignon n'était pas prévu pour passer le cap de l'an 2000 et que son système horodateur a été totalement perturbé...

Extrait du *Monde*, 6 février 2002.

« Le Parquet rejette la demande de mise en liberté de M. Brignon, mais accepte de nouvelles analyses informatiques »

Le Parquet de Rennes a rejeté hier la

demande de mise en liberté provisoire de Didier Brignon, mis en examen le 27 novembre 2001 pour le viol et l'assassinat de Julie Douneau. Il a cependant fait droit à la demande de nouvelles expertises de l'ordinateur de M. Brignon, dont l'examen avait fourni un faisceau de présomptions déterminantes...

Extrait de *Libération*, 8 février 2002.

« Suicide de Didier Brignon »

Jeudi matin, Didier Brignon, mis en examen pour le meurtre de Julie Douneau, a été retrouvé pendu aux barreaux de sa cellule de la prison de Rennes par un surveillant de cet établissement. Il n'avait laissé qu'une courte lettre pour proclamer son innocence. Le rejet de sa demande de mise en liberté semble être à l'origine de son acte...

Extrait du *Parisien*, 16 février 2002.

« L'avocat de Didier Brignon : "Un innocent a été poussé au suicide" »

« La vague diffamatoire qui a submergé Didier Brignon, les brimades que lui ont infligées ses codétenus l'ont poussé au suicide ! », a affirmé maître Rajfus au cours d'une nouvelle conférence de presse. L'avocat a ensuite présenté des relevés de communications téléphoniques qui, selon lui, prouveraient formellement que Didier

Brignon n'aurait pas pu se connecter régulièrement à des sites pornographiques et pédophiles comme il en a été accusé, car les durées et les dates de connexion ne correspondraient pas à celles établies par l'expertise du disque dur de son ordinateur.

Extrait du *Canard enchaîné*, 23 février 2002.

« Affaire Didier Brignon (suite) : un disque dur à trouver »

Selon les bruits qui courent dans les couloirs du palais de justice de Rennes, le juge Petitjean aurait piqué une grosse colère en apprenant que le disque dur censé avoir été prélevé sur l'ordinateur de feu Didier Brignon et établissant qu'il était un abonné régulier de réseaux pédophiles ou apparentés ne serait peut-être pas le bon. On se souvient que cette expertise avait fortement contribué à diriger les soupçons des enquêteurs chargés d'élucider l'affaire Julie Douneau sur ce père tranquille employé de la Banque de Bretagne. Alors, deux questions se posent : si ce disque n'est pas le bon, où se trouve l'autre, le vrai ? Et à qui peut bien appartenir le faux, celui qui a servi à l'expertise ?

24 février 2002

Correspondance téléphonique entre Yves Petitjean (juge d'instruction) et Jean-Jacques Hainaut (expert)

— Oui, monsieur le juge, j'ai lu cet article.

C'est vraiment regrettable. Je suppose qu'il y a eu une fuite. Mais ça ne vient pas de chez nous. Vous pouvez en avoir l'assurance.

— Le mal est fait... Je me demande comment nous allons pouvoir présenter l'affaire au Parquet. Vous m'avez mis dans une situation... Vous avez une explication ?

— Eh bien... C'est un concours de circonstances très regrettable. Figurez-vous que ces deux disques sont de même modèle : Seagate. À première vue, rien ne les distingue.

— Il me semble me souvenir qu'il y a un numéro d'identification.

— Certes, certes, mais vous savez comment travaillent les assembleurs informatiques : ils montent des pièces d'origines diverses dans des boîtes et rien n'indique qu'un composant appartient à tel ordinateur une fois qu'il a été retiré. Il faudrait faire une enquête chez l'assembleur, pour qu'il vérifie ses bordereaux de commande. Or, beaucoup d'assembleurs disparaissent après deux ou trois ans d'activité...

— S'il vous plaît, épargnez-moi tous ces détails. Qu'est-ce qui s'est exactement passé ?

— Eh bien... C'est-à-dire... Les deux disques étaient rangés dans la même armoire et un de mes étudiants...

— Merde ! C'est donc bien ce qu'on craignait !

— Hélas, monsieur le juge...

— Et l'autre disque ?

— Vous voulez dire celui de M. Brignon ?

— Oui, bien sûr.

— Eh bien, j'ai le regret de vous dire qu'il ne contient aucune trace de connexion à des sites du genre de ceux dont nous avions relevé la liste.

— C'est bien notre chance ! Et d'où vient ce satané disque qui nous a flanqués dans la merde ?

— Il a été saisi dans une autre affaire. Celle du *provider*[1] qui a été mis en examen pour avoir hébergé des sites douteux. Le gars qui est à l'origine de cette lamentable interversion a été immédiatement viré. Croyez-moi !

— Et vous êtes prêt à assumer publiquement votre erreur ?

Bref silence.

— La situation est très gênante.

— Vous croyez qu'elle ne l'est pas pour moi ?

— Brignon est mort, monsieur le juge, et nous n'y pouvons plus rien, ni vous ni moi. Je ne suis pas juriste. Vous connaissez la loi mieux que moi. Mais, d'après ce que j'ai cru comprendre, le décès d'un coupable..., je veux dire d'un présumé coupable, met fin à l'action de la justice.

— Sauf si la famille engage des poursuites.

— Et vous croyez qu'elle va le faire ?

— Je l'ignore. C'est possible. Il y a ce comité de soutien qui pousse à la roue. Et aussi la presse.

1. Fournisseur d'accès à Internet.

— Tout de même, monsieur le juge. On ne ressuscitera pas Brignon. Et si on étale cette affaire en public, personne n'en sortira grandi.

— Désolé. Je ne vois pas de solution.

Extrait du *Parisien*, 26 février 2002.

« L'incendie du palais de justice de Rennes serait d'origine accidentelle »

L'incendie qui s'est déclaré dans la nuit du 24 au 25 février dans une aile de la préfecture de police a ravagé un étage entier du bâtiment. Plusieurs services techniques ont été entièrement dévastés, en particulier les services d'expertise balistique et informatique. Aucune victime n'est à déplorer, mais les dégâts semblent considérables. La quasi-totalité des pièces et documents entreposés dans ces services ont été détruits ou sont dans un état qui les rend inutilisables. Il faudra sans doute plusieurs mois pour réussir à identifier et classer les rares éléments récupérables, ce qui risque de compliquer le traitement de nombreuses affaires en cours. D'après les premières constatations, ce sinistre serait d'origine accidentelle.

Profitez-en, c'est gratuit !

D'un geste affectueux, presque amoureux, Nicolas Riboud caressa le flanc de la machine. Son design était superbe. Le boîtier de plastique moulé blanc aux formes arrondies lui donnait l'apparence d'un objet venu du cyberespace. Rien à voir avec ces appareils sans caractère qu'on vendait dans le commerce. Une porte coulissante donnait accès aux commandes et des voyants lumineux permettaient à l'utilisateur de suivre le fonctionnement des divers éléments : le disque dur, le lecteur de disquettes, le lecteur de DVD. Quant à l'écran, c'était un de ces modèles ultraplats qu'on pouvait poser sur son bureau sans qu'il occupe la moitié de la surface. Un technicien avait installé cet ordinateur la veille et procédé à une démonstration sous les regards émerveillés de tous les membres de la famille : Nicolas, son épouse Nadine, Bertrand, son fils aîné, et Jérémie, le cadet. Tout semblait fonctionner à merveille. Aucune manœuvre compliquée : une touche du clavier assurait la connexion avec Internet quasi instantanément. Bertrand et Jérémie avaient déjà cherché (et trouvé) toutes sortes de jeux, Nadine avait fait du lèche-vitrines dans des boutiques virtuelles et Nicolas avait obtenu une documentation abondante sur le marché de la boulangerie industrielle aux États-Unis, ce qui lui avait permis de se mettre en valeur auprès de son patron, un fabricant de fours.

Nicolas prit place devant l'appareil et enfonça la touche *power*. La page d'accueil de Monyka apparut presque aussitôt, sans être précédée de tous ces mystérieux signes cabalistiques qui défilent habituellement sur l'écran pendant de longues minutes.

> *Bonjour Nicolas, nous sommes heureux de vous compter parmi les membres de notre club. Nous allons maintenant vous demander de répondre à quelques questions.*

— Déjà sur ta machine...

— Notre machine, rectifia Nicolas.

Nadine, qui venait de rentrer, s'approcha et se pencha sur son épaule.

— Qu'est-ce que tu fais ?

— Je remplis le questionnaire. D'ailleurs, je crois que je vais avoir besoin de toi.

Elle se débarrassa de son manteau et vint s'asseoir à côté de lui, sa cuisse contre la sienne, complice. Les premières questions ressemblaient à celles qu'on trouve sur les fiches d'état civil : nom, date et lieu de naissance, etc.

C'était la condition pour obtenir l'appareil sans débourser un centime : se connecter au moins une heure par jour à Internet et remplir régulièrement les questionnaires adressés par e-mail. Bertrand était tombé par hasard sur cette publicité en feuilletant un magazine dans la salle d'attente du dentiste :

> *Monyka vous offre un ordinateur et vous abonne gratuitement à Internet!*

Une accorte jeune femme en combinaison blanche moulante tendait en direction du lecteur un appareil dont toutes les caractéristiques étaient détaillées en bas de la page : *Pentium V, 512 SDRAM, DD 50 gigas.* Il suffisait de remplir le coupon-réponse pour recevoir *gratuitement* cette merveille de la technologie dans les huit jours, et ceci sans engagement. Quand son fils lui avait rapporté cette page (qu'il avait discrètement déchirée), Nicolas avait cru à une arnaque, du genre de celles qui consistent à proposer une Ferrari pour 200 francs et à expédier un modèle réduit de dix centimètres de long. D'autant que la façon dont était présentée cette publicité rappelait les réclames pour le téléphone rose. Après avoir vérifié qu'il n'y avait rien à payer, Nicolas avait accepté de remplir le coupon-réponse, pour faire plaisir à son fils, tout en le mettant en garde : « Tu vas être déçu. Ils vont forcément nous demander de passer à la caisse à un moment ou à un autre. Et aujourd'hui, avec les traites de la voiture et de l'appartement, je n'ai pas les moyens d'acheter un ordinateur... » Un technico-commercial de la société Monyka avait débarqué quatre jours plus tard, accompagné de deux livreurs et de l'appareil. Il avait confirmé que la seule obligation consistait à répondre régulièrement à des questionnaires et à des sondages destinés à un institut d'études de l'opinion publique et de la consommation. Nicolas Riboud serait ainsi le huit cent cinquante-sixième membre du club Monyka. Il avait d'ailleurs intérêt à prendre sa décision très vite : l'opération s'arrêterait dès que le millième bénéficiaire aurait signé son contrat. Car il y avait tout de même un contrat à signer, très long et rédigé en tout petits caractères, mais qui n'engageait pas l'adhérent à débourser un centime.

La démonstration, impressionnante, avait levé les dernières hésitations de Nicolas. Et aujourd'hui, il s'en félicitait. Quand il pensait à certains de ses collègues qui avaient dépensé près de 20 000 francs pour s'équiper et ne parvenaient pas à se connecter à Internet ou étaient victimes de plantages à répétition, il avait même envie de rire.

À la lecture d'une question, Nadine pouffa.

— Ils nous demandent de drôles de trucs. C'est personnel, non ?

— Bof, ça n'est jamais qu'une machine. Ça va dans des statistiques anonymes.

Nicolas cocha donc la case placée en face de « entre deux fois et quatre fois par semaine ». Les questions suivantes portaient aussi sur leur vie sexuelle. Elles abordaient des détails intimes. Néanmoins, il était précisé qu'un code protégeait ces informations, de sorte qu'aucun autre utilisateur de l'ordinateur, un enfant par exemple, ne pourrait y avoir accès. Ensuite, on passait aux habitudes de consommation. Nadine et Nicolas consacrèrent plus d'une heure à répondre consciencieusement à toutes ces questions. À l'issue de ce pensum, Nicolas entreprit de rédiger son courrier. Lorsqu'il cliqua sur l'icône du traitement de texte, une publicité pour une huile bio première pression à froid apparut sur l'écran. Il réussit, non sans mal, à la faire disparaître, mais quand il ouvrit son premier fichier, une réclame pour un club de remise en forme lui succéda. Et enfin, lorsqu'il lança l'impression, un encart pour un tour opérateur lui proposa un rabais de 15 p. 100 sur les billets d'avion pour la Grèce. Il avait cité la Grèce en tête de la liste des pays que Nadine et lui rêvaient de visiter. Un logiciel installé sur l'ordinateur avait sans doute sélectionné des annonces correspondant à leur profil. Cette constatation l'irrita en même temps qu'elle l'impressionna. Ces publicités faisaient perdre du temps à l'utilisateur, mais, une fois qu'on s'y était habitué, on devait certainement les oublier. Toutefois, après avoir rédigé et imprimé trois lettres, Nicolas abandonna l'appareil. À la grande joie de ses deux fils qui s'en emparèrent avec avidité. De la cuisine, où il avait rejoint Nadine pour l'aider à préparer le repas, Nicolas les entendait se disputer et pousser des cris de joie. Il échangea un sourire entendu avec son épouse. Ils se comprenaient sans avoir besoin d'échanger un mot : c'était un bon achat (s'il était permis de parler d'achat), car il est important pour leur avenir que les enfants se familiarisent avec l'informatique.

Le lendemain, d'un commun accord, Nicolas, Nadine et les enfants décidèrent d'abandonner l'ordinateur pour visionner un western dont un de ses collègues avait dit le plus grand bien à Nicolas. Mais, à l'instant où Burt Lancaster affichait son sourire carnassier pour affronter Gary Cooper en combat singulier, une série de sonneries stridentes retentirent.

— Va arrêter ça ! demanda Nicolas à son aîné.

Bertrand revint quelques instants plus tard, dépité.

— Impossible. Je n'y arrive pas. Quand on clique sur « arrêt », ça ne donne rien, et même le bouton *power* ne fonctionne pas. J'ai l'impression qu'il est planté. Il faudrait débrancher le cordon du secteur.

— Surtout pas! Le contrat l'interdit formellement.

L'ordinateur se trouvait dans la même pièce que le téléviseur. Ces sonneries étaient particulièrement désagréables. La seule solution qu'ils trouvèrent fut d'envelopper l'appareil avec un épais duvet de camping pour amortir le bruit. Ainsi réussirent-ils à voir la fin du film à peu près tranquillement.

— Je ne comprends pas ce qui s'est passé, dit Nicolas. Demain, je téléphonerai au technicien.

Il l'appela de son bureau de l'usine.

— Cette sonnerie est tout à fait normale, déclara le technicien.

— Comment ça, normale?

— Bien sûr, l'appareil est programmé pour rappeler à l'adhérent qu'il n'a pas atteint la durée d'utilisation hebdomadaire minimale.

— Je ne comprends pas très bien...

— Souvenez-vous, monsieur Riboud, dit le technicien dont le ton demeurait très affable, vous vous êtes engagé par contrat à vous connecter au web au moins une heure par jour ouvrable. Relisez attentivement votre contrat, c'est la clause 2046-B...

— Je n'ai pas mon contrat sur moi, mais je regarderai. Je n'ai pas dû remarquer cette clause...

— Ce sont des choses qui arrivent, mais le système est très souple. Vous pouvez parfaitement utiliser votre ordinateur deux heures le lundi et ne pas l'utiliser le mardi, et vice versa...

— Merci, j'avais compris.

Il raccrocha, mécontent de s'être fait faire la leçon par cet inconnu.

À son retour dans l'appartement familial, il eut la surprise de constater que des cartons et des emballages encombraient l'entrée.

— Qu'est-ce qui se passe ?

— Ils m'ont envoyé un robot américain pour extraire le jus des légumes et des fruits, expliqua Nadine. Je suis justement en train de l'essayer.

Un appareil d'aspect bizarre reposait en effet sur la table de la cuisine. Il émettait un ronflement rauque. Nadine enfournait des carottes dans une sorte d'entonnoir fixé sur la partie supérieure.

— Combien as-tu payé ce gadget ?

— Je ne l'ai pas payé. Ils me l'ont envoyé à l'essai. D'après le mode d'emploi, c'est supérieur aux centrifugeuses traditionnelles. Ça ne déchiquette pas les fruits, ce qui permet de conserver les molécules intactes et de préserver les vitamines et les propriétés nutritives.

— J'ignorais que les centrifugeuses abîmaient les molécules, ricana Nicolas, qui ne partageait pas la passion de Nadine pour les produits bio. Mais si tu le dis...

Il passa dans le salon où Bertrand et Jérémie, rivés à des manettes de jeu sophistiquées, pilotaient des formules l. Les bolides fonçaient sur l'écran du téléviseur familial. Le hurlement des moteurs produisait un vacarme infernal.

— Baissez le son ou allez jouer dans votre chambre ! commanda Nicolas. J'ai eu une journée de travail épuisante.

— Ce n'est pas possible, papa, rétorqua Jérémie, le test doit être effectué à la puissance maximale pendant au moins une demi-heure. Et c'est contrôlé par l'ordinateur.

— De quel test veux-tu parler ?

— Nous sommes chargés de tester ce jeu, expliqua son frère. C'est géant ! Regarde, il y a deux paquets pour toi. Maman a pensé que tu préférerais les ouvrir toi-même.

Le premier de ces paquets contenait une paire de pantoufles d'aspect bizarre. Nicolas jeta un œil à la notice qui les accompagnait.

> *Grâce au procédé inventé par le docteur canadien Norman H. Smith (brevet déposé), les Pantouflex vous procurent un massage permanent qui calme les rhumatismes dans 90 p. 100 des cas, combat efficacement l'arthrite, supprime totalement les démangeaisons et joue un rôle préventif contre l'apparition des varices. Son principe repose sur le bouillonnement électromagnétique produit par...*

Il lança les pantoufles dans un angle de la pièce, d'un air dégoûté, et ouvrit le second paquet. Il y trouva une boîte rectangulaire en plastique noir, du format d'un autoradio. C'était en effet, à en croire le mode d'emploi, un autoradio, mais qui ne comportait ni boutons, ni voyants lumineux, ni curseurs.

> *Cet appareil a été programmé pour diffuser en permanence les programmes qui correspondent à votre profil d'auditeur. Son installation est extrêmement simple et n'exige aucun branchement...*

— Je suis assez grand pour choisir mes programmes moi-même ! fit Nicolas, à voix haute.

Puis, brusquement, il se souvint d'avoir lu quelque chose qui, sur le coup, n'avait pas retenu son attention. Il se mit à fouiller dans le tiroir de la commode. Où donc avait-il rangé son contrat avec Monyka ? Il le trouva enfin, entre une quittance de loyer et une lettre de la mairie l'avertissant de l'établissement d'un sens unique dans une rue voisine de son domicile.

> *Le signataire s'engage à tester les appareils qui lui seront confiés gracieusement à titre d'essai pendant une durée d'au moins trois mois et à rédiger des rapports hebdomadaires sur leur fonctionnement et les satisfactions que ces appareils lui apportent...*

Nadine interrompit sa lecture.

— Tu veux goûter le jus ?

Cette mousse jaunâtre n'était guère appétissante. Néanmoins, il goûta, eut un renvoi, toussa. C'était infect.

— Alors ?

— Je suppose qu'il faut s'y habituer, dit-il pour ne pas vexer Nadine. Mais si ça contient des molécules intactes, alors...

Il décida d'essayer les pantoufles. Au début, il ne ressentit rien de particulier. Toutefois, pendant le dîner, une douce chaleur envahit son pied, puis se répandit dans son mollet et remonta jusqu'à sa cuisse. Ce n'était ni agréable ni désagréable, seulement bizarre. Mais, quand il voulut se lever, ses jambes refusèrent de lui obéir. Ses membres inférieurs étaient paralysés. Prenant appui sur la table avec les mains, il réussit néanmoins à quitter son siège, mais il vacilla, s'écroula, se retint à la nappe, entraînant avec lui la vaisselle, sous le regard horrifié de Nadine. Il ôta les pantoufles, se frictionna les pieds. L'effet se dissipa peu à peu, comme lorsqu'on a des fourmis dans les jambes.

Le lendemain, il rappela donc le technicien.

— C'est sans doute que vous faites partie des 2 p. 100 de la population d'âge adulte qui est allergique, déclara celui-ci, toujours aussi aimable. Alors, voici ce que vous allez faire. C'est très simple. Quand vous rédigerez votre rapport sur Pantouflex, dans vos commentaires, décrivez ces effets secondaires indésirables de façon précise, et vous serez sans doute dispensé de les porter. Ou alors, on vous enverra un autre modèle...

— Dispensé ! hoqueta Nicolas. Vous ne vous imaginez tout de même pas que je vais vous demander la permission ?

— C'est ce que prévoit votre contrat, monsieur Riboud, dit le technicien, sur un ton toujours paternaliste mais un peu plus ferme. Je vois que vous avez aussi reçu un autoradio à tester. Pas de problème particulier ?

— Les programmes ne me déplaisent pas, en effet, mais il y a tout de même un peu trop de publicités à mon goût.

— Parfait, alors n'oubliez pas vos rapports !

Bertrand et Jérémie étaient justement en train de rédiger les leurs, quand Nicolas rentra.

— Ça vous prend beaucoup trop de temps, reprocha-t-il. Où en est votre travail scolaire ? Montrez-moi vos cahiers de textes.

Comme ils s'en doutaient, les jeux vidéo avaient entièrement accaparé les deux gamins. Bertrand avait écopé d'un quatre sur vingt à un contrôle de maths.

— Vous ne touchez plus à ces appareils jusqu'à nouvel ordre ! décida Nicolas.

— Et nos rapports ?

— Ils attendront.

Nadine avait elle aussi ses rapports à envoyer. Et elle venait de recevoir un appareil destiné à éliminer le dépôt de calcaire dans la tuyauterie.

— Je ne savais pas que nous avions des problèmes de calcaire, observa Nicolas.

— Moi non plus, mais l'appareil dit que le taux dépasse de 7 p. 100 le niveau normal.

Pendant une quinzaine de jours, les envois cessèrent et, après avoir rendu leurs rapports, ils purent profiter de l'ordinateur et surfer sur Internet où Nadine découvrit une nouvelle boutique virtuelle qui faisait des remises de 25 p. 100 aux membres du club Monyka. Elle commanda des collants, des caleçons de diverses couleurs, des T-shirts pour les enfants et un jogging bleu à bande rouge pour Nicolas. Un technicien vint récupérer les pantoufles électromagnétiques et l'autoradio, mais Nadine insista pour conserver le robot à extraire le jus de légumes — la formule de paiement en six fois sans frais était particulièrement attractive. Elle n'eut pas non plus le cœur de priver les enfants des jeux vidéo et décida d'anticiper sur leurs cadeaux d'anniversaire. Nicolas trouva que la note était salée, mais il ne protesta pas, pour ne pas déclencher une scène de ménage.

Au cours du mois qui suivit, ils eurent à tester un livre électronique dont les pages s'effaçaient quand on les tournait, une casquette chauffante (on était au mois de mai!), une tirelire coffre-fort dotée d'un piège contre les voleurs dans lequel Nicolas se coinça la main — il fallut téléphoner au technicien pour obtenir le code libérateur —, un meuble transformable (tour à tour buffet, bar, bibliothèque, bureau, etc.) qui encombra inutilement leur salon, des baskets à ressorts autoréglables par puce incorporée (pour les enfants), une râpe à fromage laser, une balance indiquant le taux de graisse du corps et recommandant un régime alimentaire, et un démonte-pneu à moteur électrique — cet accessoire valut à Nicolas d'arriver trois quarts d'heure en retard à son bureau ; l'appareil fonctionnait à la perfection, mais il se branchait sur la batterie du véhicule qu'il déchargeait en cinq minutes...

La série de tests suivants porta sur l'alimentation. Comme Nadine avait rempli pour toute la famille les questionnaires concernant leurs habitudes nutritives, on leur expédia exclusivement des produits bio. Pour contrôler les effets de ces aliments sur leur organisme, ils devaient se peser trois fois par jour sur la balance spéciale livrée deux mois plus tôt et noter immédiatement les résultats sur l'ordinateur. Nadine se prêta avec beaucoup de plaisir à cette opération. En revanche, Nicolas apprécia fort peu l'obligation de se mettre au régime des graines germées et des steaks de soja. Il tricha un peu, ce qui faussa les résultats, d'autant qu'il lui était impossible de revenir du bureau pour se peser au cours de la journée. L'ordinateur ne fut pas dupe. Il leur adressa un avertissement rédigé en ces termes :

Ces tests ont pour objectif de vérifier les propriétés de produits destinés à améliorer la santé. À ce titre, ils doivent être effectués avec le plus grand sérieux : toute négligence peut avoir des conséquences négatives. Nous vous rappelons que vous vous êtes engagé par contrat à observer rigoureusement les procédures spécifiées pour chaque test. Nous vous mettons donc en garde contre le non-respect de cet engagement qui est susceptible d'entraîner l'application de l'article 453-H du contrat. Pour vérifier la validité des résultats, nous sommes donc dans l'obligation de procéder à des tests complémentaires.

Le style de cette mise en garde déplut vivement à Nicolas qui envisagea de boycotter les tests complémentaires. La lecture de l'article 453-H du contrat l'en dissuada. Toute la famille se prêta donc bon gré mal gré à l'opération. L'ordinateur parut s'accommoder des nouveaux résultats, pourtant fort peu différents des précédents. Toutefois, dans les semaines qui suivirent, le corps de Jérémie se couvrit de boutons, Bertrand éprouva de désagréables démangeaisons et Nicolas fut sujet à des migraines, ce qui ne lui était jamais arrivé auparavant. Seule Nadine fut épargnée par ces symptômes qui fort heureusement disparurent très vite.

Ils supportèrent ces petits désagréments avec résignation (ce n'était après tout qu'un mauvais moment à passer), jusqu'au jour où ils reçurent trois cartons de gadgets sexuels. Cet attirail allait de la panoplie complète du sadomasochiste, avec fouet, masque de bourreau, ceintures à clous, harnais, chaînes, à des articles de lingerie en passant par une collection de godemichés et vibromasseurs de dimensions et apparences variées — certains pouvaient être commandés à distance et contenaient des puces qui permettaient de les programmer à l'aide d'un logiciel.

> *Cet assortiment a été composé en fonction des pulsions et fantasmes que notre logiciel Psy-Sex — une création exclusive du docteur norvégien Theodor Jurgvïk (modèle breveté) — a décelés à travers vos réponses à nos questionnaires et votre mode d'utilisation de l'ordinateur. Nous avons élaboré un programme d'utilisation adapté au rythme sexuel de votre couple...*

Le docteur Jurgvïk attendait leurs rapports avec le plus vif intérêt.

Nicolas fut pris d'une crise de fou rire, mais Nadine prit très mal la chose : Jérémie, de passage dans le salon au moment où les paquets avaient été déballés, avait entr'aperçu un appareil bizarre et voulu en connaître la destination...

— Je vais déposer une plainte ! annonça-t-elle.

Nicolas leva les bras au ciel.

— Nous allons nous ridiculiser. Ça ne tombe

pas sous le coup de la loi... Le mieux est de leur renvoyer leur camelote.

Ils remballèrent tout l'attirail en vrac dans les cartons, qu'ils scellèrent avec du gros Scotch gris et descendirent à la cave. Le service de livraison du club Monyka vint en prendre possession quinze jours plus tard, en même temps qu'il leur apportait une série de nouveaux appareils ménagers à tester.

— Vous n'auriez pas dû les emballer vous-mêmes, remarqua le livreur. Votre contrat précise que c'est toujours à nos techniciens de le faire. Sauf si vous avez décidé d'acheter le matériel...

— Ce n'est pas du tout notre intention, dit Nadine, qui se trouvait seule dans l'appartement et n'avait nullement l'intention d'évoquer le contenu des cartons devant cet intrus dont elle était pressée de se débarrasser.

Le livreur haussa les épaules et embarqua les cartons.

La réaction de l'ordinateur ne tarda pas.

> *Pour la seconde fois en moins de trois mois, deux clauses de votre contrat n'ont pas été respectées. Nous sommes convaincus qu'il s'agit d'une négligence et que vous aurez désormais à cœur d'observer vos engagements. Toutefois, si de nouvelles infractions étaient constatées, nous serions dans l'obligation de mettre fin à ce contrat...*

— Et merde ! Qu'ils reprennent leur appareil ! cria Nicolas.

Il enfonça la touche *power*, mais l'ordinateur refusa de s'éteindre et se mit à protester par des *tiit-tiit* stridents. Excédé, il arracha le cordon du secteur — ce qui était formellement interdit par le contrat.

Les lettres recommandées affluèrent dès la semaine suivante.

Monsieur,

En raison de votre rupture unilatérale du contrat, conformément aux articles L-618, L-619, L-620 et R-23 dudit contrat, nous sommes dans l'obligation de vous demander le règlement sous huit jours des sommes suivantes :

Un ordinateur Monyka Pentium V : 23 614 francs HT

Frais de livraison et mise en service : 2 627 francs HT

Formation : 5 000 francs HT

Hotline : 1 238 francs HT

Mise à disposition d'une paire de Pantouflex (brevet exclusif du docteur Norman H. Smith — brevet déposé) : 2 645 francs HT

Mise à disposition du jeu vidéo...

Il y en avait trois pages. La facture globale s'élevait à 83 546 francs HT payables sous huit jours. Ils ne prirent la menace au sérieux qu'après la visite du premier huissier. Après celle du second, ils contactèrent diverses organisations de consommateurs qui leur demandèrent des copies de leur contrat et affirmèrent que ces pratiques ne semblaient pas illégales. Nicolas s'apprêtait à demander audience au député de sa circonscription, au maire de sa commune, voire au président de la République en personne, quand il reçut un appel du service technico-commercial de Monyka.

— Vous êtes des escrocs! aboya-t-il.

— Monsieur Riboud, je suppose que vous avez constaté que nous respectons scrupuleusement la réglementation de la consommation. Tout était clairement spécifié dans votre contrat et vous n'avez contesté aucune des dispositions que vous avez signées au cours du délai de réflexion prévu par la loi. Vous nous devez donc les sommes indiquées sur votre facture, à savoir...

— De toute façon, je ne les ai pas. Alors vous pouvez faire saisir mon appartement, ma voiture, ce que vous voulez!

— Pourquoi envisager le pire? Essayons de conclure un arrangement à l'amiable...

Nicolas voulut raccrocher, mais Nadine, qui venait de brancher le haut-parleur du téléphone, l'arrêta d'un geste.

— Écoute d'abord ce qu'il a à te proposer, souffla-t-elle à l'oreille de son mari.

— Je vous écoute, dit Nicolas.

— Très bien, je vois que vous redevenez raisonnable. Si nous réussissons à nous mettre d'accord, nous allons reprendre gracieusement l'ordinateur dont vous disposez, et que vous avez détérioré, sans vous facturer la remise en état, ni les frais de location des différents produits que nous avons mis à votre disposition...

— Parfait, reprenez-le !

— Ensuite, nous signerons un nouveau contrat de tests et nous vous confierons un nouvel appareil. (La voix de son correspondant devint enthousiaste.) Vous n'aurez qu'une petite obligation supplémentaire : vous connecter au moins deux heures par jour. Et vous allez voir, il est beaucoup plus performant que l'autre !

Accro

Le père et le fils étaient assis côte à côte dans la salle d'attente, sur un canapé en cuir. Le père feuilletait distraitement des revues en jetant de temps à autre un œil inquiet en direction du fils qui, visiblement, ne tenait pas en place. Le jeune homme se rongeait les ongles. Son visage était agité de divers tics. Ses traits creux, son teint pâle et maladif, ses cheveux raides et sales ne laissaient guère de doute sur son état de santé. Ses boots éculées, son jean et son T-shirt crasseux tranchaient avec la mise du père, qui était tiré à quatre épingles. Ils attendaient ainsi depuis vingt bonnes minutes quand une jeune femme apparut. Blouse blanche, lunettes à monture métallique, discret chignon, petit nez droit et bouche pincée. Jolie mais un peu ronde au goût du père. Elle s'excusa pour la longueur de cette attente, les fit entrer dans son bureau. Le père s'assit bien droit dans son fauteuil. Le fils s'affala dans le sien. Quand le regard de la femme se posa sur lui, le garçon détourna la tête d'un air gêné. Elle lui adressa un sourire plein de compréhension, puis lui posa quelques questions anodines, auxquelles le père répondit à sa place. Le jeune homme semblait se désintéresser des propos échangés. Il devenait de plus en plus nerveux, croisait et décroisait ses jambes, gesticulait dans son fauteuil.

— Si vous le permettez, nous allons d'abord avoir une petite conversation avec votre papa, Jean-Jacques, dit-elle d'une voix douce. Venez avec moi.

Elle ouvrit une porte qui donnait sur une petite pièce et invita le jeune homme à la suivre.

— Vous allez nous attendre ici. Il y a toutes sortes de jeux. Ça vous fera passer le temps.

Les yeux du garçon brillèrent quand il aperçut l'ordinateur. Il s'en approcha et se mit aussitôt à pianoter fébrilement sur le clavier. Ses mains tremblaient.

— Alors, à tout à l'heure, Jean-Jacques.

Elle revint s'installer derrière son bureau, en face du père qui attendait patiemment.

— Il me paraît préférable de le laisser se détendre un peu. Depuis combien de temps n'a-t-il pas touché à un ordinateur ?

Le père hocha la tête et consulta sa montre.

— Depuis que nous sommes partis de la maison. Trois quarts d'heure environ.

— Et, d'ordinaire, il manifeste les premiers symptômes au bout de combien de temps ?

— Dès qu'il quitte sa machine plus d'un quart d'heure, il ne tient plus en place, il n'arrive plus à se concentrer. Et, au bout d'une heure, il commence à avoir des tics et des tremblements...

— Comment avez-vous réagi ?

— Nous avons essayé d'installer un code d'accès, il en est venu à bout très vite. Ensuite nous avons enfermé l'ordinateur dans un cagibi, mais c'était pire. Il fuguait pour aller passer des heures sur les ordinateurs des grands magasins. Il s'est même laissé enfermer dans les locaux de la FNAC, une nuit. Un gardien l'a retrouvé endormi sur un appareil...

— Je vois...

Le père secoua la tête d'un air désespéré.

— Nous ne savons plus quoi faire. Qu'est-ce que vous en pensez ?

— C'est la première fois que vous consultez ?

— Oui.

— Pas de cure de désintoxication ?

— Non.

— Et ces troubles sont apparus progressivement ou brutalement ?

— Difficile à dire. Au début, nous étions plutôt satisfaits de le voir sur son ordinateur. Avant il traînait dans les rues, rentrait au petit matin. Ou alors il restait pendant des heures à suivre des feuilletons télévisés. Nous avons commencé à nous inquiéter quand il a passé ses premières nuits sans dormir. Ça doit remonter à l'été dernier. Ensuite, ça a empiré très vite. Il fallait que sa mère lui apporte son repas à côté de sa machine. Il n'était déjà pas très bavard, mais, à partir de ce moment-là, il ne nous a pratiquement plus adressé la parole...

La psychiatre prenait des notes en hochant la tête, sans se départir de cette expression bienveillante qu'elle avait adoptée depuis le début de la consultation. Cette attitude irritait son interlocuteur qui s'efforçait cependant de ne pas extérioriser ses sentiments.

— Eh bien, nous allons avoir maintenant un petit entretien avec Jean-Jacques.

— Je crains que ça ne soit pas facile. Comme je vous l'ai dit, il ne parle plus à personne. J'ai eu beaucoup de mal à le traîner ici.

— Nous allons voir ça...

Le père retourna dans la salle d'attente. Une dizaine de minutes s'écoulèrent. La psy réapparut.

— En effet, il est assez difficile de communiquer avec votre fils, dit-elle. Il semble qu'il se soit enfermé dans un univers virtuel qu'il s'est construit à l'aide de jeux vidéo.

— Je vous avais prévenue, docteur.

La jeune femme afficha un petit sourire suffisant.

— Mais je n'ai pas dit que c'était impossible. Nous sommes habitués à des cas de ce genre. Nous allons communiquer d'une autre façon, voilà tout. Je vais encore vous demander de m'attendre un moment...

Elle retourna dans son bureau, s'installa devant sa table de travail où s'encastraient un clavier et un écran qu'elle redressa en effleurant une touche. Ses doigts se mirent à courir avec agilité sur le clavier.

Dans la pièce voisine, rivé devant son ordinateur, le jeune homme poursuivait une flottille de vaisseaux centauriens dans le cyberespace. Crispé sur son joystick, il lançait des gerbes de missiles qui explosaient dans des torrents de flammes multicolores. Dans un angle du moniteur, un cadran indiquait le nombre d'appareils ennemis abattus. Soudain, alors qu'il s'apprêtait à détruire le vaisseau amiral centaurien, une fenêtre jaune vif apparut au centre de l'écran, masquant le viseur.

— *Bonjour Jean-Jacques, pouvons-nous avoir une petite conversation ?*

Une grimace de dépit se dessina sur le visage du jeune homme qui, d'un clic adroit, fit disparaître la fenêtre. Hélas, il était trop tard, le Centaurien en avait profité pour se mettre en hyperpropulsion et s'évanouir dans un autre espace-temps. Non sans laisser quelques bombes-méduses derrière lui. Le garçon parvint à en éviter une demi-douzaine, mais un *tiit-tiit* d'alerte retentit et un appel de son chef mécanicien lui apprit que son propulseur temporel avait été endommagé par l'explosion d'une des bombes-méduses. Impossible de poursuivre le Centaurien avant d'avoir réparé. Il s'apprêtait à donner les consignes nécessaires quand, sur la vidéo de son poste de pilotage, apparut un visage qui ne lui était pas familier : cette femme ne faisait pas partie de l'équipage ! Une espionne centaurienne avait-elle réussi à décrypter ses codes pour s'introduire dans le vaisseau ?

— *Capitaine, il est urgent que nous ayons un entretien si nous voulons éviter une catastrophe !*

Rageusement, il tapa sur son clavier :

— *Je ne négocie pas avec les traîtres d'Alpha du Centaure ! Je vais tous vous détruire jusqu'au dernier !*

L'inconnue ne parut pas s'offusquer de cette reponse. Son sourire s'accentua.

— *Ce serait une erreur de refuser de m'écouter, capitaine. Dans moins d'une minute, vos trois autres propulseurs vont tomber en panne. Vous serez bloqué dans le cyberespace. Je suis la seule à pouvoir trouver une solution à vos problèmes...*

Il frappa aussitôt, mais d'une main moins assurée :

— *Le règlement de la milice royale de Sidar m'interdit de communiquer avec les agents centauriens...*

N'avait-elle pas dit « moins d'une minute » ?

— *Je ne suis pas un agent centaurien, capitaine. Je suis totalement indépendante. Je travaille en freelance pour une compagnie interstellaire que ses intérêts marchands poussent à agir en faveur du réta-*

blissement de la paix. La guerre n'est pas favorable au commerce cybertemporel...

Cruelle indécision. Les Centauriens étaient réputés pour leur ruse. Il jeta un œil à l'horloge, dans le coin inférieur droit de l'écran. Plus que vingt-quatre secondes avant que les propulseurs tombent en rade, si elle n'avait pas menti.

— *OK, je vous attends. Vous disposez d'une cabine de téléportation ?*

— *Naturellement.*

La jeune femme se matérialisa dans le siège du copilote. Elle portait une combinaison fluo moulante particulièrement sexy, des bottes, une cape argentée et un curieux bonnet pointu qui n'avait rien de commun avec les hideux casques à cornes des Centauriens. Ce qui ne signifiait pas qu'il fallait baisser la garde. Néanmoins, le visage serein de l'émissaire des marchands cybertemporaux inspirait confiance.

— *Pour vous prouver ma bonne volonté, je vais vous donner le code qui va vous permettre de protéger vos propulseurs...*

— *Sans contrepartie ?*

— *Sans contrepartie. Tapez 234783HFXTY 90WX.*

Un piège ? Il ne restait plus que six secondes. Il tapa le code, qu'il avait immédiatement mémorisé. Aussitôt, le visage du chef mécanicien s'encadra dans un autre moniteur du tableau de bord.

— *Je ne sais pas ce qui se passe, capitaine. Le*

propulseur temporel vient de repartir tout seul. Je n'y avais pas encore touché. C'est incroyable !

Elle n'avait pas menti. À moins... À moins bien sûr qu'il ne s'agisse d'un cadeau empoisonné pour endormir sa méfiance.

— *Eh bien, capitaine, êtes-vous rassuré ?*

La tension du combat sidéral avait éprouvé ses nerfs. Il avait envie de se laisser aller, de se confier à cette femme, mais il savait qu'il risquait gros. Et le règlement...

— *J'attends vos propositions !*

— *Vous permettez que je me mette à l'aise ?*

Sans attendre son autorisation, elle retira sa cape, dévoilant un joli décolleté.

— *Pour commencer, capitaine, si nous parlions un peu de vous ? J'aime connaître mes partenaires avant de traiter une affaire.*

— *Ça me paraît hors sujet.*

— *Voyons, capitaine, dans notre situation, rien n'est hors sujet. Ne vous tracassez pas, détendez-vous, je ne vous poserai aucune question concernant des secrets militaires.*

Il soupira. De toute manière, le vaisseau amiral centaurien était maintenant très loin, hors d'atteinte...

— *Soit, je répondrai à vos questions, mais à une condition.*

— *Laquelle ?*

— *Tout cela doit rester entre nous. Il n'est pas question que mon équipage, mes supérieurs hiérarchiques, ma famille...*

Elle l'arrêta, d'un geste de la main.

— *Mais bien entendu, capitaine, faites-moi donc confiance. Nous pouvons commencer ?*

— *Allons-y.*

Elle plaça des lunettes sur son nez et s'empara d'un bloc et d'un stylo.

— *À quel âge avez-vous commencé à vous passionner pour les vaisseaux spatiaux ?*

Il ferma les yeux pour essayer de se souvenir.

— *Dès que mes parents m'ont offert mon premier ordinateur, vers six ans, il me semble.*

— *Et votre première masturbation ?*

— Alors ? demanda le père.

La psy replia l'écran et le fit disparaître dans son logement, puis se renversa dans son siège en caressant son stylo d'une façon curieuse qui mit le père vaguement mal à l'aise.

— C'est un cas classique de transfert des pulsions sexuelles dans le virtuel. C'est très courant chez les jeunes gens. Il va falloir le désintoxiquer. L'hospitalisation ne me paraît pas indiquée à sa situation. Nous allons procéder par paliers...

Elle prit un bloc et se mit à écrire, très vite, puis tendit l'ordonnance au père.

— Bien entendu, ce traitement devra s'accompagner d'une petite psychothérapie. Ce sont des produits de substitution. Rien de bien méchant. Pour commencer, nous allons lui faire prendre un peu de haschisch sous forme de comprimés. Si ça ne suffit pas, nous augmenterons la dose. Et si nécessaire, nous lui donnerons du concentré de cocaïne, mais nous n'en sommes pas là. Revenez me voir lundi.

Le père remercia, paya (cher), alla arracher son fils à sa machine dans la pièce voisine et prit congé. Après son départ, la psy ôta ses lunettes, se frotta les yeux, puis remit ses lunettes et consulta son agenda. Une petite moue de satisfaction se dessina sur son visage quand elle constata qu'elle n'avait plus de consultations. Elle redressa son écran et dégagea son clavier. Elle fit d'abord défiler quelques dossiers de clients, pour se donner bonne conscience, puis cliqua sur une icône représentant une femme en combinaison fluo coiffée d'un bonnet pointu en aluminium.

Une musique sidérale envahit la pièce. La femme en combinaison grandit sur l'écran où le sigle *Cyber Woman* s'inscrivit en lettres de feu. La psy cliqua sur « options », ce qui fit apparaître une liste de cybersitcoms, parmi lesquels elle choisit : *Cyber Woman devient la maîtresse du général en chef des forces intergalactiques.* Son visage changea alors d'expression, s'anima, son regard pétilla d'excitation, elle se mordit la lèvre inférieure et se mit à pianoter fébrilement sur son clavier.

Retrouvez le bonheur de consommer !

C'était un centre commercial de la nouvelle génération. Pas un vigile en vue. Seuls de discrets macarons placés sur les piliers, aux entrées, annonçaient la couleur. Un logo vert avec la lettre gamma en rouge et, en tout petits caractères, l'inscription :

Attention, vous pénétrez dans un espace privé sous contrôle électronique total.

À la vue de ces macarons, un petit ricanement m'échappa. Si je n'avais pas été en mission, il m'aurait été impossible de pénétrer ici. Mon compte en banque affichait un découvert de l'ordre de 700 euros et j'avais déjà essuyé plusieurs refus de crédit consécutifs. Quant à mon profil de consommateur, il avait de quoi faire disjoncter les ordinateurs du centre : je n'avais pas acheté un seul objet de valeur depuis trois ans. Ma plus grosse dépense avait sans doute consisté à faire ressemeler mes godasses...

Les portes de verre épais coulissèrent pourtant docilement devant moi. Un couple de bourges en loden pénétra a ma suite et m'adressa un sourire de connivence, comme si nous appartenions au même monde, celui des gens autorisés à contempler les merveilles entassées derrières toutes ces vitrines. À l'extérieur, dans une rue sombre ou dans un couloir de RER, mon look les aurait peut-être inquiétés, mais le seul fait que je puisse fouler ces dalles de faux marbre et gravir ces Escalator étincelants pour pénétrer dans un des temples de la consommation suffisait à les rapprocher de moi.

J'entendis la femme glisser à son bonhomme :

— On se sent tout de même davantage en sécurité, ici.

Moi, je ne me sentais pas particulièrement en sécurité. À tout prendre, je préférais encore les vigiles et leurs chiens. Un vigile, même méchant, c'est encore un être humain. Il y a moyen de discuter. Je ne dis pas que c'est facile. Faut savoir s'y prendre. Mais c'est possible. Essayez donc de discuter avec un scanner !

Il y a vingt ans, quand j'étais ado, on faisait des descentes dans des centres de ce genre avec les potes de ma cité. Chaude ambiance. J'aimais me faufiler au milieu de la foule, bousculer les gens. On cassait une vitrine, on ramassait quelques merdes et on cavalait. Juste pour le fun. Deux ou trois copains se faisaient piquer et salement tabasser. Toujours les mêmes, ceux qui couraient le moins vite. Ça ne m'est arrivé qu'une fois, à la Part-Dieu. Je me suis pris quelques coups de rangers dans le local des agents de sécurité. J'en garde encore des problèmes de dos. En principe, je devrais passer chez le kiné au moins une fois par semaine.

Comme si j'avais les moyens. Et puis, je crois que j'aime encore mieux les coups de rangers.

Mais à mon époque, bien sûr, on n'attaquait pas les vigiles au lance-flammes, comme ça s'est passé le mois dernier au *Grand Amiral* de Cannes...

Ici, pas de foule, pas de bandes de jeunes, pas de pauvres qui viennent rêver devant des trucs qu'ils ne peuvent pas se payer. Le calme absolu, sinistre. Rien que des consommateurs haut de gamme qui se déplacent silencieusement, comme dans une église. Tiens, les curés, ils n'ont pas encore pensé à mettre leur commerce sous contrôle électronique total pour éliminer les mécréants, les curieux et tous ceux qui entrent seulement l'hiver pour se mettre au chaud, ou avec de mauvaises idées plein la tête, comme les sans-papiers. À mon avis, ça ne va pas tarder. Les commerciaux de chez Gamma vont leur vendre ça vite fait.

Pour faire joyeux, des centaines de petits haut-parleurs diffusaient une musique allègre. Du classique. *Les Quatre Saisons* de Vivaldi ou quelque chose du même genre. Ça fait plus classe que la Musak qu'on vous balance dans les Prisunic et les vieux centres, ceux où il y a encore des vigiles en chair en os. Et pourtant les gens n'avaient pas l'air spécialement gais, et les commerçants non plus. S'ils avaient pu connaître la raison de ma présence, ils l'auraient été encore moins.

La veille, Dugrand m'avait passé un coup de fil. Le commissaire Dugrand. Je n'avais pas entendu le son de sa voix depuis que j'avais été radié de la police nationale. Je lui avais répondu assez froidement. Ce n'était pas lui qui avait pris l'initiative de me sacquer, mais il n'avait pas levé le petit doigt pour me défendre.

— Je crois qu'on n'a plus rien à se dire.

— Ne joue pas au con, Morval. Je sais très bien que tu n'as pas un rond. Tu n'es tout de même pas assez débile pour cracher sur une prime de 5 bâtons...

À ce tarif, en effet, j'étais prêt à mettre ma dignité dans ma poche, avec un mouchoir par-dessus. La dignité aussi, contrairement à ce qu'on raconte, c'est un luxe que tout le monde ne peut pas se payer.

Je me retrouvai donc dans le bureau de Dugrand. La pièce n'avait pas changé depuis que je m'étais fait jeter de la boutique. Toujours le même mobilier, la même lampe sur sa table de travail. Dugrand avait l'habitude de recevoir ses visiteurs avec cette seule lampe allumée, comme s'il allait la leur braquer sur le visage. Le commissaire avait, lui, pris un petit coup de vieux. Sa calvitie avait gagné du terrain et les poches, sous ses yeux, s'étaient encore alourdies. Je ne devais pas m'être arrangé non plus. Il posa sur moi un regard dégoûté.

— J'espère que tu as des fringues convenables à te mettre sur le dos. Tu ne pourras pas te pointer à Super Neuilly dans cette tenue.

— Avec 5 bâtons, je vais avoir de quoi m'habiller, ricanai-je.

— La prime, c'est seulement après, si tu réussis.

— Il n'y a pas une avance?

Dugrand se tourna alors vers un deuxième personnage dont je n'avais même pas remarqué la présence, peut-être parce que mon ancien patron m'hypnotisait. Un grand type en costume gris, avec des lunettes métalliques, genre technocrate. Il se tenait un peu en retrait sur la gauche, dans la pénombre.

— C'est M. Vareski qui offre la prime. M. Vareski représente à la fois l'Association des commerçants et l'entreprise Gamma.

Vareski s'avança, me scruta et me tendit la main.

— Monsieur Morval. Le commissaire Dugrand m'a dit beaucoup de bien de vous.

Dugrand hocha la tête.

— Quand il le veut, Morval est un type capable. Et je pense qu'il a le profil pour votre affaire. À l'époque où il était chez nous, il bidouillait un peu l'informatique. Même un peu trop. Et, dans sa jeunesse, il a pas mal fréquenté les centres commerciaux...

Vareski glissa sa main dans la poche intérieure de sa veste et en tira une enveloppe.

— Si vous acceptez l'affaire, nous pouvons en effet vous consentir une petite avance. Elle vous restera acquise si vous échouez, mais, bien entendu, vous ne toucherez pas la prime.

Je pris l'enveloppe et comptai les billets, sans me soucier de leurs regards. Vingt coupures de 100 euros. Ils savaient que j'allais réclamer un à-valoir et avaient préparé leur affaire. Je rangeai les billets et empochai l'enveloppe.

— C'est une affaire qui roule. Sauf bien sûr si vous me demandez d'assassiner le président de la République ou de faucher *La Joconde*.

— Rien de ce genre, rassurez-vous. Et ce n'est pas vraiment illégal. Enfin, c'est à la limite de la légalité, mais vous ne risquez rien.

— Si vous m'expliquiez ?

Dugrand et Vareski échangèrent un regard.

— Il s'agit de nous aider à serrer un groupe terroriste qui sévit dans les centres commerciaux, le Cyjecom.

— Cyjecop ? Jamais entendu parler de ça...

— Cyjecom, pas Cyjecop. Ça veut dire quelque chose comme cyberjusticiers pour l'égalité des consommateurs. Ce sont des illuminés. Ils envoient des messages pour revendiquer leurs actes sur Internet. Mais jusqu'à présent, nous avons réussi à étouffer l'affaire...

— Si ça s'ébruite, tout le système de sécurité Gamma devra être remis en cause, soupira Vareski.

Cette perspective semblait beaucoup le chagriner.

Ils m'expliquèrent en long et en large les méfaits des Cyjecom. À titre personnel, je trouvai ça plutôt marrant, mais je m'efforçai de n'en rien laisser paraître. Je devais pourtant afficher un air vaguement narquois, car Dugrand se crut obligé de se soulever de son fauteuil et d'agiter son index devant mon nez.

— C'est une affaire très sérieuse, Morval. Ne joue pas au con une deuxième fois. Si tu nous aides à régler ça... Eh bien, non seulement tu empocheras les 5 bâtons, mais nous verrons s'il y a un moyen de te réintégrer dans la maison...

— Nous pourrons aussi envisager de vous embaucher dans nos services de sécurité, susurra Vareski.

— Messieurs, je suis sensible à vos propositions, dis-je, mais il y a une chose que je ne comprends pas. La BDI[1] est tout de même mieux équipée que moi pour coincer ces rigolos. Avec leurs grosses têtes et leur matos, vous n'allez pas me dire...

Vareski leva la main pour m'interrompre.

1. Brigade des délits informatiques.

— Non, nous ne souhaitons pas que la BDI intervienne, ni même les services de sécurité de Gamma. Nous ne savons pas où est la faille. Il y a peut-être des taupes d'enseignes concurrentes. Ce n'est qu'une hypothèse, mais nous devons la prendre en compte. Il se trouve que nous avons contacté le commissaire Dugrand, parce que son beau-frère travaille chez nous et que nous savons que nous pouvons compter sur sa discrétion. Mais ni la police ni la justice n'ont été saisies officiellement de l'affaire à ce jour. Nous avons dédommagé les victimes. Bien sûr, ça ne pourra pas durer très longtemps. Si nous n'arrivons pas à mettre un terme à ces agressions, il faudra revenir à la surveillance traditionnelle, mais ce serait un coup terrible pour Gamma et pour tous les centres qui ont adopté son système. Les investissements ont été considérables, non seulement sur le plan technique, mais sur le plan communication...

La pub avait en effet matraqué pendant des mois. Impossible de prendre le métro, d'ouvrir un journal ou d'allumer la télé sans voir le fameux logo vert et rouge, et de lire ou d'entendre leur slogan : « Retrouvez le bonheur de consommer en toute sécurité ». Le spot montrait une jolie jeune femme en train de charger ses achats dans son Caddie sans un regard pour un loubard se tordant de douleur sur le sol.

— Il faut que vous compreniez, monsieur Morval, poursuivit Vareski, que, si nous ne sommes pas en mesure d'assurer la sécurité dans nos espaces commerciaux, les gens vont s'enfermer chez eux. Notre tentative de réhabiliter le shopping traditionnel sera vouée à l'échec. Le commerce électronique prend déjà 30 p. 100 de parts de marché...

— Justement, fit Dugrand, c'est peut-être bien un coup des marchands électroniques...

Savoir qui gagnerait la bagarre, les requins du web ou les gros poissons des usines à vendre, était bien le dernier de mes soucis, pourtant je fis mine d'approuver en hochant poliment la tête.

— C'est bien possible... Mais je vais avoir un petit problème pour entrer, pas seulement mes fringues.

— Suis-moi, nous allons arranger ça, dit Dugrand. Mais pas un mot de ta mission aux collègues.

— Aux ex-collègues, rectifiai-je.

Mon ex-patron me flanqua une claque sur l'épaule.

— Plus pour longtemps. Je sens que tu vas nous régler ça vite fait.

Dugrand me la jouait paternaliste. C'était un faux derche. Je n'oubliais pas son attitude à l'époque où on m'avait mis sur le dos cette minable histoire de détournements de numéros de cartes bancaires.

Il m'entraîna au labo où deux types en blouse blanche, un grand barbu et un petit blond rondouillard, s'activaient devant leurs moniteurs. Nicollet, le barbu, était déjà chef de service à mon époque, mais je ne connaissais pas son assistant.

Nicollet me gratifia d'un sourire hypocrite, sans me tendre la main.

— De retour à la maison, Morval ?

— Il faut m'arranger la puce de ce monsieur pour qu'il puisse entrer partout sans problème, dit Dugrand. Je vous le laisse.

Nicollet me désigna le scanner, de la main. C'était un nouveau modèle, genre sarcophage égyptien mais en plastique moulé blanc, design high-tech, avec des boutons et des cadrans partout. Très impressionnant.

— Tu connais le topo, Morval, allonge-toi là-dedans, qu'on voit où ils ont mis ta puce.

— Elle est dans ma cuisse gauche, dis-je.

— Négatif, nous devons la localiser avec précision, et ils peuvent en avoir mis une deuxième.

— C'est nouveau, ça... Je croyais que la Commission informatique et liberté n'en acceptait qu'une.

— Il faut suivre l'actualité, mon pote. Tu ne sais pas qu'il y a eu un décret ministériel ? Allez, ne discute pas, tu n'échapperas pas à Maman...

C'était le surnom qu'on donnait déjà à l'appareil de mon temps : Maman. Entrer là-dedans donne l'impression de retourner dans le ventre de sa mère. C'est tout noir, silencieux, on ne sent rien, ça donne l'impression de durer des siècles. J'ai horreur de ça.

Je ne voulais pas leur montrer mon appréhension. Je m'allongeai dès que Nicollet eut relevé le couvercle. Je l'entendis dire à son collègue :

— Morval était vraiment un bon! Il n'y en avait pas un comme lui pour serrer un *hacker.* Dommage qu'il ait gâché sa carrière avec des conneries.

— Qu'est-ce qu'il a fait?

Le couvercle se referma dans un bruit de succion distingué, comme la porte bien huilée d'une grosse berline, étouffant tous les sons extérieurs et m'empêchant d'entendre la réponse.

Seuls le souffle de ma respiration et les battements de mon cœur parvenaient à mes oreilles.

J'essayai d'imaginer le dialogue des deux techniciens. «Morval est un ripou. — Ah bon, alors qu'est-ce que le patron fabrique avec lui?»

Un ripou, c'était vite dit. Mon passé de loubard avait fait de moi le coupable idéal quand avait éclaté cette affaire de cartes de crédit. Des petits malins avaient piraté des sites commerciaux sur le web, relevé des numéros de carte et effectué quelques prélèvements. Il était apparu très vite qu'un certain nombre de collègues étaient dans le coup. L'IGS avait donc épluché le curriculum vitae et le compte en banque de tous ceux qui possédaient quelques notions de bidouillage informatique. Et moi, qui avais décidé de tirer un trait sur mes erreurs de jeunesse en entrant dans la police, je m'étais retrouvé en première ligne face à des gens convaincus de tenir le hacker du siècle. À leurs yeux, on ne se refait pas : quand on a plongé une fois, on est condamné à recommencer, c'est pour la vie. D'accord, j'avais pris quelques libertés avec le règlement et je m'étais parfois servi au passage, mais je n'avais pas touché à ces cartes de crédit. Faute de preuve, ils s'étaient contentés de me virer et Dugrand, qui protégeait probablement quelques amis à lui, n'avait rien fait pour me sauver la mise.

Le retour brutal de la lumière m'arracha à ces sombres pensées. Une multitude de petits bruits qu'on ne perçoit pas habituellement m'assaillirent.

— C'est bien ce que je disais, annonça Nicollet. Ils t'en ont mis deux.

Il se mit à ricaner.

— Tes affaires n'ont pas l'air de marcher fort depuis que tu nous as quittés.

Ce salaud avait évidemment eu accès à toutes les données confidentielles de niveau A et B. Mon compte en banque, aussi bien que mon divorce, mon carnet de santé et mon casier judiciaire. Je ne fis aucun commentaire.

— Maintenant, tu vas mettre ton bras là-dedans. Ne t'inquiète pas, tu ne sentiras rien du tout...

Il pianota sur son ordinateur.

— Et voilà, avec ce que je t'ai programmé, tu pourrais presque entrer à l'Élysée.

C'était parfaitement illégal, mais ça n'était pas nouveau. Le labo du commissariat trafiquait déjà les puces à mon époque, mais ce n'était pas aussi perfectionné. On n'avait pas inventé Gamma, le système de contrôle électronique total...

Nicollet mourait certainement d'envie de me demander les raisons de cette manipulation, mais Dugrand avait dû lui dire que c'était une affaire entre lui et moi. Le chef du labo savait rester à sa place. C'est comme ça qu'il avait conservé son poste, et qu'il le garderait sans doute jusqu'à la retraite.

Quoi qu'il en soit, Nicollet connaissait bien son métier. C'était le quatrième centre sous surveillance Gamma dans lequel je pénétrais sans rencontrer le moindre problème. Et sans acheter quoi que ce soit. Parce qu'il ne m'avait tout de même pas bidouillé un compte en banque, même virtuel.

J'arpentais les galeries au hasard en affectant de me passionner pour le lèche-vitrines. Je n'avais pas établi de plan précis. Je voulais d'abord me faire une idée de l'ambiance, sur le terrain. J'ai toujours fonctionné comme ça, à l'intuition. Intuition et technique, tout de même. Sans me vanter, c'est vrai que je ne suis pas mauvais.

Après avoir fait le tour complet des quatre

niveaux du centre, je descendis au dernier sous-sol et me dirigeai vers une petite porte encastrée dans la paroi métallique d'une galerie.

Il n'y avait pas de serrure, juste une fente minuscule, destinée à introduire une carte magnétique, qu'on ne pouvait pas distinguer au premier abord. J'y glissai la mienne. Celle-là, je l'avais bidouillée moi-même. À toutes fins utiles.

Les trois vigiles de service étaient absorbés dans un jeu vidéo qui consistait à déshabiller une femme. Ils en étaient arrivés à la petite culotte, mais apparemment ce n'étaient pas des génies car ils ne savaient plus comment s'y prendre. Ils ne m'avaient pas entendu approcher et me tournaient le dos.

— J'espère pour vous que vous vous débrouillez mieux avec vos copines, dis-je.

Ils sursautèrent et se retournèrent avec un parfait ensemble.

C'étaient trois jeunes. Crânes rasés, uniformes noirs, avec le sigle de Gamma en rouge sur la poitrine et dans le dos. Ils affichaient des mines de gamins pris en faute.

— Ne vous inquiétez pas, je suis de la maison. J'ai fait ce boulot moi aussi. Je sais ce que c'est que d'attendre pendant des heures à s'emmerder. Je ne vais pas vous moucharder.

Ils se détendirent, me proposèrent une bière, que j'acceptai.

— Vous avez eu des incidents, récemment ?

— Pas grand-chose. On n'est là que depuis deux jours. Avant, on était à *Grand Comptoir.*

C'était la méthode de Gamma : faire tourner régulièrement ses employés d'un centre à l'autre pour qu'ils n'aient pas le temps de monter des combines, et aussi pour éviter qu'ils ne bavardent trop. À cet instant, un *tiit-tiit* strident retentit et une lumière violette se mit à clignoter.

— Niveau 3, cote 322, *Laura Ashley*, annonça un des types d'une voix neutre. Je zoome.

C'était la femme qui était entrée derrière moi. Elle se tenait la poitrine et semblait suffoquer. Elle se laissa tomber sur les talons devant une vitrine. Son mari se pencha sur elle.

— Elle est sonnée. Ça suffit. Réduis l'intensité. C'est une vioque. Faudrait pas qu'on se paie une crise cardiaque.

— C'est bizarre : ils sont drôlement sapés, tous les deux. Ils n'ont vraiment pas le genre. Et comment ont-ils réussi à entrer?

— Allez les chercher! commandai-je.

— En principe, on n'intervient pas directement. On les laisse sortir tout seuls. C'est le règlement.

— Allez les chercher! C'est un ordre.

Ils ne m'avaient même pas demandé de montrer ma carte de Gamma, mais le fait de les avoir surpris me mettait en situation de supériorité. Le chef du trio fit un geste à l'adresse des deux autres.

— C'est OK, faites comme il dit. J'en prends la responsabilité.

Une petite foule s'était rassemblée autour de la femme, toujours assise sur le sol. Certains badauds rigolaient, d'autres commentaient l'événement à voix haute. Leurs paroles nous parvenaient distinctement. Il y avait ceux qui approuvaient, la majorité, et ceux qui étaient choqués. Quand les deux types en uniforme noir apparurent, le silence se fit d'un seul coup. Seule une jeune femme s'approcha d'un des deux tondus.

— Je trouve ça scandaleux, vous pouvez dire à vos patrons que je ne remettrai plus les pieds ici.

— C'est votre liberté de consommatrice, madame. Mais il y a des lois...

Le couple n'opposa aucune résistance. La femme s'appuyait sur son mari. Elle avait du mal à reprendre son souffle. Ils pénétrèrent bientôt dans le local, encadrés par les deux autres. À ma surprise, le chef des trois Gamma se comporta alors comme un être humain. Il approcha un fauteuil de la femme qui s'y laissa tomber.

— Ça va mieux? demandai-je.

— Ce n'est pas très douloureux, mais c'est tellement humiliant...

— C'est un scandale, dit l'homme, je vous préviens que ça ne se passera pas comme ça. Nous sommes parfaitement en règle, vous n'avez qu'à vérifier.

— C'est ce que nous allons faire, en effet.

Le scanner Gamma, contrairement à celui du labo du commissariat, ne permettait pas de lire les données confidentielles des clients. Il ne vérifiait que le profil de consommateur et le niveau du compte en banque, sans en annoncer le montant. Et, en principe, cette vérification aurait dû s'effectuer à l'entrée.

— En effet, dit le vigile, tout a l'air en règle. Nous sommes absolument désolés. Au nom de Gamma et de la direction de ce centre, permettez-nous de vous présenter nos excuses.

Il récitait ça comme une formule apprise par cœur, sans aucune sincérité.

— Ah non, certainement pas, protesta la femme, qui avait maintenant récupéré ses forces, nous allons porter plainte !

Elle se tourna vers moi.

— D'ailleurs, vous êtes témoin, monsieur, vous êtes entré en même temps que nous. Si nous n'avions pas été en règle, c'est à l'entrée que ça aurait dû se déclencher.

— Je suis témoin, en effet. Je crois que Gamma va vous proposer une solution à l'amiable, un dédommagement financier...

Cette information parut calmer le couple.

— Combien ? demanda froidement le mari.

— Ce sera à vous de négocier habilement...

Les trois Gamma semblaient décontenancés. C'était sans doute la première fois qu'ils assistaient à un incident de ce genre.

— Je vais prévenir le central, annonça le chef.

— C'est inutile. Je vais m'occuper moi-même de régler cette affaire, annonçai-je.

Personne ne m'avait demandé de me conduire ainsi, mais personne non plus ne me l'avait interdit.

Nous échangeâmes nos cartes de visite — je venais tout juste de faire imprimer la mienne. Les relations devinrent très courtoises. J'aurais apprécié un sursaut de révolte.

Ces gens se comportaient de façon un peu naïve. Ils pouvaient par exemple exiger de faire venir la police. Mais l'appât du gain les avait troublés. J'étais mal placé pour les juger.

Après leur départ, le chef osa tout de même me demander :

— Quelle est votre fonction exacte dans la boîte, monsieur... ?

Je lui remis une autre carte.

— Daniel Morval. Je suis en mission spéciale. Je ne relève que de la grande direction. Cet incident ne doit en aucun cas être ébruité. Sinon, vous risquez tous les trois de vous retrouver en short à arpenter les allées d'un Prisunic de Nouvelle-Calédonie. C'est la première fois que ça vous arrive, un truc de ce genre ?

Ces menaces semblèrent produire leur effet. Les trois types étaient à ma botte.

— Absolument, plaida le chef. Nous avons pourtant suivi toutes les consignes. Ce n'est tout de même pas le jeu vidéo...

— Je ne pense pas. Mais il est préférable aussi que ça non plus ne s'ébruite pas. Allez faire un tour à la cafétéria. Je vais voir ce que la bête a dans le ventre pendant que c'est encore frais.

Je n'avais pas envie de les avoir sur le dos. Je m'installai devant les consoles. Je commençai par tester les scans des entrées. Tous fonctionnaient. Celui qui était placé à la hauteur du magasin *Laura Ashley*, devant lequel l'incident s'était produit, marchait aussi normalement. Je jetai un œil sur le contenu de la puce de la victime, qui avait été enregistré.

Elle se nommait Hélène Biermont. Je n'eus aucun mal à atteindre les niveaux A et B, qui, en principe, étaient protégés par un cryptage. N'importe quel informaticien de bon niveau pouvait y parvenir. Cette seule information aurait suffi à faire chuter les actions de Gamma si elle avait été rendue publique ! En tout cas, les Biermont n'auraient jamais dû être inquiétés. Non seulement leur compte en banque affichait quelques dizaines de milliers d'euros, mais leur profil de consommateur était au top niveau. Que ça soit tombé sur eux était plutôt comique.

Avaient-ils été choisis par les terroristes — ou prétendus terroristes — pour leur portefeuille bien garni, ou l'incident leur était-il tombé dessus par hasard ?

Après avoir bidouillé pendant une demi-heure, je découvris qu'il était assez facile de déclencher l'alarme-douleur. Je m'amusai à en faire l'expérience sur le chef des vigiles alors qu'il revenait de la cafétéria. Le type se plia en deux. La douleur et la surprise se mêlaient sur son visage. Je pris mon pied à l'observer pendant quelques secondes avant d'annuler. Le sujet était jeune et vigoureux. Il récupéra beaucoup plus vite que la malheureuse Hélène Biermont. Il fit une entrée furieuse dans le local.

— À quoi jouez-vous ?

J'adoptai l'air le plus innocent de ma gamme.

— À rien... Ça s'est déclenché tout seul. Et ça s'est arrêté aussi sec. Il doit y avoir quelque chose de détraqué. Je vais faire mon rapport à la direction. Pas un mot, n'est-ce pas !

Il ne savait pas s'il devait me croire, mais, dans le doute, il fit semblant ; d'autant qu'il me considérait maintenant comme un personnage important. Il se radoucit.

— Vous n'avez pas trouvé l'origine du bug, monsieur Morval ?

— Peut-être, dis-je avec un air mystérieux.

Quand je quittai le centre, j'avais dans ma poche une microdisquette de 800 gigas sur laquelle j'avais enregistré l'essentiel de ce qui m'intéressait, avec l'intention de l'étudier tranquillement chez moi. Je craignis pendant un instant qu'ils ne me rendent la monnaie de ma pièce en déclenchant l'alarme-douleur, mais il ne se passa rien. Ces trois-là étaient trop nuls pour pouvoir trafiquer la lecture de mes puces, et, s'ils en avaient été capables, il est fort probable qu'ils n'auraient jamais osé. Comme tous les gars de leur espèce, ils avaient beaucoup de points communs avec les chiens. Ils ne mordaient que les faibles et rampaient devant leurs maîtres.

La suite de l'enquête fut pratiquement une affaire de routine. Elle me coûta tout de même cinquante heures de travail sans débander devant ma machine — celle que j'avais emportée après m'être fait jeter de la PN — et des litres de café. À l'issue de ce combat virtuel contre les Cyjecom, je ressemblais à un épouvantail hirsute, la transpiration collait mes fringues à ma peau et mes nerfs réagissaient comme la grenouille de labo qu'on branche sur une pile électrique. Mais j'avais gagné. J'avais localisé le lieu d'où avait opéré le hacker. C'était un bon, mais j'en avais déjà coincé de beaucoup plus géniaux. Il était parvenu à entrer dans le système de Gamma, performance respectable, mais avait négligé toutes sortes de précautions élémentaires, ce qui laissait rêveur sur sa personnalité et ses intentions.

Avant de lui rendre visite, je postai à l'intention d'un huissier toutes les informations que je venais d'obtenir de haute lutte. À ouvrir en cas de décès ou de disparition de plus de quarante-huit heures. Si j'avais affaire à des sbires appointés par une chaîne de centres commerciaux concurrents ou par le syndicat des commerçants du web, ils pouvaient très bien décider de m'éliminer, car les intérêts en jeu étaient énormes.

Après avoir vérifié mon flingue, je le glissai dans son étui et accrochai l'étui à ma ceinture, dans le dos, côté droit. J'avais rendu mon arme de service après mon licenciement, mais conservé un Ruger Security que j'avais prélevé sur le stock d'un trafiquant et jamais déclaré. J'avais bien failli le vendre, mais je l'avais finalement conservé, plus par superstition qu'autre chose. Comme mon micro, il faisait partie des objets qui ne m'avaient plus servi depuis trois ans. Sentir cette arme contre ma hanche me faisait un effet bizarre. Je n'en avais presque jamais porté dans le cadre de mon service. Ça avait tout de même un petit côté excitant, presque sexuel.

Le hacker vivait au fin fond d'une banlieue pourrie. Il me fallut plus d'une heure de RER et de bus pour atteindre son bled. J'aurais pu prendre un taxi aux frais de Gamma, mais je voulais passer inaperçu. Un taxi, ça n'est pas discret dans des coins comme ça. Sa baraque ne payait vraiment pas de mine. Sur le coup, je me demandai même si elle n'était pas abandonnée, mais j'aperçus une silhouette, derrière une fenêtre. Je contournai la maison, poussai une porte qui n'était pas verrouillée et m'avançai prudemment dans un couloir sombre. À l'extrémité du couloir, j'entendis des bruits, des rires. Je dégainai le Ruger et continuai à progresser en me plaquant contre le mur. Je m'immobilisai devant la porte entrebâillée d'une cuisine. Un gros type était avachi sur une table en Formica, devant une bouteille de gnole déjà bien entamée. Ce qui expliquait sans doute son état. De temps en temps il se soulevait et laissait échapper des ricanements mêlés de sanglots que j'avais pris pour des rires. Il était visiblement complètement allumé et ne présentait pas le moindre danger. Quant à la cuisine, elle était dans un état de saleté indescriptible. Les odeurs qui parvenaient jusqu'à moi allaient avec le décor. J'abandonnai l'ivrogne à sa soûlerie et entrepris de visiter la maison pièce par pièce. Au rez-de-chaussée, il n'y avait qu'un salon avec des canapés éventrés que squattaient deux horribles chiens jaunes. Les clebs paraissaient aussi abrutis que leur maître. Ils se contentèrent de grogner sourdement à mon approche, sans même faire mine de quitter leur place.

Ce n'était assurément ni le poivrot ni ses chiens qui avaient piraté les ordinateurs de Gamma...

Je gravis un escalier branlant. Deux portes s'ouvraient à l'étage. J'en choisis une au hasard, la poussai d'un coup de pied. La pièce était vide. Je répétai l'opération avec la seconde porte. Cette fois, j'avais mis dans le mille. La première chose que je vis fut l'écran, un 21 d'un modèle très ancien. Je bondis, l'arme au point.

— Pas un geste, les mains sur la tête!

C'était un gosse de douze ou treize ans. Il dirigea vers moi un regard étonné, mais pas effrayé. Il avait de grands yeux noirs, un petit nez en trompette, une bouche de fille avec des lèvres pleines. Je me demandai pendant une fraction de seconde si j'avais affaire à un garçon ou à une fille. Il portait un maillot sale, un jean déchiré et des baskets. C'était bien un garçon.

Je rangeai mon arme, un peu mal à l'aise.

— Désolé de t'avoir fait peur, petit.

— Vous ne m'avez pas fait peur. Je sais bien que vous n'auriez pas tiré. On ne tue quand même pas les gens comme ça.

— Tu crois ça ? C'est que tu as encore beaucoup d'illusions. Alors comme ça, c'est toi qui bidouilles sur cette machine, ou c'est ton grand frère ?

— Je n'ai pas de grand frère.

Je m'approchai, pianotai sur son clavier, fis apparaître plusieurs dossiers : Gamma, Super Neuilly, Vent du Large... Le doute n'était pas permis.

— Bravo, dis-je, tu es très doué dans ton genre. Et tes victimes, tu les choisis comment ?

— Au hasard. Je rentre dans leur système et, à partir de leur système, je peux lire les puces des gens qui se baladent dans les centres commerciaux. J'en repère qui ont des gros comptes en banque et je déclenche l'alarme-douleur. Leur cryptage est bidon. Je ne me branche pas longtemps sur le même centre, pour ne pas laisser le temps de m'identifier. Comment avez-vous fait?

— Je te raconterai ça un jour. Qu'est-ce qui t'a donné l'idée de faire ça?

— C'est le jour où papa s'est fait choper à Super Neuilly. Il avait fauché une bouteille de whisky. Ils l'ont mis à poil dans leur local et ils l'ont tabassé devant moi. Je me suis dit que je me vengerais. Alors quand j'ai vu leur pub pour la surveillance électronique totale...

— Ouais, c'est une réaction que je peux comprendre. Mais tu te doutais bien qu'ils allaient faire leur petite enquête?

Il haussa les épaules, avec un air fataliste.

— J'aurais aimé trouver le moyen de déclencher l'alarme-douleur pour tous les clients à la fois, et pour les vigiles aussi. Sûr que ça les aurait coulés! Mais ça ne fait rien, je vais avoir un grand procès et je vais dénoncer ces salauds à la télé.

— Tu crois vraiment que ça va se passer comme ça?

Soudain, il se mit à pleurer.

— Vous allez m'arrêter? Et vous allez arrêter papa aussi?

Je passai mon bras autour de son épaule.

— Ça ne me paraît pas indispensable. Nous allons essayer de trouver une solution. Mais il y a beaucoup de trucs qu'il va falloir que je t'apprenne. À commencer par ne pas laisser de traces grosses comme ta maison quand tu entres dans un système...

Rupture

J'ignore qui est Laura. Peut-être son vrai visage est-il celui d'un technicien barbu qui pianote sur le clavier de son ordinateur, peut-être n'a-t-elle pas de visage du tout et n'est-elle qu'un programme parmi des millions d'autres. Je ne le saurai sans doute jamais. Le règlement interdit d'essayer d'identifier ses partenaires. Psyché, selon la légende, n'avait pas le droit de voir les traits de son amant ; elle l'a perdu le jour où elle l'a éclairé de sa lampe, découvrant qu'elle partageait la couche d'un monstre. Mais Laura ne peut pas être un monstre, je sais qu'elle est belle. Sans doute pas aussi belle que la femme qui partageait ma vie depuis deux ans, mais à l'intérieur d'elle-même elle ne peut qu'être belle. Et pourtant, Laura et moi avons rompu. Jamais je ne cesserai de l'aimer, mais les circonstances matérielles rendent désormais notre amour impossible. Ces deux années resteront les plus merveilleuses de ma vie.

Laura, je l'ai rencontrée pour la première fois sur une plage, elle courait vers la mer et ne portait rien d'autre qu'un string minuscule. Les proportions admirables de son corps bronzé m'ont coupé le souffle ; mon regard devait avoir une telle acuité qu'elle l'a senti ou deviné et s'est retournée avant de plonger. Ses grands yeux clairs se sont posés sur moi. J'imagine que ma musculature puissante, mes traits réguliers, mes iris verts ne lui ont pas été indifférents. Le courant est passé, je l'ai suivie, j'ai observé son plongeon impeccable et ses brasses élégantes ; je suis allé au-devant d'elle quand elle est sortie de l'eau, ruisselante, avec sa crinière noire plaquée sur son crâne, découvrant son haut front. Sans prononcer une parole, nous nous sommes compris et je l'ai prise dans mes bras. Ensuite, nous nous sommes roulés dans les vagues, comme Deborah Ker et Burt Lancaster dans ce film dont j'ai oublié le nom... Je me suis d'ailleurs demandé si cette séquence n'avait pas inspiré le programme. Ce sont souvent des idées qui vous effleurent, surtout au début. Après, on n'y pense plus et on se laisse guider par le bonheur et le plaisir. La plage était déserte, nous avons fait l'amour sur le sable.

Cette scène, combien de fois l'ai-je vécue ? Un simple clic permettrait de le savoir. Certains font ainsi des statistiques sur leurs prouesses sexuelles, ce n'est pas mon genre. Mais nos rencontres ont eu beaucoup d'autres cadres : des discothèques, des bars, des pistes de ski, de petites routes de campagne et aussi des lieux plus ordinaires, comme le métro, un bureau ou une cage d'ascenseur, ou plus étranges, comme une bibliothèque ou une église. J'aimais bien faire l'amour à Laura dans son bureau, ça changeait beaucoup de la plage, c'était moins romantique, plus sexuel. Nous avions nos habitudes. Elle me dévisageait d'une façon très particulière, puis verrouillait la porte. Elle passait devant moi, me frôlait, allait se pencher sur sa table de travail encombrée de dossiers, puis relevait lentement la jupe de son tailleur. (Elle portait toujours un tailleur très chic et des talons hauts dans ces circonstances.) Parfois je la pénétrais immédiatement, mais il arrivait aussi que je descende d'abord lentement sa petite culotte ou que je l'écarte pour picorer de baisers ses fesses rondes, glisser ma langue dans ses moiteurs mystérieuses. Elle poussait alors de merveilleux petits gémissements entrecoupés de cris pointus. Certains jours, des coups intempestifs étaient frappés à la porte. Laura se maîtrisait alors pour s'adresser à l'inconnu qui nous dérangeait ainsi et le faire patienter. Elle adoptait une voix neutre qui, dans ces conditions, portait mon excitation au paroxysme. Moi, je m'appliquais au contraire à lui faire perdre sa retenue ; il est même arrivé que la porte soit mal verrouillée et qu'une collègue de Laura nous surprenne. Je dois avouer que j'ai alors envisagé de lui proposer de nous rejoindre. Laura m'a interrogé, d'un regard ; nous nous comprenions ainsi immédiatement, sans qu'un seul mot soit nécessaire, mais j'ai fait non de la tête. J'en avais très envie, mais je redoutais que cette expérience ne gâche nos relations ultérieures. La collègue est devenue écrevisse, ses yeux se sont arrondis, sa bouche s'est entrouverte sans qu'aucun son n'en sorte et elle a immédiatement quitté la pièce en claquant la porte derrière elle ; son trouble évident nous a fortement stimulés.

Je pourrais vous raconter d'innombrables aventures de ce genre. Le jour où Laura a exigé en termes crus que je lui fasse l'amour dans les toilettes d'une discothèque, celui où je l'ai presque violée dans l'ascenseur d'un hôtel de New York. Ou de Mexico, je ne sais plus. Je crois que ça nous est arrivé à New York, à Mexico, et peut-être à Lisbonne. Comme je vous l'ai dit, je ne tiens pas de comptes.

Laura avait aussi son caractère. Il lui est arrivé de me faire des scènes affreuses, parce que j'avais regardé une autre femme, au restaurant ou dans la rue. Une nuit, elle m'a trompé avec un play-boy cubain, dans une boîte de Miami, un grand type café au lait avec une queue-de-cheval frisée qui dansait de façon extraordinaire. L'idée de suicide m'a effleuré, mais elle est revenue au petit matin, sur la plage, pieds nus, ses chaussures à la main, avec sa robe de soie noire moulante fripée et souillée ; nous nous sommes blottis l'un contre l'autre et avons échangé des baisers mouillés de larmes. Ensuite, elle m'a raconté tout ce qu'elle avait fait avec l'autre. Tout. Les moindres détails. Pour me provoquer, elle m'a demandé si j'avais des tendances homosexuelles ; elle avait deviné que la description du corps de l'autre, de ses gestes, m'avait troublé. Et cette fois, c'est sauvagement que je lui ai fait l'amour. La violence de mes coups de reins lui arrachait des cris qui auraient pu être des cris de souffrance. Comme si j'avais voulu la punir. Punir Laura !

Quand votre regard se pose sur moi, vous voyez un paraplégique recroquevillé sur un fauteuil roulant avec un plaid pour dissimuler ses jambes squelettiques et inertes. Et bien sûr, vous ne croyez pas un mot de tout ce que je viens de vous raconter. Vous pensez que ces histoires ne sont que des fantasmes nés dans l'esprit dérangé d'un malheureux infirme. Peut-être. C'est une façon de voir les choses. Mais moi, je respire encore l'haleine de Laura, je garde le goût de sa peau, de son sexe, de chaque recoin de son corps, je la sens toujours frémir contre moi, j'entends sa voix aux inflexions rauques et chaudes, ses râles, mes épaules, mes reins conservent la trace de ses ongles. Tout cela, je l'ai vécu. *Vécu.*

Vous voulez donc que je vous donne quelques explications techniques. À l'époque de ma liaison avec Laura, je haïssais toutes ces contingences matérielles qui rompaient le charme d'un seul coup, comme la lampe de Psyché. Quand l'assistante médicale me retirait ma combinaison intégrale — je suis trop faible pour le faire moi-même —, l'univers vacillait. C'était très dur à supporter, certains n'y parvenaient pas. C'est pourquoi ils vous font passer des tests avant d'accepter de vous fournir cette combinaison. En dépit de mon apparence, moi, je suis moralement très solide, je n'avais même pas besoin de la drogue que l'assistante avait préparée. Elle n'en revenait pas. Une fois, elle m'a demandé : «Alors, c'était bien?» Une question qu'on ne doit en principe jamais poser, par discrétion et pour ne pas traumatiser le patient qui vient de quitter le virtuel pour le réel. Je dis le virtuel, le réel, pour employer des expressions accessibles à tous. Mais, pour moi, Laura était tout ce qu'il y a de plus réel. Engels, pour répondre aux philosophes solipsistes qui prétendaient que l'univers extérieur n'existe pas, qu'il ne s'agit que d'illusions sensorielles, répondait : «La preuve de l'existence du pudding, c'est qu'on le mange.» Eh bien, la preuve de l'existence de Laura, c'est que je fais l'amour avec elle! Et, parfois, quand je me retrouve dans cette chaise roulante, je me demande si un informaticien pervers ne m'a pas joué un mauvais tour en trafiquant mon programme pour me faire entrer dans ce cauchemar et si je ne vais pas me réveiller sur la plage de Rio, avec Laura allongée à côté de moi. Mais bref, puisque vous tenez à obtenir des explications techniques : les images et les sons me sont fournis par le casque ; la combinaison communique toutes les sensations à mon corps. Toutes celles que vous percevez habituellement : le froid, le chaud, l'humidité, la douleur, le contact, aussi bien que l'érection et l'éjaculation, alors que mon sexe, depuis mon accident, n'est plus qu'un petit morceau de chair flasque. Si les détails vous intéressent, il doit y avoir un mode d'emploi qui traîne encore par là, peut-être sur le buffet. Vous pouvez le garder. Moi, il ne me servira plus jamais.

Pourquoi j'ai rompu avec Laura ? C'est vrai, c'est par notre séparation que j'ai commencé à vous raconter cette histoire. En fait, il y a eu deux ruptures, dont la dernière a été définitive. Sans compter les fausses, comme celles qui suivaient les infidélités passagères. Le Cubain de Miami ou la collègue blonde. Oui, j'ai oublié de vous le dire, mais j'ai eu une brève aventure avec cette fille. Dans le bureau. Elle a voulu que je la baise exactement comme je baisais Laura quand elle nous a surpris. Baiser, c'est elle qui employait ce mot, pas moi. Elle a relevé sa jupe de la même façon que le faisait Laura et cambré ses petites fesses rebondies, beaucoup plus étroites que celles de Laura. Et bien entendu, Laura a su ce qui s'était passé ce jour-là dans le bureau. Dans une entreprise de trois cent cinquante personnes, ces choses-là se savent toujours. Peut-être la blonde avait-elle voulu se venger de Laura, briser notre couple, je ne sais pas. Mais ça n'a rien à voir avec notre rupture. Comme d'habitude, une scène terrible a éclaté. Au restaurant. Les prunelles grises de Laura lançaient des éclairs. Elle n'avait jamais été aussi belle. Elle s'est levée et m'a laissé terminer le dîner seul. Nous nous sommes retrouvés la nuit même. Au lit. Plus amoureux que jamais.

J'en arrive donc à notre rupture, la vraie, la première. Ce fut en fait une séparation forcée et non une rupture. J'avais rendez-vous avec Laura dans un hôtel de Buenos Aires. Un de ces hôtels fréquentés par des couples irréguliers à l'heure du déjeuner ; les Argentins leur donnent un nom que j'ai oublié. Celui-là avait un charme particulier, avec ses boiseries somptueuses, ses poignées et ses boules de cuivre, son mobilier anglais du XIXe siècle, ses grands lits à baldaquin en acajou, ses coiffeuses, ses glaces anciennes. On croisait des hommes d'affaires cinquantenaires accompagnés de leurs jeunes secrétaires rougissantes, des femmes d'âge mur flanquées de danseurs de tango, des amants impatients qui ne parvenaient pas à attendre de se trouver dans l'intimité de leur chambre pour entamer leurs caresses. On surprenait des mains qui se glissaient sous des jupes, effleuraient un sein ou un sexe dans la pénombre d'un couloir ou même sous l'éclairage plus vif du hall d'accueil. Le personnel se montrait à la fois discret et complice, les réceptionnistes âgés semblaient blasés, mais une lueur s'allumait parfois dans l'œil d'un garçon d'étage ou d'une serveuse. D'une chambre à l'autre, on surprenait par moments des cris de plaisir. Non que les patrons de l'établissement aient économisé sur l'insonorisation, mais parce qu'ils l'avaient voulu ainsi. Il suffisait de demander une chambre plus ou moins calme. Le personnel comprenait. Certains artifices permettaient même, paraît-il, d'observer ses voisins, du moins dans certaines chambres particulières réservées à des habitués. Laura et moi, nous n'avions retenu qu'une chambre ordinaire, d'où nous ne pouvions ni voir ou entendre d'autres couples ni être épiés. Du moins nous l'assurait-on. En revanche, nous avions repéré lors de notre visite précédente un serveur qui ressemblait beaucoup au danseur cubain de Miami. J'ignore si le personnel était autorisé à participer aux ébats des clients, mais Laura m'avait encore provoqué en me demandant si j'aimerais la voir faire l'amour avec lui. À froid, elle n'employait jamais des termes crus, comme «baiser», à l'inverse de sa collègue, la perfide petite blonde qui m'avait sauté dessus dans le bureau. Une fois l'action engagée, c'était autre chose !

— Tu aimerais ? insista Laura. Je suis sûre que ça te plairait.

Nous étions allongés tous les deux sur le lit. Elle en chemisier ouvert et petite culotte. Moi, en pantalon, pieds et torse nus. Au-dessus de nous, le ventilateur tournait en émettant un petit chuintement. Nous avions coupé la climatisation, que nous détestions.

Elle décrocha le téléphone.

— Je vais lui demander de monter nous apporter quelque chose.

— Tu es sûre que c'est lui ? Imagine, si le vieux de la réception débarque.

Elle était sûre. Peut-être même qu'elle lui avait glissé un mot, au bar, ou bien qu'il était venu lui rendre visite sans moi et qu'il n'ignorait rien de nos goûts.

Quand les coups retentirent sur la porte, elle écarta les pans de son chemisier pour faire apparaître les pointes de ses seins et se lova sur le lit dans une position provocante.

— Tu peux lui dire d'entrer, dit-elle à l'issue de cette petite mise en scène.

La porte s'ouvrit.

Un rectangle lumineux se dessina alors à l'emplacement de cette porte.

En raison des mesures d'économie adoptées sur le budget de la Sécurité sociale, votre programme d'assistance sentimentalo-sexuelle informatisée a été supprimé.

Tout se figea et je me retrouvai dans ma chaise roulante. Je réussis à enlever mon casque seul. L'assistante, qui lisait une revue sur le canapé, se précipita. Je devais avoir une drôle de tête. Ce fut la seule fois que j'acceptai d'ingurgiter la fameuse drogue destinée à assurer le transfert en douceur dans le monde réel.

Ensuite, il y a eu toutes ces protestations dans les médias, à propos de la désinvolture brutale des informaticiens de la Sécurité sociale. Une centaine d'allocataires du programme d'assistance avaient eu des malaises, trois avaient succombé. Alors, ils nous ont concocté un petit supplément d'humanité : nous avons reçu le fameux formulaire.

> *Madame, Monsieur,*
>
> *Des impératifs financiers, que vous comprendrez certainement, nous ont conduits à supprimer le programme d'assistance sentimentalo-sexuelle dont vous bénéficiez. Pour des raisons techniques indépendantes de notre volonté, cette suppression s'est cependant effectuée dans des conditions que nous regrettons vivement et nous vous prions de bien vouloir nous en excuser.*
>
> *Aujourd'hui, nous avons cependant le plaisir de vous annoncer que le conseil d'administration a voté à l'unanimité l'adoption d'une subvention exceptionnelle qui nous donne les moyens de vous accorder une demi-heure d'assistance supplémentaire qui vous permettra de vivre une rupture virtuelle plus satisfaisante pour votre équilibre affectif. Pour nous aider à réaliser ce programme dans les meilleurs délais, veuillez remplir le questionnaire suivant. Dans*

la mesure de nos possibilités, notre équipe s'appliquera à satisfaire votre demande.

— Motif de la rupture : infidélité, jalousie, mésentente sexuelle, problèmes financiers, professionnels, autres (rayer les mentions inutiles).

— Atmosphère de la scène de rupture : violence, passion, dégoût, charme, désespoir, indifférence, autres (rayer les mentions inutiles).

— Lieu de la rupture, décor, climat, conditions météo, etc.

Il y en avait deux pages, que j'ai remplies consciencieusement. Retrouver Laura, même pour une demi-heure, c'était mieux que rien. J'avais choisi la passion et les problèmes professionnels, mais tout était raté. Les psychologues de la Sécu avaient conçu ce programme à la dernière minute pour répondre aux critiques de la presse, mais l'informatique n'avait pas suivi. Je reconnaissais à peine ma Laura. Physiquement, c'était bien elle, mais j'avais l'impression d'avoir affaire à une comédienne qui jouait un rôle — une mauvaise comédienne. Moi-même, je n'y croyais pas vraiment ; j'ai su ensuite que c'était surtout une question de moyens. Le programme initial d'assistance avait coûté une fortune et avait été testé pendant des années avant d'être lancé, alors que cette rallonge d'une demi-heure avait été bricolée.

Après cette rupture ratée, je n'étais plus tenu par le règlement. Je me suis fait conduire au siège du département informatique de la Sécu par mon assistante à domicile. Elle l'a fait bénévolement, car son poste venait d'être supprimé. Ils avaient estimé que mon environnement familial suffisait à assurer ma survie. Après avoir questionné des quantités d'employés, parcouru des couloirs interminables, nous sommes finalement parvenus dans un bureau du dix-huitième étage sur la porte duquel on pouvait lire « Assistance sentimentalo-sexuelle - département informatique ». Le service venait d'être fermé, des manutentionnaires déménageaient les ordinateurs. Un jeune gars en blouse blanche est apparu et nous a demandé ce que nous cherchions. Nous le lui avons expliqué. Il a haussé les épaules.

— Mes collègues sont déjà partis, ils ont été mutés à la Défense. Moi, je n'appartiens pas à ce service, je ne peux pas vous aider, je n'y connais pas grand-chose. Mais tout est là-dedans, si ça vous intéresse, vous pouvez le prendre. De toute façon, ça va être balancé...

Il nous a montré des cartons où s'entassaient pêle-mêle des milliers de disques mémoires, ceux qui contiennent cent millions de gigaoctets. Quel gâchis ! Laura se trouvait peut-être là-dedans. Comment savoir ? J'en ai pris un, au hasard, en souvenir, et j'ai demandé à l'assistante qu'elle me ramène à la maison.

Fiche n° 18972394

Le type avait été dénoncé par ses voisins. Officiellement, il s'agissait d'un contrôle par sondage, bien sûr, car les voisins en question redoutaient des représailles. Il n'y a pas beaucoup de gens qui osent regarder quelqu'un en face après l'avoir dénoncé. Mais, d'un autre côté, tout le monde sait aujourd'hui qu'une lettre anonyme ou un coup de fil ne suffit pas pour nous convaincre de nous déplacer. Il y en a beaucoup trop. Nous ne pouvons plus nous permettre de perdre notre temps en vérifiant des dénonciations fantaisistes. Nos informateurs, pour être pris au sérieux, doivent donner leurs noms et coordonnées. En revanche, nous leur garantissons l'anonymat. Et évidemment, ils ont la perspective de toucher la prime. C'est généralement la motivation principale, mais il y a aussi des personnes qui agissent dans le but de se venger, dans l'espoir de récupérer un appartement ou de se débarrasser d'un parent à charge, d'une grand-mère ou d'un oncle impotent. C'est si facile de glisser une disquette ou un circuit imprimé dans un tiroir, sous un matelas ou dans un sac à main. Mais il ne faut pas croire que nous arrêtons les gens aussi facilement. Nous vivons dans une société démocratique. Avant de procéder à une interpellation, nous menons notre petite enquête. Quand une accusation n'est pas crédible, nous établissons un rapport dans ce sens et le dénonciateur abusif risque des poursuites pour outrage à magistrat. Je me souviens d'un gamin qui avait voulu envoyer son père en prison en cachant dans son bureau un processeur inutilisable qu'il avait récupéré Dieu sait où. La ficelle était un peu grosse. Le père en question méritait peut-être de faire un séjour à l'ombre, mais pour d'autres raisons : c'était une brute. Le gosse avait des marques de brûlures de cigarette sur les bras et dans le cou. Mais la protection de l'enfance, ça n'est pas notre rayon. Nous avons laissé tomber l'affaire.

Nous débarquons donc chez le personnage qui avait fait l'objet de cette dénonciation à 5 h 15, un samedi matin. La loi ne nous autorise à procéder à des perquisitions nocturnes que pour les cas très graves, les trafics ou la possession de matériels très performants. Le bonhomme vint nous ouvrir en robe de chambre et en pantoufles, l'air endormi, ses rares cheveux en bataille. Il avait l'allure d'un petit retraité tranquille. Il cachait bien son jeu.

— Jean-Paul Turquin ?

— Lui-même, mais...

Je lui laissai entrevoir ma carte.

— Contrôle informatique. Le mieux est de ne pas faire de difficultés, monsieur Turquin. Vous avez été désigné par tirage au sort, conformément à la loi. C'est une simple formalité, débitai-je. Si vous ne possédez pas de matériel prohibé, vous serez dédommagé pour ce dérangement.

Il haussa les épaules avec un sourire triste, puis s'effaça pour nous laisser passer. L'appartement sentait le renfermé et la pisse de chat. Le salon était pauvrement meublé : canapés défraîchis, buffet vieillot, sous-verre jaunis représentant des biches au bois et des paysages de montagne mièvres. D'autorité, mon collègue posa sa petite mallette sur la table et commença à déballer son détecteur.

— Ne vous donnez pas tout ce mal, dit l'homme. Je sais très bien qui vous a renseignés. Ce sont les Lenchemin. Leur gosse est entré chez moi l'autre jour et il l'a vu. J'ai fait une bêtise. On ne se méfie pas assez des enfants. Remarquez, je ne leur en veux pas. Ce sont de pauvres gens. Ils vivent de combines et de primes de ce genre depuis des années. Le fautif, c'est moi.

Il nous conduisit jusqu'à une armoire, qu'il ouvrit.

— Sur l'étagère du haut.

Je dus me mettre sur la pointe des pieds pour saisir une caisse en carton assez lourde. Le type utilisait probablement un escabeau, car il était plus petit que moi. Je posai précautionneusement la boîte sur la moquette et enlevai le couvercle.

Mon collègue émit un sifflement admiratif.

Un 286 transportable, modèle 1983, avec son écran à cristaux liquides repliable. Une véritable pièce de musée. C'était la première fois que j'avais l'occasion d'en voir un.

— Qu'est-ce que vous fabriquez donc avec ce truc, monsieur Turquin ? demandai-je.

— Je suis passionné par les timbres. Je les collectionne, dans la mesure de mes moyens. Mais je classe aussi les références des timbres les plus célèbres, leurs particularités, leur histoire, les dates d'émission, les cotes... J'envisageais de publier un livre sur les timbres...

J'échangeai un regard avec mon collègue. Quel gâchis ! Risquer quinze ans de cabane pour une histoire de timbres...

Je pris un formulaire dans la poche de mon blouson et entrepris de lire le texte imprimé au dos du document.

— En vertu de l'article 6068 de la loi du 18 janvier 2016 sur les libertés individuelles, la fabrication, la détention, la vente et l'utilisation de tout matériel informatique de catégorie A, B, C, D et E est rigoureusement interdite. Tout contrevenant sera passible d'une peine de six mois à vingt ans de travaux forcés d'intérêt général et d'une amende de 50 000 à 1 million d'euros...

Turquin leva la main.

— Ne vous fatiguez pas, je connais la loi par cœur...

— Nous sommes obligés de vous lire l'article en entier, c'est le règlement.

Cette loi avait été votée après les grandes émeutes de 2014 : des foules déchaînées avaient brûlé des ordinateurs dans les rues pour protester contre la multiplication des fichages informatiques ; aux élections qui avaient suivi, le PRELIB (Le Parti révolutionnaire pour le retour aux libertés individuelles), qui préconisait l'abandon complet de l'informatique et la destruction des ordinateurs, avait obtenu une écrasante majorité aux élections. Il avait mis un peu d'eau dans son vin, en tolérant quelques exceptions, comme la Défense nationale et la recherche médicale, mais nul ne pouvait ignorer la loi de 2016.

— Bon, vous avez joué franc-jeu avec nous, monsieur Turquin, ajoutai-je après avoir terminé la lecture du fameux article 6068, nous le signalerons dans le rapport. J'espère pour vous que le juge en tiendra compte, mais ne vous faites pas trop d'illusion tout de même. Les tribunaux ne font pas de cadeaux, en ce moment...

Le dernier scandale n'avait pas arrangé les choses. Des ripoux de la brigade chargée de détruire les matériels saisis s'étaient fait serrer en train de récupérer des composants. Ils avaient mis sur pied une véritable petite fabrique clandestine et un réseau de distribution, en arrosant bien sûr quelques pontes. Leur arnaque avait duré plusieurs années et n'avait été découverte que par hasard, quand un de nos collègues particulièrement consciencieux avait remarqué qu'un disque dur d'une machine saisie faisait partie d'un lot qui, sur le papier, avait été détruit deux ans plus tôt. Il lui avait ensuite suffi de remonter patiemment la filière. Rien n'avait été négligé pour le faire taire : mutation, menaces, chantage, tentatives de corruption, mais il n'avait pas cédé. Je le connaissais très bien : c'était un militant de la première heure du PRELIB. Il appartenait à son aile intégriste, croyait dur comme fer à la loi et avait des raisons personnelles de détester les ordinateurs : son propre père, propriétaire d'une chaîne de magasins, avait été ruiné et emprisonné pour fraude fiscale quand avait été mis en place le numéro unique informatisé, en 2001. Bref, l'affaire avait éclaté au grand jour. Les médias s'en étaient emparés et le ministère de la Justice avait donné des consignes aux parquets pour que la répression soit plus sévère. Notre brigade avait été renforcée. L'accroissement des effectifs m'avait d'ailleurs permis d'hériter d'une promotion, mais c'est une autre histoire.

— Je suppose que vous ne possédez pas de

dérogation ni d'autorisation spéciale? dis-je à Turquin, pour la forme.

Pour toute réponse, il haussa les épaules.

— Alors, le mieux, c'est de vous habiller et de prendre quelques affaires avec vous.

Parmi mes collègues, j'en connais plusieurs qui sont capables d'embarquer un type en robe de chambre ou à moitié nu. J'en ai vu aussi tabasser durement des «clients» pour leur faire avouer où ils avaient caché une malheureuse carte mère ou une barrette de mémoire inutilisable. Ce n'est pas mon cas. Je m'efforce toujours de me comporter de façon humaine. Dans les limites du règlement. Même quand j'ai affaire à des délinquants caractérisés comme ce Turquin.

Pendant que Turquin s'habillait, j'échangeai quelques mots avec le collègue.

— Il me fait de la peine, ce type, tout seul avec ses timbres et son vieux tromblon, avouai-je. Peut-être qu'il va en prendre pour cinq ou dix ans. Pour l'exemple, parce qu'il tombe au mauvais moment. L'année dernière, il aurait pu s'en tirer avec six mois...

Le collègue eut un geste évasif et réprima un bâillement.

— C'est la vie. On n'y peut rien...

Il affrontait lui-même de gros problèmes familiaux et n'était pas particulièrement sensible aux malheurs des autres.

— Tout de même, dis-je. Il y a peut-être un

moyen de lui éviter ça. Un 286, on pourrait faire passer ça comme machine de collection.

— Tu sais très bien qu'il faut un dossier complet : déclaration officielle à la préfecture, P-V de neutralisation, CV de l'appareil, liste complète des composants avec tampon des services techniques...

— Un P-V de neutralisation, ça n'est pas difficile à trouver. Même si son dossier n'est pas complet, ça lui coûtera tout de même moins cher...

— Négatif. Je ne marche pas dans ces combines-là. J'ai une femme et des mômes, moi. Maintenant, c'est toi le chef, tu mets ce que tu veux dans ton rapport.

Le retour de Turquin mit fin au débat. Il avait enfilé un pardessus râpé et un bonnet de laine qui lui donnaient des allures de SDF.

— Et mes timbres ? demanda-t-il.

— Ils ont de la valeur ?

— Je place toute ma retraite dans mes timbres depuis des années. Certains sont bien cotés...

— Alors ça vous permettra de vous payer un bon avocat, dis-je.

Le collègue me donna alors un discret coup de coude.

— Il y a peut-être moyen de s'arranger, dit-il. Si vous êtes prêt à renoncer à vos timbres, monsieur Turquin, on pourrait, je ne sais pas, vous présenter comme un collectionneur négligent qui a oublié de déclarer son appareil. Vous n'avez jamais été condamné ?

— Jamais.

— Alors vous avez des chances de vous en tirer avec le sursis. (Il se tourna vers moi.) Qu'est-ce que tu en penses ?

J'en pensais qu'il était plutôt gonflé, après m'avoir expliqué cinq minutes plus tôt qu'il ne mangeait pas de ce pain-là. Mais si ça permettait de sauver la mise de papy Turquin et de récupérer un peu de monnaie par la même occasion, j'étais partant.

— Ça peut se jouer, dis-je. Mais il y a une procédure officielle à laquelle nous ne pouvons pas échapper. Nous allons tout de même être obligés de vous embarquer, monsieur Turquin. Il va falloir nous faire confiance et rédiger votre déclaration selon nos indications.

— Je suppose que je n'ai pas le choix. Je ne vous demanderai qu'une faveur. J'ai quelques timbres, qui ne sont pas très cotés, mais auxquels j'attache une valeur sentimentale...

Je pris le vieux par l'épaule.

— Pas de problème, monsieur Turquin. Nous vous les laisserons. Nous ne sommes pas des monstres.

Mon collègue rangea le 286 dans sa boîte et plaça la boîte sur son épaule, tandis que je glissais les gros albums de timbres sous mon bras. Turquin nous suivit sans résistance jusqu'à notre voiture de service, que nous avions garée sur le trottoir, devant l'immeuble. Le collègue s'installa au volant, Turquin et moi à l'arrière. Il y avait très peu de chance qu'il cherche à s'enfuir, mais le règlement est le règlement : on ne laisse jamais un client seul à l'arrière.

Au moment de démarrer, le collègue se retourna.

— Tout de même, nous n'avons même pas inspecté l'appartement. Sans vouloir vous vexer, monsieur Turquin, vous pourriez avoir une seconde machine de collection non déclarée...

— Je ne possède que celle-là.

— Nous vous croyons, mais une petite vérification ne peut pas faire de mal.

C'était en effet une précaution élémentaire : malgré ses airs de ne pas y toucher, Turquin pouvait nous avoir aiguillés vers le 286 pour dissimuler une bécane beaucoup plus redoutable.

— Entendu, j'y vais, dis-je.

Je pris le détecteur et les clefs de Turquin et remontai dans l'appartement.

Comme je m'y attendais, il n'y avait rien, pas la moindre disquette. Mais je me sentais nettement plus tranquille.

Sur le palier, alors que j'attendais l'ascenseur, une porte s'entrebâilla et un vilain museau pointu encadré de boucles blondasses apparut. La mère Lenchemin.

Celle-là, je l'avais oubliée.

— Alors, vous l'avez trouvé, l'ordinateur? Nous allons toucher la prime?

— Il y a beaucoup de formalités et de vérifications. Vous ne la toucherez pas avant deux ou trois mois. Si vous la touchez...

— Comment ça, « si vous la touchez » ? Qu'est-ce que vous entendez par là ?

— Les faits ne sont pas évidents, madame Lenchemin. Il s'agit semble-t-il d'un appareil de collection. Désolé de vous décevoir, mais, pour une machine de collection non déclarée, la prime n'est pas très élevée.

La mère Lenchemin devint écarlate.

— Mais ce n'est pas une machine de collection ! siffla-t-elle. Moi, je vous dis qu'il s'en sert tous les jours !

— C'est ce que l'enquête déterminera. Nous, notre rôle est terminé.

Ce n'était pas tout à fait vrai. J'avais encore quelques tâches à accomplir avant de transmettre le dossier au juge d'instruction. Au central, je commençai par recueillir les déclarations de Turquin, en les orientant pour rendre crédible la thèse de « l'appareil de collection », je lui fis signer le P-V et le signai moi-même. Je l'enfermai dans une cage vitrée, en compagnie de deux putes et d'un clochard, lui adressai un clin d'œil d'encouragement et l'abandonnai pour me rendre à la salle des rapports, qu'on appelle aussi « la salle des fiches » ou « le disque dur », par dérision comme vous vous en doutez. Tout le monde emploie cette expression dans la maison, bien qu'une note de service du commissaire principal en ait, en principe, interdit l'usage...

Cette salle fait cent mètres de long sur trente de large. Des armoires métalliques de couleur grise occupent la plus grande partie de sa surface. Chacune de ces armoires contient deux cent quarante tiroirs de dix centimètres de large, vingt de haut et un mètre de long. Une série de petits bureaux de métal assortis aux armoires, devant lesquels sont placés des tabourets fixés au sol, permettent aux fonctionnaires de s'installer (très inconfortablement) pour rédiger les fiches.

Je pris donc une fiche vierge dans la pile disposée à l'entrée, allai m'asseoir devant l'une des tables, à bonne distance de l'unique collègue présent (qui fumait malgré l'interdiction absolue) et entrepris de rédiger ladite fiche, à l'aide d'un stylo-pointe à l'écriture très fine et indélébile. Dans la rubrique «Nature du matériel saisi», après avoir hésité quelques secondes, j'écrivis : «Ordinateur de collection». Puis, face à «Motif de la saisie» : «Pièces justificatives insuffisantes». Je remplis ainsi les dix-huit rubriques de la fiche en petits caractères serrés et précis — posséder une bonne écriture fait partie des qualités exigées pour entrer dans notre brigade; on nous fait passer des tests et suivre des séances de formation.

Avant de repousser le tiroir qui contenait ma

fiche, je relevai son numéro et l'inscrivis sur mon carnet personnel, pour ne pas l'oublier.

C'était la fiche n° 18972394. Ce chiffre correspondait désormais, du moins sur le plan théorique, au nombre d'individus recensés qui, à une étape ou l'autre de leur vie, avaient possédé ou eu accès à un ordinateur depuis la loi de 2016. À chacune de ces 18 972 394 fiches correspondait un dossier plus épais rangé dans l'un des douze niveaux de sous-sols du bâtiment. Avant de sortir de la salle, je jetai un dernier coup d'œil aux armoires. Ces vilains meubles gris me fascinaient. Leur contenu représentait un travail fabuleux. Mon rôle ne consistait pas à porter un jugement sur la loi qui avait abouti à la constitution de ce colossal fichier. J'étais payé pour appliquer cette loi. J'éprouvais néanmoins une certaine fierté en contemplant ces armoires. Cette œuvre, même si mon apport personnel se limitait à quelques centaines de fiches, c'était aussi la mienne.

Rude journée

Ce matin-là, papa s'est levé de très mauvaise humeur. Il a préparé son café, l'a avalé d'un trait et a filé sans prononcer une parole. Quand maman l'a embrassé sur le front et lui a souhaité bonne chance, il a seulement hoché la tête d'un air excédé. À vrai dire, cela faisait déjà une quinzaine de jours qu'il était à cran. On le sentait préoccupé, tendu, il n'avait goût à rien.

La veille par exemple, quand il m'avait accompagné à la médiathèque pour choisir des livres et des disques, j'avais bien compris qu'il avait la tête ailleurs. D'ordinaire, à sa sortie du bureau, à midi, c'est très souvent qu'il passe me prendre au collège pour m'emmener déjeuner quelque part. Ensuite nous allons tous les deux à la piscine découverte, la nouvelle qui a été inaugurée l'an dernier à l'emplacement de l'ancienne caserne des gardes mobiles de la place de la République. Avant d'aller piquer une tête dans l'eau, nous nous installons sur l'herbe, je lui raconte ma matinée et lui me parle de la sienne. C'est bien d'avoir papa pour moi toute seule pendant quelques instants. Maman nous rejoint un peu plus tard et nous allons visiter une exposition, voir un film ou une pièce de théâtre dans l'une des quarante-six salles du complexe de la gare de l'Est, parfois nous marchons simplement dans les rues pour le plaisir de respirer. La semaine dernière, ils m'ont fait une surprise, nous avons pris le bus électrique qui conduit à Sarcelles pour assister à une fête champêtre. Il y avait au moins une vingtaine d'orchestres. Mon oncle Alfred, qui joue du saxo, a eu un succès extraordinaire. Moi, je ne suis pas douée pour la musique, mais j'aime beaucoup écouter et regarder les artistes, surtout quand il y a parmi eux des gens que je connais, comme des collègues de papa ou de maman.

Tout ça pour vous dire qu'hier, à la médiathèque, papa ne se conduisait pas du tout comme d'habitude. On voyait qu'il faisait un effort pour être gentil avec moi, mais que, dans sa tête, il était ailleurs. Je l'avais entendu parler tout bas à maman, comme s'il craignait que j'entende leur conversation. Je ne comprenais pas ce qui le préoccupait. Il ne voulait pas en parler devant moi. Peut-être pour ne pas me traumatiser. Pourtant, je vais bientôt avoir douze ans et je suis tout de même en âge de comprendre beaucoup de choses. Au collège, dès le programme de l'an dernier, on a commencé à nous faire étudier les grandes catastrophes des temps anciens : les guerres, les famines, les épidémies, la misère, le chômage, le bug de l'an 2000. On nous a même passé des extraits des actualités télévisées de l'époque. Quand on a montré les familles qui dormaient dans la rue, ma copine Nathalie s'est mise à pleurer. Je peux même vous dire que sur les dix élèves de ma classe, il y en avait huit qui ne voulaient pas y croire. Et quand on a vu tous ces gens qui travaillaient comme des fous pour fabriquer des choses qui ne servaient à rien, tout le monde a dit que c'était exagéré. Moi la première. Mais le prof a insisté : ça n'était pas de la fiction ! Il nous a expliqué qu'on ne nous montrait pas ça pour nous faire de la peine, mais parce que chacun doit connaître l'histoire de notre civilisation, pour ne pas oublier et comprendre par quelles difficultés on est passés. D'ailleurs, c'est une matière importante : coefficient 4 aux examens, autant que pour les arts graphiques et la musique ! À la fin du trimestre, il y a une sortie scolaire, on doit nous faire visiter une usine où les ouvrières trimaient chaque semaine pendant trente-cinq heures, et parfois davantage, sur une chaîne. Paraît que toutes les machines sont d'époque. Ils ont même conservé les appareils qui servaient à contrôler l'arrivée et le départ des employés et toutes les statistiques sur les accidents du travail et les maladies professionnelles. C'est mon grand frère, Jean, qui me l'a raconté.

Jean vient d'entrer en terminale. Il s'est déjà coltiné plusieurs fois des visites de ce genre. Paraît que c'est très impressionnant, la première fois. D'après lui, le plus spectaculaire, c'est le Musée des Transports, où on voit tous les voyageurs serrés dans le métro et toutes les voitures arrêtées dans les rues jusqu'à perte de vue. Mais papy prétend que le Musée des Transports est mal conçu, parce qu'il ne donne pas une véritable idée de la vie quotidienne des gens à l'époque. Son propre père, donc mon arrière-grand-père, qui a paraît-il connu ça dans sa jeunesse, disait que le plus terrible, c'était ce qu'on leur faisait respirer. Évidemment, au musée, ils n'ont pas pu reconstituer les odeurs et les gaz de l'époque, ça serait trop dangereux pour les visiteurs. Je ne sais plus quel historien avait proposé d'en faire sentir un échantillon dans une pièce spéciale, les spécialistes ont étudié la question et déclaré que c'était techniquement possible mais tout de même risqué, tout le monde a protesté et, finalement, les responsables ont dit que la loi sur la santé publique interdit une expérience de ce genre. Dommage, ça m'aurait amusée. Papy s'est fâché quand j'ai dit ça. Vous savez comment sont les personnes âgées, elles ont toujours tendance à exagérer et à déformer leurs histoires de jeunesse

Bref, vous voyez que je sais déjà beaucoup de choses pour mon âge. Alors je ne comprends pas du tout pourquoi papa et maman me font tant de cachotteries. J'en ai parlé à ma copine Nathalie, celle qui a pleuré. Elle m'a dit que mes parents allaient peut-être se séparer et que ça pouvait les gêner d'en parler devant moi. Le père de Nathalie a quitté sa mère l'an dernier, mais ils s'entendent tout de même très bien. Ils continuent à faire plein de choses tous les deux avec Nathalie et sa petite sœur : du sport, des balades. Bien sûr, elle aurait préféré qu'ils restent ensemble, mais elle n'est pas vraiment malheureuse. Enfin, je ne sais pas, c'est peut-être à cause de ça qu'elle pleure si facilement. Son idée n'était pas bonne. Mon père et ma mère s'entendent très bien. S'il y avait quelque chose qui n'allait pas entre eux, je m'en serais aperçue. Tenez, ce matin, quand papa est parti avec cette tête d'enterrement, j'ai bien vu que maman le regardait avec attendrissement. Elle était émue, ça se sentait. S'il avait eu l'intention d'aller vivre avec quelqu'un d'autre, maman se serait mise en colère. Ça lui arrive. D'ailleurs, elle m'a prise par les épaules et m'a dit : « Quand papa rentrera ce soir, il faudra être très gentille avec lui. Il ne pourra pas t'emmener à la piscine, à la médiathèque ou au théâtre comme d'habitude après tes cours, alors c'est moi qui viendrai, mais pas tous les jours, parce que j'ai trop de choses à faire en ce moment, et que justement papa ne va pas pouvoir m'aider. »

Je me suis posé des tas de questions. Je sais bien que les adultes se trouvent toujours des occupations qui leur prennent un temps fou. Il y a deux mois par exemple, pendant les élections mondiales, mes parents passaient des heures en conférence vidéo sur Internet avec des gens de plein de pays. Je me souviens que maman discutait d'une affaire très compliquée avec une dame du Sri Lanka et un monsieur de Buenos Aires. Ça durait tellement longtemps que je commençais à avoir l'impression qu'ils faisaient partie de la famille : on voyait tout le temps leur tête sur l'écran mural du salon. Ils préparaient tous les trois une proposition de loi ou de règlement. D'après ce que j'ai compris, papa n'était pas du tout d'accord avec maman. Lui, il correspondait avec d'autres personnes, dans plein de pays aussi. Finalement, ni papa ni maman n'ont réussi à convaincre suffisamment de gens. Mais ça n'est pas pour ça que papa fait la tête. Sur le coup, il se met quelquefois un peu en colère quand il n'arrive pas à imposer ses idées, mais après, comme il dit, il est sportif. Donc, les discussions sur le web à propos des élections et les lois, ça prend beaucoup de temps parce que tout le monde veut donner son avis. Et puis il n'y a pas que les mondiales, il y a aussi les régionales et les professionnelles, où papa s'est présenté deux fois. Mais même pendant toutes ces périodes-là, il a toujours trouvé le temps pour m'emmener à la médiathèque, à la piscine ou au théâtre...

Vers 14 heures, je suis rentrée a la maison.

J'étais toute seule. Jean était parti en classe de trekking, dans les Andes, dans le sud du Chili. Il avait promis d'appeler en vidéo avec son mobile dès qu'il serait arrivé au refuge, mais il ne l'avait pas fait. Peut-être que l'ordinateur du satellite était en panne ou qu'une tempête perturbait les émissions. Mais maman ne s'affolait pas, elle connaît Jean, qui est très distrait, et j'ai bien vu que c'était pour papa qu'elle s'inquiétait.

Maman n'est revenue à la maison qu'à 16 heures. Elle avait l'air un peu fatiguée. J'ai cru qu'elle allait me gronder parce que j'avais commandé deux repas complets au traiteur et que j'avais presque tout jeté. C'était enregistré sur l'ordinateur et elle allait forcément s'en apercevoir. J'avais aussi laissé des miettes sur la moquette du salon et mes affaires traînaient partout. Eh bien, elle n'a pas fait la moindre réflexion. Elle s'est laissée tomber dans un fauteuil en soupirant.

— Nous avons travaillé près de quatre heures au labo sans arrêter une seconde. C'est une expérience qu'on ne pouvait pas interrompre. Je suis complètement morte.

Puis, elle a ajouté, d'un air gêné :

— Je sais bien que je ne devrais pas dire ça. Alors que papa...

Ensuite, elle m'a ordonné de faire mes devoirs, sur un ton très sec. Je n'ai donc pas osé lui poser la question. J'ai attendu jusqu'à

18 heures. Papa n'était toujours pas rentré. Qu'est-ce qu'il pouvait bien faire ? J'ai imaginé des tas de choses, même qu'il avait pu être placé en isolement. Mais je ne vois pas papa commettre un délit et, pour qu'on mette quelqu'un en isolement, il faut vraiment qu'il soit dangereux. Papa est d'un caractère très pacifique. Il ne ferait pas de mal à une mouche.

À 18 heures, n'y tenant plus, j'ai demandé à maman :

— Tu ne veux pas m'expliquer ce qui est arrivé à papa ?

Maman m'a regardé en hochant la tête.

— Il a tiré le mauvais numéro. Il voulait te l'expliquer lui-même ce soir. Mais bon...

Elle m'a emmenée dans le bureau de papa. En principe, je n'y entre jamais. Elle a branché le terminal et j'ai pu lire sur l'écran. C'était une lettre électronique à en-tête du Bureau mondial de l'organisation du travail.

Cher Monsieur,

Nous avons l'honneur de vous informer que vous avez été désigné par tirage au sort pour une semaine de travail manuel pénible. Comme vous le savez, les progrès de la technologie et de l'informatique n'ont pas encore permis de supprimer totalement le travail manuel indispensable au bon fonctionnement de la société.

Faute de volontaires en nombre suffisant,

nous sommes donc contraints de procéder annuellement à ce tirage au sort.

Cette semaine de travail social se déroulera du 1er juin au 6 juin (inclus). Les horaires ont été fixés de 8 heures à midi et de 14 heures à 18 heures.

Si vos conditions de santé interdisent le travail pénible, vous pouvez faire appel de cette décision auprès de la commission médicale de votre arrondissement. Nous certifions que le tirage au sort a été effectué sur l'ordinateur central du BMOT dans les formes prévues par le décret d'application de la loi du 18 janvier 2093.

Certains que vous aurez à cœur d'accomplir cette tâche socialement indispensable, nous vous prions d'agréer, etc.

Le texte complet de la loi de janvier 2093 était affiché en tous petits caractères, en bas de l'écran.

C'était totalement injuste, car papa avait déjà effectué une autre semaine de travail pénible quatre ans avant. Et, en principe, chaque citoyen ne devait pas être astreint à plus de huit jours dans toute sa vie. Les médias le répétaient tout le temps, pour rassurer les gens. Il s'agissait forcément d'une erreur de l'ordinateur. D'après mon oncle, qui est informaticien, il n'y a pas plus d'une chance sur un million pour que ce genre de bug se produise ! Et il avait fallu que ça tombe sur papa !

— Eh oui, dit maman.

Papa rentra épuisé. Il nous embrassa, maman et moi, et réussit à sourire. Puis il secoua la tête.

— Je crois que je tiendrai le coup. Mais tout de même, je n'arrive pas à comprendre ce qui s'est passé. Je me demande si je ne vais pas leur faire un procès.

Bug d'enfer

L'homme se tenait devant son bureau. Il ne l'avait pas vu entrer. Pourquoi Muriel l'avait-elle laissé passer sans l'avertir ? Marc Lasagne, P-DG et unique employé de Cyber Infocom (à l'exception de sa secrétaire-hôtesse stagiaire) renonça à élucider ce petit mystère. Au point où en étaient ses affaires, ce genre de détail avait peu d'importance : il n'allait pas indisposer un client potentiel en lui demandant de quitter son bureau pour y revenir trois minutes plus tard après s'être fait annoncer. Il se tourna donc vers l'inconnu et lui sourit.

C'était un grand type chauve avec une barbiche noire, vêtu d'un costume sombre coupé dans un tissu brillant. Sa cravate formait une tache écarlate sur sa chemise blanche. Il était difficile de lui donner un âge. Peut-être la cinquantaine.

— Que puis-je faire pour vous, monsieur... ?

— Mon nom est un peu difficile à prononcer.

L'homme lui tendit une carte de visite de format américain sur laquelle Marc put lire :

Richard Thubezleb
S.A. Natas

Rien ne précisait l'activité de la S.A. Natas.

Marc contourna son bureau, invita son visiteur à prendre place dans le canapé et alla s'asseoir en face de lui.

— J'ai pensé à vous pour créer notre site sur Internet, déclara le dénommé Thubezleb.

— Très volontiers, mais avez-vous un besoin urgent de ce site ? Car, voyez-vous, en ce moment nous sommes débordés, et...

C'était un mensonge éhonté. Cyber Infocom, en dehors de quelques contrats de maintenance déjà anciens, n'avait pas de clients. Le visiteur dévisagea Marc avec une expression légèrement ironique qui laissait penser qu'il n'était pas dupe. Cette attitude mit Marc très mal à l'aise et lui fit immédiatement regretter ce bluff pourtant classique.

— Mais si vous êtes très pressé, s'empressa-t-il d'ajouter, nous verrons ce que nous pourrons faire...

Ce recul était très maladroit. Il s'enfonçait.

— Nous sommes très pressés, confirma l'homme vêtu de noir.

— Je vois. De quoi avez-vous besoin exactement ?

— D'un site qui nous permette de recruter des partenaires et de leur faire signer des contrats à distance.

— Sans les rencontrer ?

— Nous pouvons, dans certains cas, envisager d'envoyer un commercial aux personnes intéressées, mais notre objectif est en effet d'améliorer notre productivité en développant la signature de contrats électroniques.

— Attention, ce genre de contrat est soumis à des contraintes administratives très strictes.

— Pas de problème. Nous avons notre propre déontologie, que nous observons depuis très, très longtemps.

— Dans quelle branche êtes-vous ?

— La gestion des problèmes humains.

— Et quel genre de contrat entendez-vous faire signer à vos partenaires ?

— C'est un petit peu compliqué... Disons que je leur propose de recruter eux aussi des personnes intéressées par nos services.

— Un système pyramidal ? Et vous êtes sûr que c'est bien conforme à la loi ?

Thubezleb dévisagea Marc en souriant.

— Je viens de vous dire que nous fonctionnons ainsi depuis très, très longtemps sans problème. Enfin, sans problème majeur. Mais pas sur Internet, bien sûr. Et c'est pour cela que nous faisons appel à vous.

— Et vos concurrents sont déjà présents sur

le web, n'est-ce pas ? C'est pour cela que vous êtes pressé ?

Thubezleb émit un petit ricanement.

— Nous n'avons aucun concurrent, monsieur Lasagne. Nous sommes absolument seuls sur notre créneau. Mais nous sommes soucieux d'augmenter notre volume de production. Comme tout le monde.

— Que vendez-vous, au juste ?

— Du temps, du rêve, des voyages. Je vais vous laisser un dossier sur notre entreprise. Ensuite, si vous êtes en mesure de nous faire une proposition, passez me voir à mon bureau. Il est inutile de m'appeler à l'avance, je suis toujours disponible.

Marc prit le dossier, qui était très sobrement présenté. La jaquette noire en bristol brillant portait seulement le sigle *Natas* en lettres rouges. Il l'ouvrit et fit une petite grimace : les premières pages étaient imprimées en caractères minuscules de style vaguement gothique.

Élégant, mais difficile à lire. Il voulut en faire la remarque à son interlocuteur, mais celui-ci avait déjà disparu. Curieux personnage !

Dans la pièce voisine, Muriel était plongée dans un gros livre de physique quantique. C'était une petite brune un peu ronde, avec des traits lourds. Elle prenait des notes avec application. L'arrivée de son patron la fit sursauter.

— Il est parti ?

— Qui ?

— Mais le client avec qui je discutais, l'homme en noir, Thubezleb ou quelque chose comme ça...

Muriel secoua la tête.

— Désolée, je n'ai vu personne. Je peux faire quelque chose ?

— C'est un peu tard. S'il revient, faites un effort, je ne sais pas, offrez-lui un café...

Mais Thubezleb n'avait pas prévu de revenir. C'était Marc qui devait lui rendre visite.

Ce qu'il fit le lendemain matin. Continuer à bluffer en faisant attendre ce client aurait été totalement inutile. Il n'était pas dupe et risquait de s'adresser ailleurs. À propos, pourquoi avait-il choisi Cyber Infocom ? Marc n'avait pas songé à le lui demander. Peut-être Thubezleb s'était-il informé de la santé de la boîte et espérait-il l'obliger à casser les prix. Il ne trouva pas d'autre explication.

L'adresse indiquée sur la carte de visite et sur la brochure noire correspondait à un immeuble de l'avenue Mozart. Rien sur sa façade en pierre de taille n'indiquait la présence du siège de la S.A. Natas. Marc entra donc dans le hall et consulta la liste des locataires. La Natas n'y figurait pas non plus. Il s'apprêtait à ressortir, croyant s'être trompé, quand une grande femme brune en tailleur sombre s'avança au-devant de lui.

— Voulez-vous me suivre, monsieur Lasagne ? M. Thubezleb vous attend.

Comment avait-elle pu l'identifier, alors qu'il n'avait pas annoncé son arrivée ? Il renonça à poser cette question à l'hôtesse et lui emboîta le pas. Il supposa qu'un système de surveillance vidéo avait été installé dans le hall, pourtant il ne remarqua aucune caméra. La jeune femme était très grande et apparemment très bien faite. Le discret balancement de ses hanches retint un instant l'attention de Marc, puis il se concentra sur les propositions qu'il allait présenter à Thubezleb. Ils empruntèrent un ascenseur aux parois d'acier où n'apparaissait pas le moindre bouton. Sans que la jeune femme ait fait le moindre geste, la cabine entreprit son ascension. Elle ne produisait pas le moindre bruit, pas la moindre vibration. Seul le défilé des numéros d'étage permettait de savoir qu'on s'élevait dans le ciel. Les portes de métal s'écartèrent et Marc se retrouva dans un hall dallé de marbre noir. Le logo S.A. Natas tracé en lettres rouges tranchait sur des murs eux aussi noirs et brillants. Ce hall était vide : il n'y avait ni fauteuil ni table basse couverte de revues comme on en rencontre habituellement dans les salles d'attente des bureaux d'entreprise. Des spots lumineux encastrés dans le plafond dispensaient une lumière blafarde. L'hôtesse se tourna vers Marc pour lui indiquer le chemin. Sous cet éclairage, son teint semblait très pâle. Marc songea qu'il ne devait pas lui non plus apparaître sous son meilleur jour. Drôle d'idée de recevoir ses visiteurs dans un cadre pareil !

Ils parcoururent une série de longs couloirs où ils croisèrent plusieurs autres femmes, toutes très grandes et vêtues elles aussi de tailleurs sombres. L'hôtesse poussa une porte capitonnée, sans avoir frappé ni sonné au préalable, et l'invita à passer devant lui.

Thubezleb l'attendait derrière une immense table de chêne qui détonnait dans cet environnement. L'hôtesse s'effaça et les laissa en tête à tête. Le patron de la S.A. Natas s'avança au-devant de son visiteur et lui tendit la main. Quand cette main étreignit la sienne, Marc éprouva une sensation curieuse, dont il ne parvint pas à déceler l'origine.

— Avez-vous étudié notre affaire, monsieur Lasagne ?

Marc s'attendait à des préambules, des formules de courtoisie. Cette entrée en matière directe le décontenança, mais il s'appliqua à ne pas manifester son trouble. Il exposa son projet en termes simples et précis. Thubezleb l'écouta en hochant la tête d'un air approbateur.

— Le mieux serait tout de même que je vous fasse une démonstration sur un de nos postes de travail.

— Je vais vous envoyer un de mes collaborateurs. Vous examinerez les détails ensemble.

Restait la délicate question du prix. Marc avait préparé un devis, qu'il sortit cérémonieusement de sa serviette. Thubezleb y jeta un œil, mais si vite qu'il donna à son interlocuteur le sentiment qu'il en connaissait déjà le contenu.

— Tout cela me semble en ordre. Je vais vous verser un acompte.

Il marcha jusqu'à un grand coffre de bois sombre, assorti au bureau, et l'ouvrit.

— Il y a une précision que j'ai oublié de vous donner, monsieur Lasagne. Nous payons toujours en liquide. Ça ne vous pose pas de problème ?

Cette façon d'agir était très inhabituelle, de la part d'une société qui semblait brasser des affaires aussi importantes. Néanmoins, Marc n'y voyait pas d'inconvénient. Il s'approcha de son interlocuteur, qui lui tournait le dos, et s'efforça de distinguer le contenu du coffre.

Un éclat doré le surprit. Son imagination devait le tromper.

— Je vous en prie, fit Thubezleb.

Marc sentit le sang affluer à ses joues et réalisa qu'il venait de se comporter grossièrement.

— Ne soyez pas gêné, votre curiosité est tout à fait naturelle.

Thubezleb ouvrit grand le coffre où s'empilaient des lingots d'or, il en prit un, le caressa, puis le remit en place.

— Je suppose que vous préférez des espèces. Nous en avons aussi.

Il remit le lingot à sa place et fit apparaître une épaisse liasse de billets.

— Vous n'avez pas confiance dans les banques ?

Thubezleb fixa son regard dans le sien.

— Je n'ai confiance en personne. Et je n'ai pas besoin de banque. Ce coffre paraît primitif, mais il est absolument inviolable. Essayez donc de l'ouvrir.

— Je ne connais pas les techniques des cambrioleurs.

— Ça ne fait rien. Essayez tout de même.

Marc prit le couvercle du coffre par son rebord, le souleva. À sa surprise, il ne rencontra aucune résistance, mais le coffre était vide : lingots et billets avaient disparu. Ce tour de passe-passe ne l'impressionna pas. Un ingénieux mécanisme avait sans doute été installé dans ce coffre.

Thubezleb soupira.

— Comme vous le voyez, nous sommes très forts pour ce genre de chose, mais, côté informatique, nous ne sommes pas du tout dans la course.

— Nous sommes là pour arranger ça...

Une jeune femme en tailleur noir l'attendait de l'autre côté des portes capitonnées. Pendant un instant, Marc crut qu'il s'agissait de celle qui l'avait guidé jusqu'au bureau de Thubezleb, mais il lui sembla que sa démarche était légèrement différente. Plus souple. Toutes les femmes qu'il avait croisées se ressemblaient et étaient habillées de la même façon.

— L'entretien était satisfaisant, monsieur Lasagne ? demanda-t-elle avec un sourire appuyé.

Il n'est pas non plus courant qu'une hôtesse ou une secrétaire interroge ainsi un visiteur, mais peut-être cette femme occupait-elle un poste plus important.

— Positif, dit-il poliment.

Dans l'ascenseur, elle s'approcha très près de lui et le dévisagea d'une façon un peu équivoque.

— Je crois que nous sommes appelés à nous revoir.

— Pardon ?

— C'est moi qui suis chargée par M. Thubezleb d'examiner avec vous les aspects pratiques de notre collaboration.

— Quand voulez-vous commencer ?

— Le plus tôt sera le mieux. Demain, 9 heures ?

Une fois dans la rue, Marc réalisa qu'il n'avait pas pensé à demander son nom à cette femme. Cette affaire s'était conclue si vite ! Peut-être même trop vite... Pouvait-elle cacher un piège ? La liasse dont il sentait l'épaisseur dans la petite serviette de cuir précautionneusement coincée sous son bras le rassura. Dès qu'il eut regagné son bureau, il s'empressa d'ailleurs de compter cet argent, ce qu'il n'avait pas voulu faire devant Thubezleb. Le compte y était. Les coupures sentaient le papier neuf. Des faux ? Mieux valait peut-être les faire vérifier par sa banque. Pourtant, verser un acompte avec de faux billets n'avait pas de sens : il n'avait lui-même rien fourni en échange, sinon un projet et un devis. Il hésita à les déposer sur son compte, puis y renonça : pourquoi verser sa dîme au fisc quand on a, pour une fois, l'occasion de lui échapper? Ne disposant d'aucun lieu sûr pour abriter cette liasse, il prit la décision de louer un coffre.

La collaboratrice de Thubezleb se présenta à 9 heures pile. Elle avait abandonné son tailleur et ses bas noirs pour un ensemble lie-de-vin. Marc était seul.

— Il m'a semblé que vous n'appréciez pas le noir, remarqua-t-elle avec un sourire malicieux.

— Il vous va très bien, s'empressa de répliquer Marc, mais... j'ai été un peu surpris de constater que tout le monde s'habille en noir, dans votre entreprise.

— C'est le règlement, mais le rouge est toléré. J'ai pensé que ça vous plairait davantage. Et comme nous sommes appelés à travailler ensemble...

— Votre patron semble très... pointilleux. (Il avait failli dire maniaque.)

— Plus que vous ne pouvez l'imaginer, Marc.

Cette façon d'appeler immédiatement les gens par leur prénom, à l'américaine, mettait Marc vaguement mal à l'aise.

— J'ai oublié de vous demander votre nom.

— Quel prénom vous plairait ? Sandra ? Julie ? Ou bien quelque chose de plus original ? Léonore ?

Avait-elle plusieurs prénoms, ou se moquait-elle de lui ?

— Julie ne me déplaît pas.

— Alors pour vous, je serai Julie. Mettons-nous très vite au travail.

Marc installa la jeune femme devant un moniteur et entreprit de lui expliquer les principes de la création d'un site, en soulignant la charge de travail que représentaient sa mise à jour régulière, et surtout l'interactivité avec les visiteurs et les clients potentiels. Julie semblait être une élève très douée. Elle l'écouta, effectua sous ses conseils avisés quelques incursions sur divers sites commerciaux, puis se mit à surfer très vite de façon totalement autonome. Marc fut impressionné.

— Pour attirer les internautes, il faut faire de la publicité sur les autres sites, n'est-ce pas ? remarqua-t-elle.

— Oui, mais pas n'importe lesquels. Il y a des centaines de milliers de sites. Il faut donc les sélectionner avec soin. Choisir ceux dont le public correspond à votre cible.

— C'est bien ce que je pensais. Alors, il nous faut des bandeaux publicitaires dans tous les sites consacrés au sexe, aux sectes, aux médecines parallèles, et aussi dans tous ceux qui concernent l'argent et les jeux guerriers.

— M. Thubezleb ne m'a toujours pas précisé ce qu'il vend...

— Je pensais qu'il vous l'avait dit : des choses que chacun convoite, du rêve, du temps... Notre service juridique est en train de peaufiner la version virtuelle de notre contrat. La version traditionnelle n'est pas utilisable sur le net. Et nous comptons sur vous pour lui donner une présentation attrayante. Mais, sans vouloir vous offenser, Marc, n'oubliez pas que ce que nous attendons de vous, ce sont avant tout des solutions techniques. Nous entendons conserver la maîtrise absolue de tous les aspects commerciaux de notre site...

Ou bien Julie avait une capacité d'assimilation hors du commun, ou bien elle en savait déjà beaucoup plus qu'elle ne le prétendait avant de venir ici. Marc se demandait depuis un moment si on ne cherchait pas à l'entraîner dans une opération louche. Il fut tenté d'abandonner l'affaire ou d'exiger d'en savoir davantage, mais le souvenir de la liasse qu'il avait déposée la veille dans son coffre l'en dissuada.

— À propos, dit Julie, comme si elle devinait ses pensées. En attendant le contrat que nous allons proposer sur notre site, je vous ai apporté le vôtre.

Elle fit apparaître une feuille dactylographiée à en-tête de la S.A. Natas qu'elle posa devant lui, à la manière d'un prestidigitateur. Il n'eut pas le temps de voir d'où venait ce document. D'une des deux poches latérales de sa veste de tailleur? Bizarre. La feuille ne portait la trace d'aucun pli. Il parcourut le texte. Il ne comptait qu'une quinzaine de lignes. Il s'attendait à un contrat beaucoup plus détaillé.

— Pour nous, cela suffit, affirma-t-elle. Mais nous signerons votre devis, si vous le souhaitez.

— Cette formule est un peu bizarre, nota Marc : «... s'engage à demeurer corps et âme à la disposition de la S.A. Natas pendant la durée du contrat...»

Elle rit.

— Ce sont les tournures de phrase de M. Thubezleb. Il y tient beaucoup. Vous le trouvez ridicule?

— Ce n'est pas ce que je voulais dire. Il y a aussi cette clause : «Au cas où les objectifs initiaux n'auraient pas été réalisés dans le délai prévu, le contrat serait prolongé...»

— Ça ne vous paraît pas clair? Nous voulons seulement nous garantir contre un retard. C'est normal. Nous payons bien. Si vous avez le moindre doute, vous pouvez soumettre ce contrat à un juriste.

Une telle démarche risquait d'offenser un partenaire qui n'avait pas hésité, lui, à verser un acompte sans demander le moindre reçu. Il fallait jouer le jeu. Il dévissa le capuchon de son stylo, mais, avant qu'il ait eu le temps de tracer sa signature, elle s'empara de la feuille. Elle la prit entre le pouce et l'index et la maintint suspendue devant son nez.

— Il ne faut pas signer si vous n'êtes pas sûr de vous, Marc, dit-elle en le regardant droit dans les yeux.

— Pas de problème.

Il reprit la feuille et, cette fois, signa.

— Alors il me semble qu'il faut fêter ça ! Vous avez quelque chose à boire ?

Le frigo ne contenait que des boîtes de bière et le jus d'orange de Muriel.

— Ne vous inquiétez pas. Je savais que vous alliez signer et j'ai tout prévu. Allez seulement nous chercher deux verres.

Quand Marc revint avec les verres, il vit une bouteille de champagne sur la table, à côté de l'ordinateur. Il renonça à demander où Julie l'avait prise. Ce champagne était millésimé, frais et d'excellente qualité. Au troisième verre, Marc commença à se sentir très bien et à trouver Julie très excitante. Elle s'approcha de lui et posa ses mains sur ses épaules.

— Je sais que vous avez envie de faire l'amour avec moi et je sais exactement dans quelle position.

— Mais...

Elle plaça son index sur sa bouche.

— Inutile d'essayer de me mentir.

Elle releva la jupe de son tailleur, lentement, et alla s'appuyer sur la table, bras croisés, en se penchant en avant. Entre sa fine culotte de soie noire et ses bas, la blancheur laiteuse de la portion de peau nue focalisa le regard de Marc. Il la contempla ainsi un bref instant, en sirotant son champagne. Sa main libre vint effleurer cette peau si pâle, puis s'insinua sous la soie à la recherche des moiteurs mystérieuses de cette femme provocante. Il constata qu'elle était prête à l'accueillir. Il perdit alors toute retenue, se débarrassa de son verre qui roula sur la table, libéra son sexe et se rua sur elle. Elle répondit par des gémissements et de vigoureux mouvements de reins.

C'est dans cette situation que Muriel les trouva. La stagiaire avait été intriguée par ces bruits bizarres dont elle n'avait pas identifié la nature. Elle se figea sur le pas de la porte, son visage prit une teinte écrevisse, elle marmonna une vague excuse et s'éclipsa en claquant la porte. Cette intrusion n'interrompit pas la joute, qui en était à son paroxysme. La violence de l'orgasme secoua Marc. Il s'effondra sur sa complice. Les deux amants perdirent l'équilibre. Marc tenta de s'accrocher à la table. Ses doigts rencontrèrent un objet qu'ils serrèrent instinctivement, mais sa main fut coincée sous lui. Le verre se brisa sous son poids. La douleur lui arracha un cri aigu.

— Je crois que je me suis coupé.

Il examina son pouce, qui saignait. Julie prit

sa main, affectueusement, et lécha le doigt blessé.

— C'est la méthode la plus efficace.

Du sang souillait la table, le clavier de l'ordinateur et la feuille à en-tête du contrat.

— C'est ennuyeux, cette tache, dit Marc.

Julie affichait un sourire radieux. Elle avait repris des couleurs.

— Pas du tout, dit-elle.

Elle plia soigneusement la feuille en quatre, la glissa dans sa poche de tailleur, puis consulta sa montre.

— Je pense que nous en avons assez fait pour aujourd'hui. M. Thubezleb sera très satisfait.

Marc la raccompagna. Quand ils passèrent devant Muriel, celle-ci prit un air pincé. Marc s'efforça d'éviter le regard de la jeune fille et retourna plancher sur son ordinateur. Le choc de sa légère blessure l'avait dessoûlé.

Marc travailla d'arrache-pied pendant quinze jours. En dépit du délai très bref qui lui avait été imposé, il élabora un site très sophistiqué avec un grand nombre de liens hypertextes permettant de visiter Natas à partir d'autres sites référencés sur les moteurs de recherche et de bandeaux publicitaires disséminés un peu partout sur le web. À l'issue de ces opérations, il n'était pas mécontent de lui. Marc se considérait comme un bon professionnel qui n'avait pas eu jusqu'ici la chance qu'il méritait. Cette chance, c'était peut-être la S.A. Natas...

Quand il rendit visite à Thubezleb, des manutentionnaires déballaient encore des ordinateurs de leurs caisses en carton. Le P-DG affichait une mine satisfaite. Il entraîna Marc dans une immense salle où des dizaines de jeunes femmes étaient installées côte à côte devant leurs écrans. Une cloison de verre épais séparait chaque opératrice de sa voisine. Toutes portaient de très stricts tailleurs noirs. L'uniforme maison. Marc ressentit une impression étrange. Il crut identifier Julie, s'approcha. Elle se retourna et lui adressa un sourire. Ce n'était pas elle, mais elle lui ressemblait beaucoup.

— C'est incroyable, dit-il, vous avez déjà réussi à recruter et former toutes ces personnes...

Thubezleb fit un petit mouvement de la main en agitant ses doigts.

— Nous n'avons pas eu besoin de recruter. Notre maison dispose depuis très longtemps d'un personnel très nombreux, zélé et polyvalent. Notre collaborateur n'a eu qu'à transmettre le savoir-faire que vous lui avez si bien enseigné...

— Votre... collaborateur ?

Thubezleb haussa les épaules.

— Chez nous, cher monsieur Lasagne, chacun de nos cadres peut prendre une apparence féminine, masculine ou même animale. Au gré des circonstances ou des goûts de nos partenaires... Moi-même, il m'arrive de me présenter de manière très différente.

Le malaise de Marc s'accentua.

— Je ne vous suis pas très bien...

— Voyons, vous n'avez pas encore compris la nature de notre entreprise ? Je ne vous croyais pas si naïf...

Thubezleb le prit par le bras et le conduisit dans un petit salon.

— Pardonnez-moi, mais je suis très occupé : nous avons déjà de nombreux contrats à signer. Mon col... Julie va vous expliquer.

Il quitta la pièce et, aussitôt, Julie apparut. En tailleur rouge.

— J'étais persuadée moi aussi que tu avais compris, dit-elle. Mais je suis désolée, mon chou, je n'ai pas non plus beaucoup de temps à t'accorder : nous sommes sur les dents. Je te retrouverai un peu plus tard à ton bureau. En m'attendant, visite donc notre site.

— Il me semble que je le connais. C'est tout de même moi qui l'ai créé !

— Nous avons procédé à quelques modifications. Mais rassure-toi : tes prescriptions techniques ont été rigoureusement respectées. Chaque équipe dispose de son serveur. Cent cinquante centres comme celui que le patron vient de te faire visiter sont aujourd'hui opérationnels, et nous espérons en avoir un millier le mois prochain.

Marc se livra à un petit calcul : mille centres, à raison d'une cinquantaine d'opératrices par centre, cela représentait un personnel de plus de cinquante mille employés ! Tout compte fait, il ne leur avait pas pris cher.

— Si je comprends bien, vous n'avez plus besoin de moi ?

— Mais au contraire, mon petit Marc, nous avons plus besoin de toi que jamais. Nous ne sommes pas à l'abri d'un plantage. (Elle leva le doigt, à la manière d'une institutrice.) D'ailleurs, tu as signé un contrat.

À son retour, il trouva Muriel dans son propre bureau, installée devant l'ordinateur. Ce qui le surprit, car la jeune fille s'intéressait fort peu à l'informatique. Elle n'avait accepté ce stage que parce qu'elle n'avait rien trouvé d'autre. Elle parut très gênée et éteignit immédiatement le moniteur, avant qu'il ait eu la possibilité de jeter un œil sur l'écran. Marc n'était pas non plus très à l'aise. Depuis que la stagiaire avait surpris ses ébats, il l'évitait. Bonjour, bonsoir, vous avez du courrier ? Quelques brèves consignes, rien de plus.

Muriel se sentit obligée de s'expliquer.

— Une amie m'a parlé d'un site. J'ai voulu voir...

— Vous vous branchez sur Internet ? C'est nouveau... Mais si vous avez besoin de mes lumières, n'hésitez pas.

ouvrit la portière en s'inclinant devant elle — galanterie que Marc trouva un peu ridicule — et fit le tour de la voiture pour aller s'installer au volant. Muriel noua un foulard sous son menton, sans doute pour protéger sa coiffure toute neuve. Ce foulard et cette rutilante décapotable évoquaient les couples de cinéma des années 60 : Grace Kelly et Cary Grant dans un film de Hitchcock dont Marc ne parvint pas à se rappeler le titre. Comment Muriel qui, sans être laide, n'avait ni charme ni sex-appeal, avait-elle réussi à séduire un type de ce genre ?

— Tu n'es pas jaloux ?

Il sursauta et se retourna. Julie se tenait derrière lui.

— Eh bien, je me demande seulement...

— Tu n'as pas lu son contrat ?

Marc haussa les épaules. Julie s'approcha en minaudant, tendit la main et posa son doigt sur les lèvres de Marc.

— Toi, j'avais cru comprendre que tu étais davantage sexe que grand amour et romantisme. Et aujourd'hui, il me semble que tu as d'autres idées en tête.

Elle alla s'asseoir sur le bureau que venait de quitter Muriel, releva sa jupe de tailleur, écarta d'un doigt décidé une culotte de soie rouge, révélant une toison pubienne très sombre qui avait été en partie rasée de façon à ne laisser qu'un petit rectangle impeccablement dessiné.

— Tu vas au-devant de mes fantasmes, dit Marc.

— C'est inclus dans notre contrat, cher ami.

La vérité apparut enfin à Marc dans toute sa monstrueuse laideur au cours d'une nouvelle visite des bureaux de la S.A. Natas. Il constata d'abord que les opératrices installées dans leurs boxes occupaient maintenant plusieurs étages. Or, à sa connaissance, le siège de la S.A. Natas ne disposait que d'un seul niveau : la liste des autres entreprises installées ici demeurait affichée dans le hall. Dans l'ascenseur, bien que le mouvement de la cabine fût imperceptible et silencieux, il éprouva la curieuse impression qu'il parcourait une distance très supérieure à la hauteur relativement modeste de cet immeuble haussmanien, et même qu'il descendait au lieu de monter. Un peu plus tard, comme il en faisait la remarque à Thubezleb, celui-ci lui répondit :

— Vous savez, cher ami, tout cela est, comment dirais-je? plus ou moins virtuel...

Le P-DG accompagna ses paroles de cet irritant petit geste de la main qu'il répétait sans cesse. Une sorte de tic. Marc ne comprit pas le sens de cette réplique. Supposant qu'il s'agissait d'une plaisanterie, il afficha un sourire poli.

— Je vous ai fait venir, car j'ai besoin d'un conseil. Cela fait partie de nos accords, je crois.

Thubezleb le conduisit dans une salle où une

demi-douzaine de techniciens s'affairaient sur des ordinateurs.

— Nous avons un problème de cryptage à résoudre.

Marc comprit immédiatement que l'équipe de Thubezleb cherchait à entrer dans le fichier d'une autre entreprise, la Cegelib, un gros laboratoire médical.

— C'est simple, la Cegelib a signé des contrats avec plusieurs milliers de médecins spécialistes. Elle leur fournit gratuitement leur équipement informatique et, en échange, ils lui envoient leurs analyses et leurs prescriptions, ce qui permet à la Cegelib d'adapter sa production et ses promotions à ce marché. Or, pour nous aussi, il s'agit d'un créneau particulièrement porteur.

— C'est totalement illégal, dit Marc.

— Nous ne vendons pas de médicaments. Nous ne sommes donc pas des concurrents de la Cegelib.

— Pourquoi voulez-vous ce fichier?

Une lueur s'alluma dans le regard sombre de Thubezleb.

— Ce fichier contient les noms de milliers de cancéreux en phase terminale, de patients qui souffrent de sclérose en plaques, du sida et de dizaines d'autres maladies incurables. Ces gens sont prêts à tout pour guérir.

— Vous êtes ignoble. Je ne marche pas!

Thubezleb agita encore sa main.

— Tss, tss... Pas de grands mots. Nous ne sommes pas des charlatans. Nous leur garantissons la guérison immédiate. Pas de surprise, pas d'entourloupe, nous respectons toujours nos contrats à la lettre.

— Et que demandez-vous en échange ?

— Mais leurs âmes, naturellement.

Cela sautait aux yeux et pourtant Marc n'avait pas voulu y croire. Ses convictions matérialistes, son athéisme catégorique l'avaient empêché d'accepter la vérité. Mais ses certitudes s'étaient effondrées. Thubezleb-Belzebuth, Satan-Natas, l'anagramme était transparent. Son partenaire lui avait d'emblée fourni tous les moyens de deviner très facilement son identité. Pour le piéger, il avait fait appel à des recettes vieilles comme son sinistre commerce : l'appât du gain, le sexe. Ces lingots d'or qu'il lui avait laissé voir dans son coffre ! Comment n'avait-il pas immédiatement deviné à qui il avait affaire ? Des milliers de malheureux allaient connaître les flammes de l'enfer par sa faute. Marc avait beau se proclamer incroyant, nier farouchement l'existence de Dieu et du diable, il n'en éprouvait pas moins un très fort sentiment de culpabilité. Des siècles de civilisation judéo-chrétienne laissent tout de même des traces. Ce qui ne l'empêchait pas de continuer à forniquer allègrement avec Julie, ou plus exactement avec le mystérieux démon qui prenait l'apparence de Julie. À chacune de leurs rencontres, elle inventait de nouveaux jeux érotiques plus sophistiqués. Marc y avait pris goût, d'autant qu'il sortait d'une assez longue période d'abstinence. Quant à Muriel, elle avait quitté Cyber Infocom sans attendre la fin de son stage. Elle était partie un soir dans le cabriolet du playboy blond et n'avait plus jamais donné signe de vie.

Le site de la S.A. Natas avait pris une extension impressionnante. Il était désormais impossible de se connecter sur le net sans tomber sur un de ses bandeaux publicitaires. Les ravages devaient être terribles. Satan était tout bonnement en train de mettre la main sur « la toile ». La conscience de sa responsabilité commença à travailler Marc, au point qu'il eut du mal à trouver le sommeil. Après ses séances avec Julie, il se sentait abattu, cherchait parfois refuge dans l'alcool. Il se mit à se torturer pour trouver une solution. Il rendit même visite à un prêtre exorciste, lui qui professait un anticléricalisme radical ! Mais le curé, un brave homme, n'avait que des remèdes archaïques à lui proposer : prières, pénitences, jeûnes, abstinence, litanies, crucifix, médailles saintes, reliques... Rien qui pût convenir au web : essayez donc d'asperger un ordinateur d'eau bénite ! Tout ce que vous risquez, c'est de provoquer un court-circuit. Non, il fallait trouver une réponse adaptée à ce problème inédit, et il réalisa très vite que cet homme d'Église incapable de distinguer un PC d'un Mac ne pouvait lui être d'aucun secours.

Après avoir planché pendant une nuit entière, il crut avoir enfin trouvé la solution. Ce matin-là, il déjeuna donc avec beaucoup d'appétit. Il était de si bonne humeur qu'il ne sentait plus sa fatigue. Et, comme par hasard, il trouva dans sa boîte aux lettres un carton d'invitation de la S.A. Natas. Caractères gothiques rouges sur fond noir, selon les habitudes de la maison.

À l'occasion du passage au troisième millénaire, Richard Thubezleb et son équipe ont le plaisir de vous inviter à fêter avec eux leur millionième client depuis l'ouverture de leur site. Venez découvrir la nouvelle salle de réception de notre entreprise, où nous vous attendons le 31 décembre 1999 à 23 heures.

Dans l'angle inférieur gauche de cet élégant bristol, il était précisé :

Invitation valable pour une personne, tenue de soirée recommandée.

Marc arriva à 23 heures pile, en smoking (loué). Il fut accueilli dans le hall de l'immeuble de l'avenue Mozart par une hôtesse en longue robe noire agrémentée d'une rose rouge. Le voyage en ascenseur lui parut un peu plus long que d'ordinaire, comme s'il plongeait dans les entrailles de la terre. Pourtant, il était monté. Très haut. La salle de réception de la S.A. Natas dominait la capitale. Au travers de ses baies panoramiques, on apercevait à la fois l'Arc de triomphe, la tour Eiffel, Notre-Dame, les jardins du Louvre, le Sacré-Cœur. Quelle que soit la position de l'immeuble, il était pourtant impossible de bénéficier d'une telle vue sur l'ensemble de ces monuments. Comment Thubezleb avait-il réussi à obtenir cet effet d'optique ? Un instant fasciné, Marc s'arracha à ce spectacle pour observer l'assistance. Il avait une mission à accomplir et peu de temps à perdre.

La salle était immense, la foule dense. Les opératrices avaient abandonné leurs stricts tailleurs noirs pour des robes du soir époustouflantes. On aurait cru un défilé de mode, sur fond de musique baroque. Les hommes eux-mêmes avaient des allures de mannequins et portaient des costumes invraisemblables. Marc se sentit un peu ridicule dans sa tenue de pingouin. Il accepta une coupe de champagne. Une femme au crâne rasé et aux grands yeux verts, moulée dans une combinaison dont la texture imitait l'aluminium, le provoqua avec des mines de chatte. Elle semblait avoir jeté son dévolu sur lui. Il échappa à cette créature et réussit à se faufiler jusqu'à une porte qui donnait sur un escalier sombre. Il descendit cet escalier, poussa une autre porte, traversa un long couloir noir. On n'entendait plus un bruit. Après avoir parcouru un véritable labyrinthe, Marc aboutit enfin dans un bureau dont les boxes étaient vides. La majeure partie du personnel avait sans doute abandonné son poste pour se rendre à la réception. Il s'installa dans un de ces boxes, entreprit de dévisser le boîtier de l'ordinateur à l'aide d'un minuscule tournevis, retira une carte qu'il glissa dans sa poche de smoking et la remplaça par une autre d'apparence semblable. Il remonta le boîtier, alluma l'ordinateur, vérifia qu'il était bien relié à l'ensemble du réseau, selon le schéma qu'il avait lui-même établi, et le laissa en position de veille.

Deux minutes plus tard, Marc était de retour dans la salle de réception. Il distingua Thubezleb, au bras d'un sosie de Claudia Schiffer, et se fraya un chemin jusqu'à lui. Il s'efforça de faire le vide dans son cerveau en se concentrant sur l'impressionnant paysage offert par les baies panoramiques. Il lui fallait à tout prix empêcher Thubezleb de lire ses pensées, au cas où, comme il le supposait, il en aurait le pouvoir. Le P-DG étreignit chaleureusement sa main entre les deux siennes. Ce contact eut sur Marc son effet habituel. Il éprouva la sensation qu'une décharge électrique traversait son corps.

— Vous aviez raison, cher ami. Vous êtes ici très loin en dessous de la surface du sol, plus loin même que vous ne pouvez l'imaginer. Toutes ces images sont virtuelles.

Il leva la main. Ses doigts s'agitèrent. Toujours ce geste teinté de préciosité. Les gratte-ciel de New York remplacèrent Notre-Dame. Il tendit l'index et l'Empire State Building fit place aux tours du Kremlin. Cette démonstration déclencha le rire aigu de la femme blonde, qui semblait avoir bu.

— Impressionnant, concéda Marc.

— Je crois que Bill Gates ne fait pas mieux dans sa fameuse maison, fit Thubezleb, satisfait de ses effets. Mais ce n'est pas ce qui nous intéresse ce soir. Regardez plutôt de l'autre côté...

Un écran sur lequel s'affichaient une multitude de chiffres occupait un pan de mur entier. Ces chiffres changeaient à une vitesse vertigineuse. Au-dessus de l'écran, les aiguilles d'une pendule géante marquaient 23 h 53.

— Comme vous l'avez sans doute deviné, ces chiffres indiquent le nombre de contrats signés. Grâce à vous, cher ami.

— Pourquoi votre tableau comporte-t-il autant de fenêtres différentes ?

— Ce sont des compteurs d'âmes. Chacun correspond à une catégorie de contrat. Nous classons nos nouveaux partenaires en fonction des motivations qui les ont conduits à nous rejoindre : fortune, argent, sexe, vice, pouvoir... Je vous cite les classiques, mais il y en a beaucoup d'autres, et il faut nuancer tout cela. Les désirs de certains sont parfois complexes. Nous tenons des statistiques pour savoir quels sont nos meilleurs produits, afin d'améliorer notre rentabilité. C'est un peu compliqué, mais le compteur placé en bas de l'écran vous donne le total. Voyez : nous approchons le million. Si nos prévisions sont exactes, nous l'atteindrons avant l'an 2000.

900 253 âmes.

Un jeune homme s'approcha de Thubezleb et lui chuchota quelques mots à l'oreille.

— Notre site consacré aux pédophiles est complètement saturé. Nous allons être obligés de mettre en place un nouveau serveur. Nous sommes dépassés par le succès, cher ami...

23 h 55. 900 942 âmes.

Marc fut pris de vertige. Il calcula que six cent quatre-vingt-neuf individus avaient vendu leur âme en moins de deux minutes. S'il avait commis la moindre erreur, tout était perdu...

— Hélas, toute la population de la planète n'est pas encore connectée à Internet, dit Thubezleb (qui pouvait effectivement lire dans les pensées de Marc, et ne s'en cachait plus). Pour tous les autres, nous sommes encore obligés d'utiliser nos méthodes traditionnelles. Mais pardonnez-moi, cher ami, il faut que je me prépare à faire mon petit speech officiel.

Une estrade avait en effet été édifiée au fond de la salle, sous l'écran géant. Thubezleb en gravit les marches et s'installa à la tribune. La musique cessa. Les conversations s'interrompirent.

23 h 59. 999 987 âmes...

Thubezleb tapota le micro de l'ongle de son index.

— Mes amis..., attaqua-t-il.

Julie apparut et vint se glisser à côté de Marc. Elle était resplendissante dans sa robe de tulle vaporeuse. Elle avait tiré ses cheveux en arrière et s'était maquillée d'une façon qui lui donnait une apparence...

— *Démoniaque,* n'est-ce pas ? dit-elle. (Elle aussi pouvait lire ses pensées.)

Elle prit son bras et se serra contre lui, frissonnante, amoureuse.

— C'est un moment merveilleux...

Soudain, elle changea d'expression et s'écarta de son compagnon. Une lueur s'alluma dans ses prunelles noires.

— Tu cherches à me dissimuler tes pensées ! Tu as modifié quelque chose ! Qu'est-ce que tu as manigancé ?

— Tu vas le savoir dans quelques secondes.

À cet instant précis, un murmure parcourut l'assistance. Des signes cabalistiques se mirent à défiler sur l'écran, tandis que les compteurs d'âmes repartaient en sens inverse à une vitesse fabuleuse.

999 200 âmes, 999 199 âmes...

Des cris de dépit s'élevèrent dans la foule. Les compteurs d'âmes s'effacèrent. L'écran devint uniformément bleu.

Erreur n° WW3AA — Zxt 56 4803

Julie saisit Marc par les épaules, le secoua. Son regard était chargé de haine.

— Qu'est-ce qui se passe ? Qu'est-ce que tu as fait ?

— Moi ? Rien du tout. C'est tout simplement le fameux bug de l'an 2000. Parmi les documents que je vous ai transmis, il y avait d'ailleurs une note à ce sujet. Vous ne l'avez sans doute pas lue avec suffisamment d'attention. Je vous avais pourtant bien précisé de vérifier que tout votre matériel était adapté au passage à l'an 2000. Il suffit d'une puce-horloge qui n'accepte pas quatre chiffres, et vous vous retrouvez à 00 au lieu de 2000. C'est probablement ce qui s'est produit. Vous avez voulu développer trop vite votre système. Toutes vos données, tous vos contrats sont perdus...

Il échappa à Julie, joua des coudes et des épaules pour atteindre l'ascenseur. Thubezleb, Julie ou n'importe lequel des convives n'avait sans doute qu'un geste à faire ou un mot à prononcer pour le retenir ici, mais, pour l'heure, personne ne lui prêtait la moindre attention. Des lamentations s'élevaient de toutes parts. Des femmes éclataient en sanglots, des hommes poussaient des cris de rage. Tant de travail gâché. Marc se maîtrisa jusqu'à ce qu'il ait regagné l'air libre. Une fois dans la rue, il laissa éclater sa joie.

Il alla terminer la nuit chez des amis qu'il négligeait depuis qu'il avait vendu ses services à Thubezleb et noué cette liaison sulfureuse avec Julie. Il jubilait encore du bon tour joué à la S.A. Natas le lendemain et fut à peine déçu quand il ouvrit le coffre qu'il avait loué à sa banque. Des épaisses liasses de billets qu'il y avait enfermées ne restait qu'un petit tas de cendre. Il s'en doutait. Thubezleb était un conservateur attaché à ses traditions. Il se demanda un instant comment s'y serait pris l'homme en noir pour le priver de ses gains s'il avait déposé cet argent sur son compte, puis chassa cette interrogation. Ça n'avait plus aucun intérêt.

Il lui fallait maintenant trouver de nouveaux clients. Et une nouvelle assistante stagiaire. Il s'apprêtait à passer une annonce dans la presse spécialisée quand il reçut un appel de Muriel.

En larmes. Son play-boy l'avait plaquée. Elle voulait revenir travailler avec lui, se mettre sérieusement à l'informatique. Pourquoi pas ? Son contrat avait été annulé par le bug géant. Le savait-elle ? Marc accepta sa proposition sans lui poser la question. Elle aurait toujours le temps de se confier à lui plus tard si elle le souhaitait.

Il fit un peu d'ordre dans son bureau. Il venait de jeter à la corbeille les derniers documents consacrés à la S.A. Natas quand Muriel lui annonça une visite.

C'était Julie. En tailleur noir. Ce qui signifiait peut-être qu'elle ne cherchait plus à séduire Marc. D'autorité, elle s'installa dans un fauteuil et croisa ses longues jambes gainées de soie. Elle eut, de la main, un petit geste semblable à celui de son patron. Ses doigts aux ongles soigneusement manucurés s'agitèrent. Mimétisme ?

— Tu ne m'as plus donné signe de vie depuis cette soirée.

— Je croyais que tu avais compris que je ne voulais plus avoir affaire à vous.

— Ce n'est pas si facile, mon petit Marc. Le bug a annulé les contrats électroniques, mais pas les contrats traditionnels.

Elle ouvrit un petit sac à main en crocodile noir et en sortit une feuille de papier pliée en quatre.

— Ta signature figure sur ce contrat, et aussi ton sang. Tu ne te souviens pas ?

Il éclata de rire. Son incrédulité congénitale était revenue en même temps que son moral.

— Très bien, c'était très réussi... Mais tu ne t'imagines tout de même pas que ces trucs infantiles de pacte scellé dans le sang m'impressionnent ?

— Comme tu voudras. M. Thubezleb pensait te proposer de tout reprendre à zéro. Nous ne nous décourageons jamais. Nous avons l'éternité devant nous.

— Alors bon courage. Mais sans moi.

Elle décroisa ses jambes, laissant sa jupe remonter à mi-cuisses. Ses lèvres fardées dessinèrent une moue sensuelle.

— Dommage. Cette mission ne me déplaisait pas. Mais nous nous retrouverons un jour ou l'autre, mon petit Marc. Ici, ou... en bas.

— Si je comprends bien, ricana-t-il, ce bout de papier me condamne à brûler éternellement dans les flammes de l'enfer.

— Tss, tss... Ne sois pas ridicule !

Les doigts de Julie s'agitèrent à nouveau, au point que Marc se demanda pendant une fraction de seconde si Thubezleb n'avait pas pris l'apparence de sa collaboratrice pour venir le provoquer.

— Les flammes de l'enfer ! Il y a longtemps que nous n'employons plus ces techniques primitives. Il y a des façons beaucoup plus subtiles et plus efficaces de faire souffrir les gens. Nous avons un petit retard informatique à combler, mais nous sommes tout de même une entreprise moderne. Les chaudrons d'huile bouillante, les diablotins armés de fourches, les rôtissoires... C'est une image de marque grotesque que nous avons bien l'intention de faire oublier. Michel-Ange nous a fait beaucoup de tort avec son *Juge-*

ment dernier. Un jour, il faudra que nous fassions brûler la chapelle Sixtine. Non, rassure-toi, Thubezleb te trouvera un poste correspondant à tes compétences. Nous avons d'innombrables fichiers à informatiser et saisir... (Elle se pencha vers lui en souriant.) Ça ne te tenterait pas de taper des noms de damnés au kilomètre nuit et jour sur un mauvais clavier, ou de réinitialiser continuellement le même ordinateur ?

— Tu n'es pas originale : c'est le supplice de Sisyphe...

Elle haussa les épaules, vexée.

— Nous ne cherchons pas l'originalité. Comme tu l'as constaté, mon patron est un homme très attaché à ses traditions. C'est pour ça que tu as réussi à le rouler. (Elle pointa son index sur le contrat.) Mais tu es tout de même coincé.

Marc se leva, contourna son bureau, passa derrière le fauteuil de Julie, glissa ses mains dans l'échancrure de son corsage, saisit les pointes de ses seins. Elle laissa aller sa tête en arrière. Il la sentit frissonner.

— Si je ne peux pas y couper, autant en profiter, dit-il.

Le hasard (ou la volonté du Malin) voulut que Muriel fasse irruption dans le bureau quelques minutes plus tard. L'effet de surprise était passé. Seule la position avait changé. Julie, renversée en arrière dans son fauteuil, nouait ses jambes autour du cou de Marc. La jeune fille s'arrêta sur le pas de la porte, contempla le couple, attendit qu'il ait conclu, puis s'avança et toussa.

— Pardonnez-moi de vous déranger, monsieur Lasagne, mais nous avons beaucoup d'appels de clients. À cause du bug.

Vous ne l'emporterez pas en paradis

Bill Gates dormait. Installé dans son fauteuil de cuir ergonomique programmé pour s'adapter au moindre de ses mouvements et lui accorder le meilleur confort, il rêvait. Il évoluait dans un univers où chaque individu, du paysan quechua des hauts plateaux péruviens au citadin de Calcutta ou de Shanghai, utilisait désormais Windows 2000. Le pêcheur tahitien, sur son esquif de balsa, manipulait son portable avec la même aisance que le jeune cadre dynamique de Buenos Aires ou le commerçant affairé du souk de Marrakech. Cette vision idyllique procurait au dormeur un bonheur infini. Un sourire béat s'affichait sur son visage.

La chute de ses lunettes sur le bras du fauteuil mit fin à ce songe. Le choc, si léger fût-il, suscita en effet une petite réaction du siège qui arracha Bill à son sommeil. Des dizaines de techniciens avaient consacré des milliers d'heures de travail à la programmation du cerveau de ce prototype dont le processeur possédait à lui seul des capacités mille fois supérieures à celles des ordinateurs les plus puissants utilisés par la NASA au début des années 90. Mais le glissement des petits binocles ronds sur le nez de leur propriétaire n'avait pas été prévu par les génies de Microsoft.

Bill Gates se redressa donc et s'étira, et naturellement le fauteuil se redressa avec lui.

C'est à cet instant que la terrible explosion se produisit. Le terroriste qui avait placé la bombe appartenait à une secte millénariste qui prêchait le retour au désert et considérait le moindre circuit imprimé comme un produit satanique. Il avait donc employé, pour régler son engin, un système infiniment moins sophistiqué que le cerveau électronique du fauteuil de sa victime : un modeste réveille-matin mécanique. Ce détail aurait sans doute humilié Bill Gates, mais il n'eut pas l'occasion de prendre connaissance des résultats de l'enquête puisqu'il mourut sur le coup. Sans souffrir. On peut donc dire qu'il connut une fin heureuse, puisque son rêve ne s'était pas encore effacé de son cerveau quand il fut déchiqueté par la bombe.

Bill Gates se retrouva devant une immense bâtisse blanche devant laquelle s'allongeait une longue file d'individus divers. Il était comme toujours vêtu de son sobre costume gris en tissu léger, coupé à l'américaine. Ses lunettes avaient retrouvé leur place sur son nez. Une mallette contenant un ordinateur portable était posée à côté de lui. Il la prit et s'avança vers le bâtiment blanc. Il atteignait les premières marches d'un escalier qui conduisait à ce qui semblait bien être une porte, quand on lui donna une tape sur l'épaule.

— À la queue, comme tout le monde.

Il se retourna pour considérer l'intrus, un homme au teint bistre vêtu d'une veste élimée.

— Dites donc, mon ami, ignorez-vous à qui vous avez affaire ? Bill Gates, Windows 2000... Je suppose que vous en avez au moins entendu parler.

L'autre secoua la tête. Non, il ne savait pas de quoi il s'agissait.

— De toute façon, il faut faire la queue. Je ne comprends pas pourquoi vous êtes si pressé. Désormais, nous avons l'éternité devant nous...

Un autre personnage s'approcha et pointa son doigt vers l'extrémité de la file. Bill Gates, son portable à la main, se résigna donc. L'attente lui parut très, très longue. Pour s'occuper, il ouvrit son portable. Ses doigts se mirent à courir avec dextérité sur le clavier. Il tenait l'appareil avec sa main droite et tapait avec la gauche.

Quand il atteignit les dernières marches de l'escalier, et bien qu'il ne soit pas facile de travailler dans de telles conditions, avec ces gens qui poussaient derrière lui, il avait élaboré un projet de logiciel révolutionnaire qui, une fois installé sur une machine quelconque, obligeait son détenteur à en acheter au moins une douzaine d'autres. Il se frotta les mains, puis réalisa qu'il se trouvait devant un guichet où officiait un personnage drapé dans une sorte de peignoir blanc qui l'observait sans sympathie. Il replia donc son ordinateur pour s'approcher du guichet.

— Nom ?

— Gates.

— Prénom ?

— Bill...

— Profession ?

— Écoutez, cette façon de saisir des données est totalement absurde. Je peux vous fournir tous ces renseignements par Internet en quelques secondes. Je ne comprends pas du tout...

— Profession ?

— Informaticien, mais je viens de vous expliquer...

— Ce n'est pas à vous de m'expliquer quoi que ce soit, monsieur Gates. Je vous prie d'observer le règlement. À moins que vous n'ayez envie de vous appuyer quelques années de purgatoire supplémentaires...

Bill Gates se pencha sur le guichet et constata que le bonhomme était en train de sortir des informations le concernant sur un appareil d'un très vieux modèle. Un 286, ou quelque chose de ce genre. Au point qu'il travaillait encore sous MS-Dos !

— C'est incroyable ! Vous perdez un temps fou !

Cette fois, le guichetier croisa les bras et le fixa.

— Ce sera la dernière observation, monsieur Gates. Je vous prie de répondre à mes questions. J'ai des consignes précises et des cases à remplir. Et vous faites attendre toute la file.

Bill Gates comprit qu'il ne tirerait rien de ce fonctionnaire borné.

— Très bien, puis-je voir votre chef de service ?

— Pourquoi pas saint Pierre en personne ? ricana l'autre. Décidez-vous, monsieur Gates, sinon je vous renvoie au bout de la file, ou, encore mieux, je vous colle d'office une séance de purgatoire.

Derrière lui, les gens commençaient à s'énerver. La partie était mal engagée. Mais, à cet instant, surgit un autre personnage drapé lui aussi dans une sorte de toge blanche. Une auréole flottait au-dessus de son crâne chauve.

— Que se passe-t-il ? Pourquoi la file n'avance-t-elle pas ?

Le guichetier haussa les épaules.

— C'est ce monsieur Gates qui bloque la file. Il ne veut pas répondre à mes questions. Il prétend que nous employons de mauvaises méthodes. Je ne vois pas de quoi il se mêle.

Le nouvel arrivant, qui semblait le supérieur de l'autre, haussa les sourcils.

— Je ne prétends pas, j'affirme ! dit Bill Gates, en s'efforçant de conserver son calme.

— Vous vous y connaissez en informatique ?

Bill Gates afficha un petit sourire.

— Si vous n'avez pas cette information dans mon dossier, c'est que vous êtes vraiment très, très mal organisés.

L'homme à l'auréole se tourna vers le guichetier.

— Vous n'avez rien sur les compétences en informatique de ce monsieur ?

— Une minute ! protesta le guichetier. Il me faut le temps de sortir son dossier. Et il est énorme. Je crains de ne pas avoir assez de mémoire vive. Je vais être obligé de le tronçonner pour le visionner et peut-être de l'imprimer...

Bill Gates secoua la tête d'un air désespéré.

— Nous ne pouvons pas continuer à bloquer toute la file, décida l'homme à l'auréole. Suivez-moi, monsieur Gates.

Ils empruntèrent une porte sans doute réservée au personnel, parcoururent un couloir dont la blancheur lumineuse frappa Bill Gates, pour aboutir dans un assez vaste bureau meublé de façon très fonctionnelle. L'homme s'installa devant une table de travail encombrée de dossiers et invita Bill Gates à prendre place en face de lui.

— Quelle est la cause de cet incident ?

— Je me suis permis de faire remarquer à

votre collaborateur que votre système informatique ne me semble pas très performant.

— C'est que, voyez-vous, le nombre d'âmes que nous avons à gérer est considérable. Et, si vous tenez compte du fait que la population terrestre ne cesse d'augmenter et que, par conséquent, les décès augmentent en proportion, notre charge de travail va continuer à croître. Nous avons pourtant mis en place des milliers de guichets comme celui que vous venez de voir, mais cela ne suffit pas. Et après le guichet, bien entendu, nos clients doivent encore patienter avant de passer devant la commission.

— La commission?

— Celle qui décide de vous accepter immédiatement et de vous accorder l'auréole, de vous infliger un passage en purgatoire d'une durée variable... ou de vous recaler. Il lui faut le temps de traiter votre dossier.

Bill Gates se caressa pensivement le menton.

— J'ai une proposition à vous faire. Je suis prêt à réorganiser entièrement votre système informatique.

— Je ne suis pas habilité à prendre ce genre de décision, monsieur Gates. Il faut que j'en réfère à mes supérieurs. Je ne sais pas si vous réalisez pleinement les dimensions de notre entreprise. Dans l'immédiat, je ne sais pas, rédigez un rapport que je transmettrai...

— Pour cela, il faut que je commence par faire un audit complet de votre système.

L'homme à l'auréole secoua la tête.

— Je n'ai pas non plus la possibilité de vous donner cette autorisation. D'autant que nous ignorons si vous allez être reçu ou éliminé. Et ce serait tout de même très ennuyeux de fournir toutes ces informations à une personne qui nous quitterait pour... (il détourna pudiquement la tête pour ne pas croiser le regard de Bill Gates)... pour descendre plus bas.

— Alors essayez au moins de m'obtenir un rendez-vous avec le décisionnaire.

— Le décisionnaire, monsieur Gates, c'est saint Pierre en personne. On ne le dérange pas comme ça, mais je vais voir ce que je peux faire.

Il décrocha son téléphone, un combiné d'un design antédiluvien (tout ici semblait ancien et démodé), échangea quelques mots avec son interlocuteur. Une expression de surprise se peignit sur son visage.

— On peut dire que vous avez de la chance. Il se trouve que saint Pierre est au courant de votre arrivée et veut justement vous rencontrer.

Quelques minutes plus tard, Bill Gates pénétrait dans le bureau de saint Pierre. Une pièce immense bénéficiant d'une vue splendide sur des jardins agrémentés d'élégantes fontaines où des élus coiffés de leur auréole se promenaient par petits groupes. Ici aussi, les meubles et la plupart des objets étaient vieillots. Néanmoins, sur l'immense table de travail en chêne, il remarqua la présence d'un PC d'un modèle un peu plus récent que ceux qu'il avait eu l'occasion de voir.

— Monsieur Gates, attaqua saint Pierre, j'ai deux mots à vous dire. Non pas au nom de la fonction que je représente, mais comme consommateur. Je ne suis pas satisfait du tout. Figurez-vous que je viens de me mettre à l'informatique et que j'ai beaucoup de mal à utiliser certains de vos logiciels. Celui-ci, par exemple. Voyez vous-même.

Saint Pierre alluma son ordinateur, introduisit un CD-ROM dans le lecteur et se mit à pianoter et cliquer avec des airs de gamin espiègle. Bill Gates s'approcha et constata que le logiciel en question était un simulateur de vol. Saint Pierre tentait de faire décoller un Boeing 747. L'avion, au lieu de suivre une courbe régulière, se déplaçait sur l'écran avec des mouvements saccadés.

— De quelle version s'agit-il ?

— Il faut que je retrouve les références.

Saint Pierre se mit à fouiller dans ses tiroirs et réussit à en sortir divers documents. Bill Gates ajusta ses lunettes.

— Bien sûr, c'est la version 2000. Vous n'avez pas assez de mémoire, votre processeur n'est pas assez puissant et il vous faudrait une carte accélératrice. C'est absolument normal que ce soit aussi lent. Mais, pour installer tout cela, il va vous falloir une autre carte mère. Le mieux serait donc tout simplement de changer d'ordinateur. En règle générale, il faut renouveler son matériel en même temps que ses logiciels, tous les deux ou trois ans au minimum.

— Hum, fit saint Pierre. Je vais réfléchir.

— Et si vous avez le moindre problème, n'hésitez pas à me consulter personnellement.

— Je n'y manquerai pas, maintenant que je vous ai sous la main.

— De votre côté, j'espère que vous pourrez donner un petit coup de pouce à mon dossier...

Saint Pierre prit un air courroucé et leva un doigt.

— Monsieur Gates, vous devriez savoir que ces méthodes-là n'ont pas cours dans cette maison. Cette tentative pourrait à elle seule vous valoir quelques années de purgatoire. Le seul fait même d'y avoir songé constitue un grave péché...

Cette réaction vertueuse à laquelle il n'était guère habitué décontenança Bill Gates pendant un bref instant, mais il se reprit très vite et, excellent commercial, réussit à retourner la situation en sa faveur.

— Pour ma pénitence, je serais prêt à vous donner un sérieux coup de main. D'après le peu que j'ai pu voir, votre outil informatique est totalement obsolète...

Saint Pierre parut s'amadouer.

— On pourrait en effet vous faire accomplir votre purgatoire de cette façon. On ne vous l'a peut-être pas encore dit, mais tous nos guichetiers, tous nos employés chargés de classer les dossiers sont des individus condamnés à une attente plus ou moins longue. Nous avons remplacé le purgatoire traditionnel par des travaux d'intérêt général. C'est une bonne idée, non ?

— Excellente.

— Si je ne craignais pas de pécher par orgueil, je soulignerais qu'elle me revient.

— Bravo, dit Bill Gates. Alors je sens que nous allons pouvoir faire affaire...

Dès le lendemain, avant même que son dossier d'admission ait été étudié par la commission ad hoc, par dérogation exceptionnelle, Bill Gates fut autorisé à former une équipe et à procéder à un premier audit. Il n'eut que l'embarras du choix pour recruter : de nombreux informaticiens de toutes nationalités se languissaient au purgatoire. Certains manifestèrent des réticences, mais la plupart acceptèrent son offre avec enthousiasme. À la fin de la semaine, il présenta un projet au cours d'une grande réunion. La veille, il avait fait distribuer des CD-ROM de démonstration à tous les proches collaborateurs de saint Pierre.

— Nous allons installer un système à plusieurs volets, annonça Bill Gates. Toutes les communications internes passeront désormais sur l'Intranet...

L'un des participants leva la main.

— Voulez-vous dire que, désormais, n'importe quel élu pourra avoir directement accès à la parole divine ? Jusqu'à présent, on observait la voie hiérarchique : les archanges, les anges, les saints, les prophètes, les élus de première classe...

— Certaines communications pourront être accessibles à tous, mais il sera parfaitement possible de crypter celles qui ne seront adressées qu'à la hiérarchie de l'entreprise. On peut aussi envisager des mots de passe.

Des murmures parcoururent l'hémicycle.

— Si j'ai bien compris votre projet, remarqua un autre participant, votre programme aboutirait à la disparition de la commission d'intégration. C'est un ordinateur qui déciderait à sa place quels sont ceux qui sont autorisés à entrer immédiatement, ceux qui doivent effectuer un stage au purgatoire et ceux qui sont refusés...

— Vous avez parfaitement compris, dit Bill Gates. Le serveur central sera programmé de façon à utiliser un billion de critères moraux, de péchés mortels, véniels et de bonnes actions de toute nature, dont vous établirez vous-mêmes la liste. Aucun être humain... je veux dire aucun élu, ni même aucun saint n'est capable de tenir compte d'un millième de ces critères pour prendre sa décision. Mais l'admission n'est qu'un volet de notre outil. Nous allons répertorier les moindres goûts, désirs, aspirations conscientes ou inconscientes de tous les élus déjà admis de façon à être en mesure de les satisfaire. Je peux vous annoncer que nous serons ainsi en mesure d'atteindre rapidement un coefficient de satisfaction de l'ordre de 92 p. 100, alors que vous êtes descendus aujourd'hui en dessous de la barre de 60 p. 100. À quoi bon être admis dans votre maison, si la quasi-totalité de vos rêves n'y est pas réalisée dans les meilleurs délais ? Nous pourrons même, dans certains cas, apporter des compensations virtuelles aux élus qui ne seraient pas entièrement satisfaits...

En dépit des réticences d'un petit groupe d'archanges qui redoutaient de perdre leurs prérogatives hiérarchiques, le projet de Bill Gates fut adopté à une très large majorité et aussitôt ratifié par la grande direction qui suivit l'avis des experts, tous sous le charme de Bill Gates. Celui-ci confia à un des membres de son équipe, un programmeur pakistanais surdoué qui venait d'être victime d'un accident de la route, qu'il s'agissait probablement de sa plus belle opération de promotion. L'adoption du projet suscita ensuite une certaine grogne parmi les guichetiers, les documentalistes et les archivistes, contraints de suivre une formation accélérée pour s'adapter aux nouvelles techniques, mais on ne leur demanda pas leur avis. Après tout, ils étaient là pour accomplir leur purgatoire...

Quelque temps plus tard — s'il est permis d'employer cette expression dans une maison où le temps n'existe pas —, chacun, du plus éminent archange au plus modeste élu, put constater que Bill Gates avait acquis une autorité considérable, et ce alors qu'il n'était toujours pas passé devant la commission chargée de lui attribuer ou de lui refuser son auréole. Comme saint Pierre lui en faisait, courtoisement, la remarque, Bill Gates lui répondit que le système qu'il avait mis en place rendait cette commission inutile et qu'il lui était très facile de régulariser sa situation. Il prit son dossier (qui tenait désormais sur un unique DVD de la quatrième génération) et l'introduisit dans le lecteur du terminal qui venait d'être installé dans un des guichets à la place de l'antique machine envoyée à la ferraille. Le voyant lumineux de l'appareil se mit à clignoter, preuve que ses circuits imprimés planchaient sur le contenu du disque qu'il venait d'avaler, et la machine rendit presque aussitôt son verdict.

Bill Gates
Élu de première classe
Purgatoire : 0 p. 100
Attribution de l'auréole : immédiate
Observations : faisant fonction d'archange trois étoiles.

Sous ces réponses, une fenêtre demandait :

Détails du Jugement dernier
Oui-Non

— Et voilà, fit Bill Gates, en adressant discrètement un clin d'œil à son collaborateur pakistanais qui ne le quittait pas d'une semelle. (Puis, se tournant vers saint Pierre :) Voulez-vous les attendus du jugement ?

— Ce ne sera pas nécessaire.

Une auréole se dessina aussitôt autour du crâne de Bill Gates.

— Elle vous va bien, Bill, dit le programmeur pakistanais qui avait compris que son patron ne détestait pas les compliments.

— C'est automatique, dit Bill Gates. J'ai pris la liberté d'informatiser ce détail.

— Vous avez bien fait, approuva saint Pierre. En ce qui vous concerne, bien sûr, je n'ai pas le moindre doute, mais êtes-vous certain de votre logiciel ?

— Le taux d'erreur est de 0,27 puissance moins 3456 sur un milliard de cas, asséna Bill Gates. Ce qui équivaut à l'infaillibilité absolue.

Ces chiffres laissèrent saint Pierre rêveur, mais il ne les commenta pas.

Le premier incident survint alors que l'archange Gabriel effectuait son jogging matinal dans les jardins. Au détour d'une allée, il aperçut deux individus en grande conversation. Tous deux portaient des costumes sombres à fines rayures plus claires, des cravates de couleurs vives et des souliers bicolores marron et blanc. Leurs doigts étaient chargés de lourdes bagues. Les auréoles réglementaires brillaient au-dessus de leurs feutres mous. Après s'être douché et changé, Gabriel appela son secrétaire — il utilisait désormais un mobile GSM dont Bill Gates l'avait convaincu de s'équiper.

— Dites-moi, je viens de croiser deux élus et je suis un peu surpris. Je ne prétends pas être un spécialiste de la question, mais il m'a semblé identifier Al Capone et Lucky Luciano. Pourriez-vous vérifier, je vous prie ?

Le secrétaire composa immédiatement ces noms sur le moteur de recherche qui donnait accès à sa base de données. (Il commençait à maîtriser ce logiciel et n'en était pas peu fier.) Les faces patibulaires des deux gangsters apparurent sur son moniteur. Il fit défiler leurs fiches en utilisant la roulette de sa souris (un produit Microsoft) et rappela l'archange.

— Affirmatif, c'est bien eux que vous avez rencontrés. Al Capone est élu de première classe et Lucky Luciano a été sanctifié.

— Sanctifié ! Vous plaisantez ?

— Pas du tout : c'est écrit noir sur blanc. Si vous voulez des détails, les jugements antérieurs ont été révisés et cassés par procédure informatisée.

Gabriel, furieux, coupa la communication et fit convoquer Bill Gates.

— Je croyais que votre logiciel était infaillible !

— Je n'en sais pas plus que vous. Je suppose qu'il s'agit d'un bug. C'est inévitable avec un nouveau produit. Mais nous allons mettre en chantier une version améliorée qui éliminera ces petits défauts.

— Je l'espère pour vous. Sinon, vous pouvez vous préparer à une séance de purgatoire. Pour cette fois, je ne ferai pas de rapport en haut, mais tenez-vous-le pour dit.

Bill Gates ne protesta pas. Il savait s'incliner quand le rapport de forces ne jouait pas en sa faveur.

Gabriel enfonça la touche *power* du PC placé sur son bureau.

— Dans l'immédiat, nous allons renvoyer ces deux personnages à la place qu'ils méritent. Vous allez me montrer comment procéder. Je viens tout juste de recevoir cet engin et je ne sais pas m'en servir.

— Désolé, dit Bill Gates, mais c'est impossible. Le système n'a pas été conçu pour fonctionner dans l'autre sens. Il est irréversible.

— Vous voulez dire que nous sommes condamnés à côtoyer éternellement ces deux fripouilles ?

— À moins de désinstaller tout le système et de le réinitialiser, oui. Mais cela va entraîner une période de flottement pendant laquelle on ne saura plus qui est élu, qui a été condamné au purgatoire et pour combien de temps, car toutes les données seront perdues...

Bill Gates se remit au travail, en commençant par embaucher de nouveaux techniciens. Les informaticiens de haut niveau commençant à manquer, il réussit à convaincre saint Pierre de faire sortir de l'enfer quelques hackers géniaux. Il ne nourrissait pas une sympathie excessive pour les pirates, mais il savait oublier ses sentiments personnels quand il avait besoin des services d'un bon spécialiste. Il exigea aussi des moyens supplémentaires : des locaux, du matériel. Sa nouvelle version fut inaugurée six mois plus tard.

Hélas, les incidents se multiplièrent. Saint François d'Assise et saint Vincent de Paul se virent privés de leurs auréoles pendant plusieurs jours. Des élus au-dessus de tout soupçon reçurent par e-mail des formulaires leur demandant s'ils avaient accompli leur purgatoire. Des images blasphématoires circulèrent sur l'Intranet. On commença à murmurer que Satan avait réussi à infiltrer le réseau — un certain nombre d'informaticiens de bon niveau séjournaient en enfer, et ceci pouvait expliquer cela. Plusieurs élus qui s'étaient penchés sur le problème signalèrent que le nom de Bill Gates, en code ASCII [1], donnait 666, qui est un nombre maléfique, et suggérèrent que l'homme qui faisait fonction d'archange trois étoiles pouvait bien avoir été envoyé par le démon. Quoi qu'il en soit, ces

1. Code de programmation des ordinateurs.

phénomènes bizarres ne reçurent aucune explication. D'autres faits étranges leur succédèrent. Mère Teresa affirma avoir reconnu Pol Pot déguisé en ange. Bernadette de Lourdes crut identifier Lucrèce Borgia parmi les choristes d'un orchestre. Saint Pierre lui-même fut victime d'une mésaventure : alors qu'il venait d'introduire dans un lecteur une des cartes à puce toutes neuves qui remplaçaient désormais ses clefs, une porte se bloqua et il se trouva enfermé dans la salle de bains de son palais. Il lui fallut frapper pendant plus d'une heure sur la paroi de marbre à l'aide d'un sèche-cheveux pour réussir à alerter des élus qui le délivrèrent. Enfin, une panne paralysa le système entier pendant vingt-quatre heures. Les nouveaux arrivants durent piétiner devant les guichets. On frisa l'émeute.

Cette fois, en dépit de tous les trésors de diplomatie de Bill Gates et de l'intervention des innombrables avocats dont il s'était attaché les services, le scandale ne put être évité. L'affaire remonta jusqu'au Très-Haut qui entra dans une violente colère et décida de mettre fin à l'expérience. Il tendit un doigt vengeur. Le feu du ciel s'abattit et tous les ordinateurs furent désintégrés en une fraction de seconde.

Un gouffre s'ouvrit sous les pieds de Bill Gates. La chute lui sembla interminable. Quand elle s'interrompit enfin, il se retrouva allongé dans une boue nauséeuse, aux pieds d'un diablotin cornu armé d'un trident.

— Debout, Gates ! hurla le diablotin.

Bill Gates commença par chercher ses lunettes, qu'il avait perdues dans sa chute. Fort heureusement, elles n'étaient pas cassées. Il les essuya tant bien que mal, les mit sur son nez et se redressa. La boue dégoulinait sur son visage. Il se souvint avoir éprouvé la même sensation le jour où ce maniaque lui avait flanqué une tarte à la crème sur la figure au cours d'une réception, à Bruxelles. Ce jour-là aussi, il avait perdu ses lunettes. Le diablotin ne lui laissa pas le loisir de pleurer sur son sort. D'un petit coup de fourche dans les reins, il le contraignit à avancer. Bill Gates trébucha et s'effondra dans la boue à plusieurs reprises, de sorte qu'il était en piteux état quand il pénétra dans le bureau de Satan. Une forte odeur de soufre flottait dans la pièce. Mais la première chose qu'il remarqua fut bien entendu le PC placé sur une console, à bonne portée du Malin. Un modèle très récent. Son moral remonta d'un cran.

Le diable lui-même avait une apparence agréable : celle d'un jeune homme en costume gris, impeccablement cravaté, cheveux courts et petites lunettes semblables à celles de Bill Gates. On aurait pu le prendre pour un yuppie californien. Il fit un geste. Le diablotin disparut.

— Croyez bien que je suis absolument désolé

pour cet accueil, monsieur Gates. Je ne vous serai jamais assez reconnaissant pour le travail que vous avez fait là-haut. D'après mes informations, ils sont fous de rage.

Une pointe d'humiliation assaillit Bill Gates, mais il encaissa le coup. Contredire son interlocuteur aurait été maladroit. D'autant qu'il avait le sentiment d'avoir affaire à un homme de dialogue.

— Je suis à votre service, dit-il.

Il regretta ensuite cette phrase qu'il trouva un peu servile et que sa situation d'infériorité lui avait sans doute inspirée.

— Hélas, monsieur Gates, mon problème est que je n'ai pas la possibilité de vous offrir actuellement un poste qui convienne à vos remarquables capacités...

Bill Gates eut le sentiment que l'autre avait mis de la dérision dans le mot « remarquables », sans en avoir la certitude. En attendant la suite, il se mordit la lèvre inférieure et entreprit de chasser la boue qui souillait son pantalon et sa veste.

— Je pourrais peut-être vous procurer un poste d'opérateur ou de programmeur...

Bill Gates dirigea vers lui un regard reconnaissant.

— Pour commencer, pourquoi pas...

L'autre l'interrompit d'un geste.

— Ne vous réjouissez pas trop vite. Ça ne

pourrait être qu'un contrat à durée déterminée, et nous travaillons sous Linux[1]...

Bill Gates poussa un cri de rage et perdit connaissance.

Il se dressa brusquement dans son fauteuil ergonomique, dont le dossier, l'appui-tête et les accoudoirs épousèrent servilement son mouvement. Il constata qu'il avait à nouveau perdu ses lunettes. Il les remit sur son nez et retrouva avec soulagement son environnement familier. La bombe, le terroriste, le réveille-matin, et surtout ce bug terrible qui paralysait l'accès du paradis et l'emploi généralisé de Linux en enfer, tout cela n'était que le produit de son imagination. Cette sensation pénible de se trouver brusquement privé d'une prothèse indispensable avait peut-être déclenché cet épouvantable cauchemar. Son subconscient avait fait le reste...

Bill Gates soupira, se frotta les yeux et se prit à imaginer un monde où le subconscient et les rêves eux aussi pourraient être programmés, de façon à éviter de si désagréables expériences.

1. Système d'exploitation créé à l'origine par de semi-amateurs, concurrent de Windows et beaucoup moins gourmand en puissance et mémoire.

Il suffit de s'y mettre

1

Comment cette idée de tuer Bolsano m'est-elle venue ? Et quand ? Je crois bien que c'est le jour où il m'a ridiculisé devant sa secrétaire. « Touchand, vous ne touchez pas votre bille en informatique. » Satisfait de ce minable jeu de mots, il avait éclaté de rire et la gamine, une blonde frisottée, s'était mise à rigoler elle aussi. J'avais fait une fausse manœuvre, à l'occasion d'un réassort de marchandise. Le genre de bévue que chacun peut commettre. D'autant que la manipulation du logiciel que Bolsano m'avait vendu 85 000 francs n'avait rien d'un jeu d'enfant, comme il le prétendait.

Libre à vous de penser qu'il m'avait pris pour un pigeon. D'autant que l'achat de ce logiciel ne représentait qu'une infime partie de ce qu'il m'avait incité à investir pour monter un magasin à son enseigne. Mais, si vous aviez rencontré Bolsano à cette époque-là, vous lui auriez donné le bon Dieu sans confession. C'était un homme qui présentait bien. Toujours impeccablement cravaté. Sobre. Costume sombre. Chaussures et montre de luxe. Et surtout, il savait s'y prendre. Quand il vous regardait, vous aviez l'impression qu'il vous comprenait comme seul un ami peut vous comprendre. C'est après, quand les affaires se sont gâtées entre nous, qu'il est devenu méprisant, cassant, sarcastique. Au début, il était aux petits soins. « Si vous avez le moindre problème, monsieur Touchand, vous me passez un coup de fil sur mon portable et j'accours. Mais vous n'aurez pas de problème. Ce genre de magasin marche tout seul, je l'ai testé, et je sais que vous êtes un bon. » Tu parles !

Quand j'ai rencontré Bolsano, je venais de me faire licencier de la SATRARR, la Société anonyme des transports routiers réunis, où j'occupais un poste de directeur administratif après avoir gravi les échelons un à un pendant dix-sept ans. Restructuration. On m'avait jeté comme un citron pressé, mais avec les formes et un petit paquet d'indemnités. À quarante-cinq balais, je n'ignorais pas qu'on ne m'embaucherait même plus comme manutentionnaire ou garçon de bureau. Il ne me restait qu'une solution : investir ce pactole pour monter une petite entreprise ou un commerce. En attendant de prendre ma décision, je m'étais inscrit à un stage. Je consultais chaque jour consciencieusement la presse économique pour trouver une idée. C'est ainsi que je suis tombé sur une annonce de *Gadget City*, la chaîne de Bolsano.

> *Le gadget : un commerce d'avenir.*
> *Votre magasin clefs en main, devenez votre propre patron !*
> *Rentabilité assurée !*

Vendre des gadgets, pourquoi pas, si ça rapporte ? Ça ne me semblait pas un commerce trop fatigant, comme l'alimentation ou la restauration, où il faut se lever aux aurores et fermer à la nuit tombée. J'en ai parlé à ma femme, Yvette, qui a paru un peu sceptique. « Je ne te vois pas tenir un commerce, Gilbert, mais si tu crois que c'est la bonne solution, je ferai tout mon possible pour t'aider, bien entendu. Des gadgets ou autre chose, peu importe... »

Yvette avait abandonné son emploi à la banque Parimer pour s'occuper de nos enfants, Frédéric et Nathalie. À l'époque, nous pouvions nous le permettre. Ensuite, elle n'en avait pas retrouvé, et je crois bien qu'elle n'avait pas vraiment cherché. Du fait de mon inactivité, nous nous retrouvions tous les deux en tête à tête toute la journée, sauf pendant mes deux heures de stage quotidiennes. C'était parfois un peu long et on ne trouvait plus grand-chose à se dire. J'inventais des démarches imaginaires pour échapper à ce huis clos. Quand je me suis lancé dans ce projet de magasin, nos relations se sont améliorées. Un but commun nous unissait à nouveau. Nous avons vécu une période d'espoir, et même d'enthousiasme. Nous avons recommencé à faire l'amour, ce qui ne nous était plus arrivé depuis des mois. Bolsano nous a invités plusieurs fois à dîner ou à déjeuner pour nous présenter à ses partenaires. Des banquiers, des fabricants, des fournisseurs, ou des gens qui se faisaient passer pour tels. Ses compères. Mais ça, nous ne l'avons découvert que beaucoup plus tard, des mois après avoir signé le contrat et contracté notre emprunt. Bolsano plaisait beaucoup à Yvette. Il n'était pourtant pas beau, pas très grand, plutôt gras, mais les femmes tombaient sous son charme. Les hommes aussi, d'ailleurs.

J'ai commencé à avoir des doutes quand un type qui avait été en affaires avec lui m'a rendu visite pour me mettre en garde, huit jours après l'inauguration de notre magasin. Je n'ai rien dit de cette visite à Yvette, pour ne pas l'inquiéter. Quand j'ai évoqué cette rencontre devant Bolsano, il a haussé les épaules.

— Un ringard qui s'est planté et qui accuse les autres de son échec parce qu'il est incapable de reconnaître ses propres responsabilités. Je lui ai tendu la perche, il n'a pas su la saisir. Ne perdez pas votre temps avec un *loser* de ce genre, croyez-moi, Gilbert !

Je n'ai pas osé insister. Les choses en sont restées là. Mais la vérité est apparue assez vite. Les articles, qu'il m'avait facturés à un tarif prohibitif, provenaient de lots déclassés importés du Sud-Est asiatique et parfois récupérés dans d'autres magasins de sa chaîne qui avaient déjà fermé — il les avait ainsi vendus deux fois ! La plupart de ces babioles étaient invendables, je devais m'en rendre compte très vite. De plus, il m'avait très largement arnaqué sur les travaux d'aménagement du magasin, sans parler du fameux logiciel censé gérer les stocks à notre place. Bref, j'avais affaire à un escroc. Et pas à un petit aigrefin ordinaire, mais à un surdoué de l'arnaque qui agissait dans le cadre de la loi. Le contrat qu'il m'avait fait signer me ligotait pieds et poings. Je pouvais bien entendu le dénoncer devant les tribunaux, mais il m'aurait fallu engager des frais supplémentaires pour un résultat tout à fait hypothétique. Bolsano me l'avait d'ailleurs fait comprendre très clairement.

— J'ai les meilleurs avocats de la place de Paris. Quand un bonhomme m'emmerde, je ne suis pas un garçon à me laisser faire, j'attaque ! Et je n'ai jamais perdu un procès.

Ce n'était pas tout à fait vrai. Il avait passé quarante-huit heures en garde à vue et failli aller en prison six ans plus tôt. Il s'en était tiré avec du sursis, mais il ne s'en vantait pas et il devait utiliser des prête-noms pour les documents officiels. C'était d'ailleurs celui de sa secrétaire, la petite blonde qui devait probablement être aussi sa maîtresse, qui apparaissait sur le contrat. Sur le coup, il m'avait fourni une explication que j'avais trouvée satisfaisante et que j'ai oubliée. Il avait réponse à tout.

Quand j'ai compris qu'il n'y avait aucun espoir de sauver le magasin et que j'avais non seulement perdu en six mois les économies et les indemnités correspondant à dix-sept ans de travail, mais que je m'étais mis sur le dos des dettes auxquelles je serais incapable de faire face, j'ai eu un passage à vide. J'ai passé la nuit à errer de bistrot en bistrot, pour retarder l'instant où je devrais affronter le regard d'Yvette, ses reproches, sa déception. Au petit matin, j'ai pris une chambre d'hôtel pour repousser encore le moment de rentrer chez moi. Et je ne suis pas rentré du tout. Je ne me suis senti capable ni d'avouer la situation à Yvette ni de lui mentir. J'ai encore ruminé toute la matinée, puis j'ai pris la décision d'aller demander des comptes à Bolsano. Sur place, dans son bureau, parce que cela faisait déjà une dizaine de jours qu'il me faisait répondre par sa secrétaire qu'il était en déplacement ou en rendez-vous. Pendant le trajet, je n'ai pas cessé de ressasser des regrets, de dresser la liste des mensonges de Bolsano, d'analyser les techniques que cette canaille avait employées pour me plumer scientifiquement. J'avais la ferme intention de lui casser la gueule. Quand je suis arrivé sur le palier de son bureau, ma colère avait encore monté. J'ai songé que j'allais étrangler ce salaud ou lui fendre le crâne à l'aide d'un objet quelconque. Puis Geneviève, la secrétaire, m'a ouvert, toute miel.

— Ah, monsieur Touchand, ça fait longtemps qu'on ne vous a pas vu. Mais vous tombez mal, M. Bolsano n'a pas une minute à lui, il doit partir pour la Chambre de commerce et...

— Il va bien falloir qu'il la trouve, cette minute ! dis-je, en me dirigeant d'un pas décidé vers la porte de son bureau.

J'avais parlé très fort, presque crié. J'écumais. Les échos de cette algarade avaient dû parvenir jusqu'à Bolsano, car il sortit de son bureau et s'avança vers moi, bras ouverts, sourire déployé.

— Ah, Gilbert, je ne vous attendais pas, mais puisque vous êtes là, entrez donc !

Et d'un seul coup ma colère tomba. C'était un type qui avait le pouvoir de vous désarmer ainsi. Toutes mes résolutions s'effritaient en sa présence. Je vous l'ai dit, il savait s'y prendre. Néanmoins, je déballai ce que j'avais sur le cœur, en désordre et assez maladroitement, j'en conviens. Il m'écouta d'un air posé, en dodelinant du chef, avec l'expression du psychiatre qui a affaire à un client difficile.

— Du calme, prenons les choses dans l'ordre. La situation n'est tout de même pas si grave que ça. Mais vous avez en effet commis certaines erreurs, mon ami...

Il renversait les rôles : je devenais le seul responsable de mon sort. Il me noyait dans toutes sortes d'arguments techniques auxquels j'avais bien du mal à répondre. Je me sentais dans la peau d'un petit garçon face à son professeur.

C'est ainsi qu'il m'entraîna dans le bureau de sa secrétaire, pour me démontrer, chiffres à l'appui, que je m'étais planté dans mes commandes. Il me fit asseoir face à l'ordinateur. La secrétaire assistait à la scène, silencieusement jusqu'ici. À peine commençai-je à pianoter sur le clavier qu'il me fit signe de me pousser pour prendre ma place.

— Touchand, je vous l'ai dit, vous ne touchez pas votre bille en informatique. Ce système est pourtant très simple. Vous auriez dû suivre le petit stage supplémentaire que je vous ai conseillé.

Ce stage coûtait encore 30 000 francs, et je suppose qu'il percevait un pourcentage sur cette somme.

Les chiffres se mirent à défiler sur l'écran. Je ne cherchais plus à en comprendre la signification. Ils ressemblaient à autant de signes ésotériques. La voix de Bolsano me parvenait comme dans un rêve, lointaine. Je me contentais d'opiner docilement de la tête. Une idée venait de me traverser l'esprit : tuer cet escroc à l'aide de cette machine qu'il était fier de manipuler avec habileté. Tout en affectant de l'écouter, j'élaborais mon scénario.

Étrangler, assommer ou poignarder Bolsano devant sa secrétaire, sur le coup de la colère, aurait été tout à fait stupide. En admettant même que mon avocat parvienne à prouver qu'il m'avait escroqué et ruiné, j'en prendrais dans le meilleur des cas pour cinq ans. Je ressortirais à la cinquantaine, brisé, sans le sou, et sans le moindre espoir de retrouver un job. Il n'y avait aucune raison que je paie pour un acte de salubrité publique. Car débarrasser le monde d'un tel individu était bien une opération d'hygiène sociale.

Cette idée mûrissait : exécuter Bolsano à l'aide de son ordinateur. Mon plan prenait forme. Je savais qu'il consultait chaque matin les cours de la Bourse sur Internet. Il m'avait montré comment il s'y prenait. Sur le moment, je n'avais pas très bien compris, et à vrai dire, ça ne m'intéressait pas beaucoup. Pour lui, c'était encore un moyen de se mettre en valeur, de montrer qu'il maîtrisait les techniques de pointe.

Le principe sur lequel reposait mon projet concernait la santé de Bolsano. Il était cardiaque. Une émotion forte pouvait lui être fatale. Il me l'avait dit. En évoquant publiquement ce risque, il suscitait la compassion de ses interlocuteurs, et en même temps il prouvait sa force de caractère, sa capacité à faire front. Il avait l'art de transformer une faiblesse en atout. Il avait eu une attaque en ma présence, après avoir reçu un coup de fil à propos d'une de ses affaires. Je l'avais vu pâlir, trébucher, se renverser en arrière dans son fauteuil, desserrer son col et son nœud de cravate, puis avaler fébrilement deux gélules vertes prises dans une petite boîte ronde qu'il conservait toujours sur lui. Il s'était remis très vite.

— Ce n'est pas encore aujourd'hui qu'ils m'auront ! Le toubib a dit que ce cœur pourrait tenir jusqu'à quatre-vingts balais, voire quatre-vingt-dix, à condition de me ménager et de ne jamais oublier ces trucs-là. Et puis, si ce muscle à la con ne fait plus l'affaire, je m'en ferai greffer un autre. Paraît qu'il y a pénurie, mais avec des relations et du fric, on doit bien arriver à s'en procurer un solide. Et d'ici là, la médecine aura encore fait des progrès...

Bolsano prenait toujours les choses de cette façon, avec humour. Il faut reconnaître qu'il avait du caractère.

Quand j'ai franchi la porte de son bureau dans l'autre sens, il a dû croire qu'il m'avait calmé et convaincu, comme d'habitude. Il ne soupçonnait certainement pas les pensées qui m'agitaient. Je ne songeais même plus à ma situation. Mon projet agissait comme un baume.

J'étais tout excité à l'idée que j'allais commettre un crime parfait. Et par là même prouver que je n'étais pas le ringard à qui il croyait avoir affaire. Je me réjouissais de ne pas avoir succombé à mon impulsion initiale. Pourquoi aurais-je payé à la place de Bolsano ?

J'ai peaufiné mon scénario pendant des semaines. J'aurais aimé en parler à Yvette, lui demander conseil, organiser cette opération avec elle, mais ce n'était pas possible. Mon épouse est non seulement pétrie de morale, mais d'une sensibilité maladive. Voir tuer un animal à la télévision la révulse. Je ne lui ai donc rien dit de ma rencontre avec Bolsano, ni de mon projet, ni même de la situation réelle de notre affaire. J'ai inventé une vague explication pour justifier mon absence. Elle ne m'a pas contredit, mais j'ai senti qu'elle imaginait une histoire de femme.

Il y a longtemps qu'elle ne me faisait plus de scènes de jalousie. Pendant le passage à vide consécutif à mon licenciement, j'avais eu quelques aventures. Néanmoins, ce mensonge fit planer un malaise. Ce malaise s'accentua lorsque Yvette découvrit la vérité sur nos comptes.

C'est par hasard qu'elle l'apprit, en répondant à l'appel d'un fournisseur qui refusait désormais de nous livrer sans un chèque certifié.

— Ainsi, nous avons des ardoises un peu partout, un découvert non autorisé à la banque, et tu m'as caché ça, dit-elle après avoir mené sa petite enquête.

— Je voulais te protéger, ne pas t'inquiéter, nous allons remonter la pente !

— Tu oublies que nous ne sommes pas seulement mari et femme, mais associés dans la société, et que je suis par conséquent responsable moi aussi. J'ai tout de même le droit d'être informée !

Son ton avait changé. Son comportement se

transforma pendant les jours qui suivirent. Oubliée, notre seconde lune de miel ! Je réalisai alors qu'elle était surtout soucieuse de ne pas être entraînée avec moi dans la débâcle. J'appris qu'elle avait consulté un avocat.

— Si mon avis t'intéresse, je crois que Bolsano nous a roulés. Par ta faute. Tu t'es montré beaucoup trop naïf, Gilbert. Il aurait fallu se renseigner sur le passé de ce type avant de signer. Mais, crois-moi, je n'ai pas l'intention de supporter les conséquences de ton incompétence...

Elle qui ne jurait que par Bolsano au moment de la signature du contrat ! C'était le monde à l'envers. Yvette a une capacité extraordinaire pour effacer de sa mémoire les choses qui la dérangent.

Trois semaines plus tard, elle me quittait. Une assignation du tribunal suivit de peu ce départ. Elle n'avait pas perdu de temps. Cette rupture renforça ma volonté d'éliminer Bolsano. Cette crapule m'avait non seulement ruiné, mais il avait brisé notre couple.

Je me retrouvai tout seul avec une vendeuse stagiaire pour tenir ce magasin qui ne marchait pas. Je décidai de ne pas baisser le rideau pour le moment, de façon à ne pas alerter Bolsano, car mon plan exigeait que je le rencontre une dernière fois avant d'agir. Et, s'il redoutait un éclat, il risquait de trouver un prétexte pour ne pas me recevoir. Pour mettre au point les détails techniques de mon plan, j'abandonnais le plus souvent la boutique à la vendeuse. J'avais besoin de solitude pour me concentrer et d'un peu de temps pour acquérir les compétences indispensables.

Je commençai par suivre un stage, à mes frais, dans une entreprise de formation permanente éloignée de mon domicile, sous un faux nom. L'informatique me donnait des boutons avant ces événements, mais la haine qui me rongeait était un puissant facteur pour atteindre des objectifs hors de ma portée en temps ordinaire. Sans l'obsession de tuer Bolsano, je n'aurais jamais été capable d'assimiler autant de connaissances en si peu de temps. À l'issue de ce stage, il me sembla que j'en savais assez pour ce que j'avais à faire. Néanmoins, j'avais besoin de conseils, car je manquais totalement d'expérience pratique. Par l'intermédiaire d'un des enseignants de la boîte de formation, j'entrai en contact avec un hacker en me faisant passer pour un journaliste. C'était un étudiant, très jeune et très fier de son savoir. Il revenait d'Amsterdam où s'était tenu un congrès de pirates informatiques. Je l'invitai à déjeuner. Il commença par m'infliger un long discours sur ses conceptions philosophiques, puis accepta de me faire une démonstration, chez lui. Il habitait un minuscule studio encombré de matériel, au cinquième étage d'un vieil immeuble du Ve arrondissement.

— Il y a plusieurs méthodes. Le mieux,

quand on connaît des langages de programmation, est de travailler sous Linux...

En dépit de ce que je venais d'apprendre, pour moi, c'était de l'hébreu.

— Il n'y a pas plus simple ?

Il parut déçu, comme le serait un mécanicien de formule 1 à qui on demanderait de réparer un moteur de tracteur.

— Bien sûr, il existe des *trojams*...

— Des quoi ?

— Des trojams, ça veut dire « cheval de Troie », en anglais. Ce sont de petits logiciels tout prêts. Vous voulez en voir un ?

Mon rythme cardiaque s'accéléra. Je m'efforçai de dissimuler mon excitation.

Il se mit à fouiller dans son fourbi et brandit une disquette entre le pouce et l'index.

— Je vous préviens, ça n'est pas un scoop, des logiciels comme ça, on en trouve en pagaille sur le web. Ça n'occupe même pas cinquante kilooctets. Mais ça ne vaut que pour des ordinateurs qui ne sont pas du tout protégés. Vous n'entrerez pas dans le site de la DGSE ou de la NASA avec ça...

Je retins mon souffle. L'arme qui allait terrasser ce salaud de Bolsano se trouvait sous mes yeux. Je repartis avec la disquette. Sentir, dans ma poche, ce petit morceau de matière plastique produisait sur moi le même effet que si j'avais transporté un 357 Magnum. Je venais de découvrir que les techniques élémentaires de piratage étaient beaucoup plus simples que je ne l'avais imaginé.

Le logiciel offert par le jeune hacker permettait de piloter un ordinateur à distance, à condition toutefois qu'il soit présent sur les deux machines utilisées. La première étape de l'opération consistait donc à l'installer sur l'appareil de Bolsano. Il y avait deux façons de procéder. Introduire directement la disquette dans le lecteur ou expédier le programme par Internet. La première solution me parut peu réaliste : les risques d'être surpris par Bolsano ou sa secrétaire étaient trop grands. Je décidai donc d'envoyer un e-mail à Bolsano, accompagné de ce logiciel. Encore fallait-il le convaincre de lancer le programme. Un simple clic suffisait. Pour l'amener à effectuer cette manipulation, il fallait l'appâter. Le hacker m'avait expliqué que les leurres le plus souvent utilisés étaient de nature érotique : « Cliquez sur ce bandeau et vous allez découvrir la photo *hard* du jour... » Quand ils constataient qu'aucune photo n'apparaissait, les utilisateurs croyaient avoir commis une erreur quelconque, sans soupçonner qu'ils venaient d'introduire un mouchard dans leur machine. Mais je n'étais pas du tout certain que Bolsano serait prêt à perdre son temps pour contempler une image pornographique. Sa passion de l'argent et de la Bourse me sembla une motivation plus efficace. Je composai donc le message suivant :

Cher ami,
J'ai trouvé sur le web ce petit programme qui est très astucieux. Je vous invite à l'essayer.

Je signai d'un nom pris au hasard dans le bottin : Thierry Delvau, et inscrivis sous l'icône du trojam :

Quick Bourse optimise vos placements financiers.

Le patron de *Gadget City* n'était pas naïf au point de nourrir des illusions sur des promesses de ce genre, mais la curiosité l'entraînerait sans doute dans le piège. Il ne connaissait très probablement aucun Thierry Delvau, mais il fréquentait tant de gens dans les milieux les plus divers qu'il penserait sans doute avoir affaire à une vieille relation oubliée.

Restait un problème : avec quel appareil envoyer ce message ? Utiliser celui de mon magasin n'aurait pas été très malin. Je songeai à un café web que m'avait indiqué le hacker, mais je constatai que cet établissement manquait de discrétion. La plupart des clients se connaissaient et les curieux n'hésitaient pas à venir regarder par-dessus votre épaule. Il ne me restait qu'une solution : l'ordinateur du magasin pilote de la chaîne. J'avais moi-même suivi un stage dans cette boutique, après avoir signé mon contrat. Cette formation m'avait d'ailleurs coûté 30 000 francs. Bolsano avait lancé ce point de vente dans un beau quartier, avenue des Ternes, pour impressionner ses futurs franchisés. La boutique ouvrait à 10 heures et le personnel n'arrivait jamais avant 9 h 30. Ce qui me laissait le temps d'opérer.

Je me levai à 6 heures, avalai un café et me rendis en métro jusqu'à l'avenue des Ternes. Le code d'entrée de l'immeuble n'avait pas changé, fort heureusement, et la clef de la porte donnant sur la cour intérieure était toujours à sa place, sur un rebord d'encadrement de fenêtre. À l'instant où je venais de prendre cette clef, une femme blonde traversa la cour. Elle me jeta au passage un bref regard. Je la connaissais de vue, mais j'ignorais si elle se souvenait de moi. Je détournai la tête, en m'efforçant de ne pas mettre de précipitation dans ce geste.

J'attendis qu'elle ait filé pour entrer. Pour pénétrer dans le magasin, il fallait d'abord traverser une remise où des cartons de marchandises étaient rangés sur des étagères métalliques. Beaucoup de ces cartons étaient estampillés de pays du Sud-Est asiatique. L'ordinateur se trouvait dans le bureau occupé par Paul Castel, le gérant du magasin, chargé de la formation des stagiaires.

La pièce était plongée dans une demi-obscurité. Je ne pouvais pas allumer, sous peine de me faire repérer de l'extérieur. Je m'orientai à tâtons. Peu à peu, les formes se précisèrent.

Je m'installai devant la machine, enfonçai l'interrupteur du moniteur, puis celui de l'unité centrale. Le logo rouge et vert de *Gadget City* se dessina sur l'écran. Bolsano était particulièrement fier de cette page d'accueil destinée à épater les gogos. Je la fis disparaître d'un clic rageur. Après avoir glissé dans le lecteur la disquette sur laquelle j'avais enregistré mon message accompagné du trojam, je pointai la flèche sur le symbole bleu du logiciel de messagerie. Une fenêtre apparut dans laquelle j'inscrivis le mot de passe, qui lui non plus n'avait pas changé depuis mon stage : *Marmotte*. Bolsano vendait des milliers de ces petits animaux en peluche qu'il faisait fabriquer en prison par des détenus pour des prix dérisoires et facturait quatre fois plus cher aux commerçants de son réseau. J'ignore si son passage derrière les barreaux lui avait inspiré cette combine, car il ne s'en vantait pas. Je l'avais appris par hasard en trouvant dans un carton de marmottes un document portant le tampon de la maison d'arrêt des femmes de Fleury-Mérogis...

Le voyant du modem se mit à clignoter. La composition du numéro provoqua un bref crépitement, puis on entendit le chuintement de la porteuse. J'ouvris la boîte d'envoi et expédiai le message. Il était 7 h 49. Dans un quart d'heure, Bolsano, s'il ne dérogeait pas à ses habitudes, allait prendre connaissance de son courrier électronique. Ces manipulations étaient minutées avec une précision quasi militaire : il me fallait opérer entre le moment où Bolsano allait lire son courrier et, je l'espérais, lancer sans s'en rendre compte le programme mouchard, et celui où il se déconnecterait, en général vers 8 h 30. Ce qui ne me laissait qu'une dizaine de minutes de battement.

Je retirai la disquette et en introduisis une autre, pour installer le trojam sur l'ordinateur de Castel. Une fenêtre apparut : *OK program installed.* Je lançai le logiciel, puis composai dans une fenêtre l'adresse IP [1]. J'allais savoir s'il avait mordu à l'hameçon. Quelques secondes s'écoulèrent. L'arborescence du disque dur de ma cible se dessina sur l'écran. Ce tableau de bord me donnait la possibilité d'entrer dans tous les dossiers de Bolsano, d'utiliser ses logiciels à sa place, de modifier ses fichiers. J'ouvris *Internet Temporary Files*, dossier où étaient stockées les pages web récemment consultées. La liste était très longue. Après avoir tâtonné pendant quelques instants, je réussis à trouver Boursico, dont je copiai deux pages sur ma disquette.

Ce n'était certes qu'une performance très modeste, mais à mon échelle, c'était un exploit. L'exaltation m'envahit. L'émotion nouait ma gorge. J'en avais les larmes aux yeux.

1. IP : Internet Protocole. Adresse IP : adresse électronique de l'ordinateur de Bolsano.

J'avais envie de sauter, de danser.

Je me concentrai, pour retrouver mon calme, puis je déconnectai l'ordinateur, effaçai le trojam, récupérai ma disquette et filai.

J'étais donc prêt. Sur le plan théorique, mon scénario était parfait, mais sa réussite dépendait de facteurs que je ne maîtrisais pas tous. Il me fallait la certitude que, la prochaine fois, Bolsano se trouverait à la même heure dans son bureau et consulterait les cours de la Bourse. Il lui arrivait de se déplacer. Ensuite, je devais trouver un moyen de le priver de ses pilules sans qu'il s'en rende compte. J'examinai diverses possibilités et retins l'idée d'une substitution. Je connaissais le nom de son médicament : le Cardionil. M'en procurer une boîte n'était pas si facile que je l'avais cru : on ne le délivrait que sur ordonnance. Après avoir mûrement réfléchi, je renonçai à m'adresser à un ami médecin, qui aurait pu s'interroger sur le sens de ma démarche. Je confectionnai une fausse feuille d'ordonnance, à l'aide d'une photocopie couleur d'une vraie ordonnance recouverte d'une feuille blanche, à l'exception de l'en-tête, et d'un tampon acheté dans un magasin spécialisé. Le pharmacien n'y jeta qu'un rapide coup d'œil et me livra mes deux boîtes de Cardionil sans la moindre hésitation — en acheter deux d'un coup me parut plus crédible.

J'examinai ensuite attentivement les gélules vertes. Il me fallut acheter de nombreuses boîtes de médicaments les plus divers pour trouver des gélules qui ressemblent à s'y méprendre à celles de Cardionil. J'optai pour le Nicostérate, une inoffensive drogue destinée à calmer les démangeaisons. Restait l'étape délicate de la substitution, qui ne devait pas avoir lieu plus d'un ou deux jours avant l'action. Sinon, Bolsano risquait d'utiliser une autre boîte de médicaments contenant de véritables gélules de Cardionil.

Je plaçai six gélules de Nicostérate dans la boîte de Cardionil, glissai cette boîte dans ma poche et téléphonai à Bolsano. Geneviève, la secrétaire, manifesta quelques réticences avant de se décider à me le passer, mais je lui affirmai que c'était urgent.

À l'intonation de Bolsano, je compris qu'il redoutait une nouvelle avalanche de reproches — il devait bien se douter que j'étais au bord du dépôt de bilan. Je m'employai immédiatement à le rassurer.

— Je crois que vous aviez raison, dis-je. J'ai commis quelques erreurs de gestion. J'aurais dû suivre vos conseils...

— Heureux que vous le reconnaissiez, répondit-il, sans réussir à dissimuler complètement sa perplexité, car il était certainement habitué à se faire incendier par ses dupes.

— Oui, et j'aurais justement besoin de vous voir très vite pour avoir votre sentiment...

— Très volontiers, mais je suis très pris en ce

moment. Voulez-vous que nous fixions une date...

C'était sa technique pour éluder les rendez-vous. Il choisissait une date, assez lointaine, puis faisait annuler par sa secrétaire au dernier moment.

— Il faudrait qu'on se voie tout de suite. Figurez-vous que j'ai fait un héritage inattendu. Je ne vous avais jamais parlé de mon oncle? Donc, j'hésite entre deux solutions : investir cette somme pour redresser mon affaire, ou laisser tomber et en monter une autre très différente. D'autant qu'on me propose...

Il n'attendit pas de savoir ce qu'on me proposait. Le mot «investir» avait dû faire *tilt* dans son crâne.

— Pour vous, Gilbert, je vais essayer de me libérer... Disons ce soir vers 18 heures? Je repousserai le rendez-vous suivant. Ça me fera terminer très tard, mais comme vous le savez, je suis un bosseur. En fait, je m'ennuie quand je ne travaille pas...

En débarquant dans son bureau, j'avais en tête deux ou trois façons de m'y prendre. Le principe était simple : l'éloigner de son bureau, rester seul et procéder à la substitution. Plonger la main dans la poche de sa veste qu'il rangeait presque toujours dans un placard, sur un cintre, échanger les boîtes. Trente secondes suffisaient. J'avais chronométré. Pour le faire sortir, je savais qu'il suffisait de lui réclamer un document plus ou moins confidentiel, comme un double de notre contrat, qu'il rangeait dans la pièce voisine. Il pouvait bien entendu demander à sa secrétaire de s'en charger, mais la plupart du temps il allait le chercher lui-même.

Quand elle m'ouvrit, Geneviève avait une drôle de tête. Des éclats de voix provenaient du bureau de son patron.

— Salopard ! Ça ne se passera pas comme ça ! Vous allez me rendre mon fric, c'est moi qui vous le dis, ou ça va vous coûter très cher. Si je n'ai pas mon chèque demain, je vous envoie les voyous, et ils vous laissent sur le carreau !

Je n'entendais pas les réponses de Bolsano, qui à son habitude conservait sans doute son sang-froid et parlait calmement.

Geneviève m'invita à m'installer dans un fauteuil, pour patienter, mais le visiteur inconnu sortit à l'instant même. Il traversa le vestibule à grands pas en continuant à crier et nous bouscula d'un coup d'épaule sans même s'excuser.

Bolsano apparut à son tour.

— Ah, ça me fait plaisir de vous voir, Gilbert. Après un nul pareil, c'est une vraie détente. Mais vous me connaissez, je ne suis pas un garçon à me laisser impressionner par ce genre de menaces...

Je m'efforçai de lui sourire, mais mon sourire se figea en constatant qu'il portait sa veste. Je n'ai aucun talent de pickpocket. Mon projet de substitution tombait à l'eau. Cette visite devenait inutile.

Bolsano me fit entrer dans son bureau, referma la porte. Son premier geste fut de retirer ladite veste et de la ranger dans le placard. Ouf. Je m'apprêtais à lui déballer mon histoire imaginaire quand le *tüt-tüt* de son portable se fit entendre. Il déplia le volet du combiné, le porta à son oreille, écouta son correspondant pendant quelques secondes, puis plaça sa main sur l'appareil.

— Je vous prie de m'excuser, Gilbert. Je n'en aurai pas pour longtemps.

Il retira sa main, et ajouta, à l'intention de son correspondant :

— Ne quittez pas, je vous prends sur une autre ligne.

Et il sortit du bureau après m'avoir adressé un clin d'œil. De toute évidence, il n'avait pas envie que j'assiste à cette conversation. Sans doute avait-il encore affaire à un mécontent.

Ce n'était pas la première fois qu'il procédait ainsi, mais cet appel était inespéré.

Je me précipitai vers le placard. Les poches latérales de sa veste, où il rangeait habituellement sa boîte de médicaments, étaient vides !

Je fis le tour de son bureau, hésitant à ouvrir ses tiroirs. J'avisai alors sa serviette, qu'il avait posée sur la moquette, au pied de son fauteuil. Je l'ouvris et aperçus immédiatement le sachet de papier vert provenant d'une pharmacie. Il contenait une boîte de Cardionil et un tube d'aspirine vitaminée. Les engueulades à répétition devaient donner des maux de tête à Bolsano. Je procédai au remplacement, refermai la serviette, la remis à sa place et, pour me donner une contenance, me mis à feuilleter les pages saumon du *Figaro* qui traînaient sur une table basse.

— Encore un imbécile qui ne prend pas la peine de lire le courrier qu'on lui envoie ! déclara Bolsano à son retour. Mais venons-en à nos affaires, cher ami !

Cet héritage imaginaire me valait ce traitement de faveur. Je lui servis donc la fable que j'avais inventée. Il m'écouta avec attention, en me couvant d'un regard paternel.

— Attention, Gilbert, vous allez commettre une erreur en vous associant à ces gens-là. J'ai entendu parler d'eux, et pas en bien, croyez-moi. Si vous me laissez quelques jours, j'ai beaucoup mieux à vous offrir...

Il ne manquait pas de culot. Je lui prêtai à mon tour une oreille attentive. Vers la fin de l'entretien, je glissai :

— À propos, vous suivez toujours les cours de la Bourse tous les matins ?

— Plus que jamais, depuis que nous sommes entrés au second marché. (Puis il posa sur moi un regard suspicieux, comme s'il se doutait de quelque chose.) Pourquoi me demandez-vous ça ?

— Parce que, entre autres choses, mon oncle m'a laissé un joli paquet d'actions : Clarins, Promodès, Bouygues... C'était un boursicoteur avisé, il achetait, il vendait, mais moi je n'y connais rien du tout et je n'ai qu'une confiance limitée dans le type qui gérait son portefeuille...

— Voulez-vous que nous regardions tout de suite ce que ça vaut ?

— Non, je sais que vous êtes pressé. (En fait, il n'avait plus du tout l'air de l'être.) Demain matin, jetez un œil pour moi, et si vous repérez des mouvements intéressants, passez-moi un coup de fil.

— Comptez sur moi.

Il me raccompagna jusque sur le palier avec force claques dans le dos.

Je le tenais.

Le lendemain matin, je retournai dans le magasin de l'avenue des Ternes. Je m'installai devant l'ordinateur de Castel, et commençai par préparer un faux bulletin *Boursico*, à l'aide des deux pages que j'avais enregistrées trois jours plus tôt. J'en remplaçai la date par celle du jour et modifiai les données une par une. Sur ce tableau fictif, la cote de toutes les valeurs détenues par Bolsano, à commencer par celle de son propre groupe, s'effondrait. Pour faire bonne mesure, je substituai à l'éditorial consacré aux actionnaires d'Eurotunnel un commentaire de mon cru sur cette chute brutale et imprévisible. J'avais rédigé ce texte au cours de la nuit.

À 8 h 02, après avoir réinstallé et lancé le trojam, je me connectai à Internet et composai l'adresse IP de l'ordinateur de Bolsano, que j'avais obtenue, à l'aide d'un autre logiciel disponible sur le web, grâce aux conseils du jeune hacker. Si mes calculs étaient exacts, à cet instant la canaille lisait son courrier électronique.

L'arborescence des fichiers de l'ordinateur cible apparut. Bolsano s'était donc bien branché sur le web. Je n'avais que quelques minutes pour agir avant qu'il ne consulte le bulletin boursier. J'enregistrai les pages que je venais de composer dans le dossier *Internet Temporary Files* et effaçai les vraies. Si je n'avais pas commis d'erreur, quand il allait cliquer sur *Boursico*, dans sa liste de «sites favoris», Bolsano allait ouvrir ces fausses pages.

Ces manipulations effectuées, je consultai ma montre. 8 h 06.

Je patientai jusqu'à 8 h 40. Bolsano quittait presque toujours le web vers 8 h 30, mais je préférais me donner dix minutes de marge.

Ces quarante minutes me parurent très longues, sans doute les plus longues de ma vie. D'autant que j'ignorais le résultat de mes manœuvres. Je ne pouvais absolument pas être certain qu'elles déclencheraient une attaque cardiaque. Mais si, comme il me l'avait promis, il avait examiné les cours de la Bourse, le coup avait dû être terrible! Je l'imaginais, les yeux exorbités, se penchant en avant sur l'écran pour vérifier qu'il avait bien lu, puis desserrant son nœud de cravate, suffoquant comme un poisson jeté sur une plage, cherchant fébrilement sa boîte de Cardionil, l'ouvrant d'une main tremblante, avalant les gélules. Ensuite sa tête se renversait en arrière, et c'était le spasme de l'agonie finale. Ces images se formaient d'autant plus facilement que, comme je vous l'ai dit, j'avais déjà assisté à une crise. Cette vision me procurait un certain réconfort. J'aurais aimé qu'une caméra soit branchée dans le bureau de Bolsano pour pouvoir assister en direct à sa fin. Et, même s'il s'en sortait, il éprouverait un sacré choc. Peut-être serait-il paralysé pour le restant de ses jours et contraint de se déplacer sur un fauteuil roulant ? Un sort sans doute pire que la mort. Cette idée non plus ne me déplaisait pas.

À 8 h 40 pile, je déconnectai l'ordinateur du web, supprimai tous les fichiers que j'avais créés, récupérai ma disquette, éteignis le moniteur, l'unité centrale et le modem. Après avoir essuyé à l'aide d'un mouchoir toutes les surfaces que j'avais touchées, je sortis du bureau. En passant dans la réserve, je pris dans un carton une petite marmotte d'un modèle nouveau que je glissai dans la poche de ma parka, en souvenir. La cour était déserte, cette fois. Je plaçai la clef sur le rebord de la fenêtre et m'éloignai d'un pas rapide, mais sans courir ni me retourner. Je m'efforçai d'adopter un air naturel, pourtant j'étais tendu.

Le voyage du retour en métro me parut très long lui aussi. Je n'avais qu'une hâte : connaître les résultats de mon opération que, dans ma tête, j'avais désormais baptisé « l'opération Marmotte » — j'étais très satisfait de cette trouvaille. Sentir dans ma poche la présence du petit animal de peluche était très agréable. Je décidai d'en faire désormais ma mascotte pour un nouveau démarrage dans l'existence. Libéré de ce salaud de Bolsano, il me semblait que je parviendrais désormais à surmonter tous les handicaps, à affronter tous les problèmes, y compris ceux qu'allait me poser mon dépôt de bilan. De retour dans mon appartement, je pris une douche, me changeai et petit-déjeunai copieusement, car je n'avais pris qu'un café avant mon opération. J'allai ensuite ouvrir ma boutique. La marmotte était restée dans ma poche. Mon premier geste fut de la placer sur mon bureau, à l'emplacement laissé vide par la photo nous représentant Yvette et moi en tenue de ski que j'avais déchirée et jetée. Ensuite, mon regard se riva sur le combiné du téléphone. Il était encore beaucoup trop tôt pour appeler le bureau de Bolsano, mais je savais qu'il devait me joindre, lui, pour me parler de la Bourse. S'il avait échappé à mon piège, ce n'était pas le genre d'appel qu'il risquait d'oublier, sachant qu'il y avait de juteuses affaires à la clef.

À 10 h 30, la sonnerie se déclencha. Je soupirai de soulagement en identifiant la voix de mon avocat. L'homme de loi m'informait de la date de l'entrevue de conciliation devant le juge, en vue de mon divorce. La vendeuse débarqua peu après. Elle s'étonna de me trouver là si tôt. Nous avions constaté qu'aucun client ne pointait son nez avant 11 heures. Avant même d'avoir ôté son manteau, elle me raconta la visite d'un huissier, la veille, à propos d'une traite impayée. Elle n'avait su que répondre et craignait d'avoir gaffé. Je trouvai des mots aimables pour la rassurer, puis je m'enfermai dans mon bureau, guettant toujours un appel téléphonique.

À midi, n'y tenant plus, je composai le numéro de Bolsano. Après tout, nous étions associés et j'avais de bonnes raisons de l'appeler.

Je crus reconnaître la voix de la secrétaire.

— Bonjour Geneviève, je suis Gilbert Touchand. Pourriez-vous me passer M. Bolsano ? Il devait m'appeler ce matin et...

— Il lui aurait été difficile de vous appeler...

Une nuance de froide ironie perçait dans cette voix, qui n'était pas celle de Geneviève.

— Il est très occupé, je comprends, mais...

— Oh, il n'est plus vraiment occupé. Il est mort.

— Mon Dieu ! Mais c'est affreux... Que lui est-il arrivé ?

— C'est ce que nous cherchons à savoir, monsieur. Voulez-vous avoir l'amabilité de me répéter votre nom et de me l'épeler ?

— Gilbert Touchand... T-O-U-C-H-A-N-D, mais à qui ai-je l'honneur ?

— Capitaine Hélène Bremont. Je suis officier de police.

2

Hélène jeta un œil à son cardio-training. À ce rythme, il lui faudrait encore trente minutes de course pour éliminer les 4 800 calories du dîner de la veille.

Ce gadget était déprimant ! Elle courait déjà depuis quarante-cinq minutes et commençait à sentir la fatigue. Elle avait quitté la voie bien plate qui longe le lac des Buttes-Chaumont pour s'engager dans une côte qui grimpait sec. Une demi-douzaine de jeunes pompiers, cheveux courts et maillots bleu marine, la dépassèrent avec une aisance qui acheva de la démoraliser. Parvenue au sommet du raidillon, elle s'autorisa à souffler. Elle se mit à marcher en faisant des exercices de respiration et d'étirement. Sur le pont de bois, elle croisa un grand barbu blond au front ceint d'un bandeau dont les longues jambes musclées avaient la régularité d'une mécanique. Il lui adressa un petit sourire. Elle le rencontrait assez souvent, mais c'était la première fois qu'il montrait ainsi qu'il l'avait remarquée. Elle en fut flattée.

Hélène redescendit jusqu'à l'entrée du parc

qui donne sur la mairie du XIXe arrondissement. Elle prit appui des deux mains sur un mur de brique pour procéder à de nouveaux exercices, tirant successivement sur sa jambe gauche, puis sur la droite, les pieds bien à plat.

Le *tiit-tiit* de son portable retentit à l'instant où elle allait attaquer ses flexions.

— Hélène Bremont? Xavier Vallet. Vous vous souvenez de moi?

Vallet? Oui, elle l'avait connu à la fac d'Assas. Cela devait faire au moins dix ou douze ans. Elle conservait une vague image d'un petit brun nerveux tirant sur sa clope. Il lui sembla qu'ils se tutoyaient, comme tous les étudiants à l'époque. Qui lui avait donné son numéro?

— Très bien, Xavier, mentit-elle. Qu'est-ce qui me vaut le plaisir de vous entendre?

— Je suis proc de permanence. Huitième section. Et je suis sur une affaire délicate. Mon patron m'a parlé de vous comme d'une excellente pro. Vous pourriez passer tout de suite?

Proc, pro... Ces abréviations irritaient un peu Hélène. Elle n'en laissa cependant rien entendre.

— Mais cette affaire, on va me la confier, ou vous voulez juste un avis?

Une façon de lui faire comprendre qu'elle n'avait pas de temps à perdre.

— Non, non, si elle vous branche, je ferai en sorte qu'on vous la confie. Ne vous inquiétez pas.

— Ça se passe où ?

Il lui donna une adresse qu'elle nota mentalement — elle avait une excellente mémoire et pas le moindre morceau de papier sur elle.

— Vous en avez pour dix minutes en voiture. Si j'ai bien compris, vous êtes aux Buttes-Chaumont. Je vous attends sur place.

— Vous avez bien compris. Et vous êtes bien informé...

— Dans la maison, on connaît tout de vos petites habitudes.

Elle rabattit le volet de son portable pour couper la communication, sans commenter cette dernière remarque.

Devant la mairie, Roland l'attendait au volant de la Laguna de service.

Elle se laissa tomber sur la banquette arrière, donna les coordonnées du siège de *Gadget City* à son adjoint et entreprit de se changer. Elle n'avait plus le temps de prendre une douche, mais elle n'allait pas se pointer en jogging devant le procureur, même s'ils avaient usé leurs jeans sur les mêmes bancs.

— N'en profite pas pour te rincer l'œil, mon petit Roland. Ne t'occupe pas de moi, démarre !

Elle fit prestement passer sa veste de survêtement par-dessus sa tête. Au feu rouge de l'avenue Secrétan, le conducteur d'une Twingo la contempla bouche bée.

— Et tout à l'heure, j'enlève le bas...

Le démarrage de la Laguna le priva de la suite du spectacle.

Hélène s'aspergea d'eau de toilette, se frictionna énergiquement avec une serviette humide, en insistant sous les bras, sur le cou et entre les cuisses, et se rhabilla. Elle se donna ensuite un rapide coup de brosse. Avec ses cheveux courts, ça allait vite. Un trait de crayon autour des yeux et une once de rouge à lèvres apportèrent une touche de féminité à son visage anguleux. Roland l'observait d'un œil amusé dans son rétroviseur.

Quand elle pénétra dans l'immeuble où Hervé Bolsano avait installé son bureau, elle était en tenue de combat : trois-quarts de cuir noir de coupe sportive avec beaucoup de poches, pantalon et mocassins de même couleur. Et sous son manteau, un pull ras du cou, noir lui aussi. Pas de bijoux, juste une grosse montre de plongée. Hall de marbre, cabines d'ascenseur plaquées d'acajou, le décor avait été conçu pour impressionner le visiteur. L'édifice abritait, outre *Gadget City*, une étude de notaire, une agence de communication et un salon de soins capillaires pour hommes.

L'apparence de Xavier Vallet était conforme au souvenir d'Hélène, avec des cheveux en moins et des lunettes en plus. Cernes sous les yeux, traits tirés, il fumait trop et paraissait fatigué. Un peu de sport lui ferait le plus grand bien, songea Hélène. Lui aussi constata sans doute quelques changements chez elle. Il la dévisagea brièvement, lui serra la main et l'entraîna dans un vaste et luxueux bureau où un homme en bras de chemise était allongé sur un canapé. Un personnage chauve en costume sombre se penchait sur la victime. Il se redressa à l'arrivée d'Hélène.

— Le docteur Chauchard, le capitaine Bremont, présenta le procureur.

— Il est mort de quoi, ce bonhomme? demanda Hélène.

— À première vue, de crise cardiaque, dit le toubib. Mais il faudrait une autopsie pour connaître l'origine de la crise.

Hélène se tourna vers le magistrat.

— Si ce type a eu une crise cardiaque, pourquoi sommes-nous ici?

— Les choses sont un peu plus compliquées. D'après sa secrétaire, il a affirmé qu'on avait essayé de l'empoisonner. Il a commencé à ressentir des malaises hier soir après avoir pris ceci...

Le procureur tendit la main, l'ouvrit. Dans sa paume apparut une boîte verte. Hélène la prit.

— Cardionil, lut-elle. Et alors?

— C'est un médicament que feu Hervé Bolsano utilisait, à en croire son médecin traitant, depuis trois ans. Sans problème d'aucune sorte. Cela ralentit le rythme cardiaque. Il en prenait une fois par jour, le soir à l'heure du repas. On lui avait recommandé d'en prendre en cas de crise subite. Il était cardiaque. Hier, toujours d'après la secrétaire, il a avalé sa gélule de Cardionil et a immédiatement ressenti des troubles. Ce matin, elle l'a trouvé mort. Elle a appelé le toubib, qui a préféré alerter la police.

— Vous êtes le médecin traitant ? demanda Hélène au petit homme en gris.

— Non, mon confrère est reparti à mon arrivée. C'est la PJ qui a fait appel à moi.

— J'ai préféré virer tout le monde pour vous laisser le champ libre, expliqua le procureur.

Hélène fit le tour du bureau, s'immobilisa un instant devant un tableau — une assez bonne reproduction d'un Klee —, examina les objets disposés sur la table de travail, une plaque de verre épaisse soutenue par des pieds d'acier chromés. L'ordinateur était allumé, en position de veille. Elle jeta un œil distrait sur le moniteur où défilaient des images apaisantes (des paysages de montagne), prit un agenda, le feuilleta et le glissa dans sa poche. L'emploi du temps d'une victime est toujours une chose précieuse. Elle ouvrit une chemise cartonnée, qui contenait un dossier de candidature de franchise.

— Qu'est-ce qu'il faisait dans la vie, ce monsieur ?

— D'après ce que j'ai compris, il dirigeait une chaîne de magasins en franchise, *Gadget City*...

— J'ai dû voir ça quelque part. Je crois même que j'y ai acheté un animal en peluche pour un de mes neveux, une marmotte.

— Il semble qu'il avait aussi pas mal d'autres affaires en cours.

— Si nous allions voir la secrétaire ?

La jeune femme était prostrée dans un fauteuil. Des traces de Rimmel mal essuyées maculaient ses joues. Elle dirigea sur Hélène un regard de gamine craintive.

Hélène s'assit en face d'elle, lui adressa un sourire, se présenta.

— La mort de M. Bolsano semble vous affecter.

— Il y a de quoi, non ? Quel effet ça vous ferait de voir votre patron se faire assassiner ?

— Vous l'avez vu se faire assassiner ?

— Il me l'a dit : on l'a empoisonné.

– Qu'est-ce qui lui faisait croire ça ?

— Hier, après avoir pris son Cardionil, il a ressenti une sensation d'étouffement. Ça ne lui était jamais arrivé.

— Il n'a pas appelé le médecin ?

— Il a pensé que ça passerait. Et ce matin, en arrivant, je l'ai trouvé effondré sur son bureau. J'ai appelé le docteur Delmot. Nous l'avons allongé sur le canapé, mais il était trop tard. Je suis sûr qu'on l'a empoisonné. Il faut faire analyser le médicament.

—Nous le ferons. Mais, si j'ai bien compris, M. Bolsano était cardiaque. Il peut avoir eu une crise.

— C'est le médicament qui a provoqué cette

crise. Je suis sûre qu'on lui a donné autre chose à la place.

— Vous voulez dire que le pharmacien s'est trompé ?

— Non, quelqu'un a remplacé ses pilules par un poison.

— Comment aurait-il pu s'y prendre ?

— Ça n'est pas difficile. M. Bolsano accrochait sa veste dans son placard. Il suffisait qu'il s'absente de son bureau et laisse une personne seule.

— Il laissait des gens seuls dans son bureau ?

— Ça lui arrivait, pour téléphoner, quand il ne voulait pas qu'on entende la conversation.

— Et vous pensez qu'il y avait des gens qui auraient eu de bonnes raisons d'agir ainsi ?

— Hervé s'était fait des tas d'ennemis. Dans les affaires, c'est forcé. Prenez un franchisé, il suffisait que son magasin ne marche pas pour qu'il accuse M. Bolsano. (Son ton se fit véhément.) Ce n'était tout de même pas sa faute si les gens ne savaient pas gérer leur boutique !

— Il va falloir que vous m'expliquiez comment marche cette entreprise. Et aussi que vous me donniez la liste des associés de M. Bolsano, et surtout celle des personnes qui lui ont rendu visite récemment.

Hélène marqua un temps d'arrêt, puis ajouta :

— Vous vous rendez sans doute compte que vous auriez été très bien placée pour procéder à cet échange de médicaments...

La secrétaire haussa les épaules et se mit à rire. Son rire était nerveux et saccadé.

— Moi ? Mais madame, Hervé, il a tout fait pour moi, il m'a embauchée, formée, donné des responsabilités, je l'aimais...

— Ce serait une raison de plus.

— Vous avez été dure avec la petite, tout à l'heure, reprocha Roland un peu plus tard, alors qu'il déposait une liasse de feuillets fraîchement sortis de l'imprimante sur le bureau d'Hélène.

Sans répondre, elle prit le premier de la pile, le parcourut.

— Bolsano est donc connu dans la maison...

— Les collègues de la Brigade financière ont bien failli l'envoyer au trou. C'était un escroc, mais, depuis quelque temps, il agissait dans la légalité. Il dépouillait les gens en leur faisant signer des contrats de franchise pour un commerce plus ou moins bidon. Des gadgets qui ne se vendaient pas. Deux franchisés sur trois déposaient leur bilan moins de six mois après avoir ouvert boutique. J'ai compté : en deux ans, il en a ruiné cinquante-deux. Il semble qu'il était très malin, ou qu'il avait des protections.

— Pas si malin que ça, pour aboutir à la morgue...

— Cinquante-deux victimes, observa Roland, ça fait beaucoup de suspects. Sans compter les fournisseurs impayés et les vieilles histoires.

— Et la secrétaire. Elle nous fait peut-être du cinéma. Il faudra creuser de ce côté-là et voir si Bolsano avait d'autres femmes dans sa vie.

Elle tourna les pages très vite, s'arrêta sur une liste.

— Et ça, ce sont les gens qui lui ont rendu visite depuis le début de la semaine ? Ça limite tout de même les possibilités. Mais c'est la secrétaire qui a établi la liste ?

— Affirmatif.

Roland pointa son index sur un nom, en bas de la page.

— Ce type l'a paraît-il menacé de mort.

— Bertrand Librod... Il faut examiner la question. Mais crois-tu qu'un individu qui s'apprête à empoisonner quelqu'un de cette façon annonce à grands cris qu'il va lui faire la peau ? Le poison, ce n'est pas l'arme d'un homme coléreux et violent. C'est le plus souvent une arme de femme. Et nous en avons une sous la main : la secrétaire. Mais rien ne dit qu'il a été empoisonné. Il faut attendre les résultats de l'autopsie.

— Alors pourquoi se donner tant de mal ?

— Une idée. Il y a des affaires comme ça que je sens...

— L'intuition féminine, ricana Roland.

— L'intuition est faite d'une multitude de petites observations conscientes ou inconscientes que le cerveau engrange, tu le sais comme moi. Rien ne t'a frappé, dans le bureau ?

— Les tableaux. Des faux, mais chicos pour

bluffer les poires qui signaient les contrats et les chèques.

— Mais encore ?

— La table en verre. Je n'aimerais pas travailler sur un truc comme ça. Je préfère le bois, c'est plus chaud. Quoi d'autre ?

— L'ordinateur était allumé. Voilà un type qui se sent mal la veille et qui est pourtant devant son écran à 8 heures du matin. À croire que la première crise n'était pas si grave, ou que Bolsano avait vraiment une raison très importante pour venir au bureau et utiliser son ordinateur.

Roland ne répliqua pas. Ce détail lui avait échappé.

Hélène jeta un œil sur les autres feuillets, puis revint sur la liste. Une lueur s'alluma dans son regard noisette.

— Le dernier, Gilbert Touchand, c'est lui qui a téléphoné à midi. Et nous le retrouvons dans les visiteurs de la veille. Qu'est-ce que tu as sur lui ?

— Rien pour le moment, sinon qu'il tient un magasin *Gadget City*, dans le XXe, du côté de la place des Fêtes. Mais ça ne doit pas être difficile de se renseigner.

— Alors qu'est-ce que tu attends ?

— Le rapport du légiste, non ? Tu ne penses pas...

— Je ne pense encore pas grand-chose, je te l'ai dit. Tu n'as rien d'urgent ? Alors trouve-moi tout ce que tu pourras sur ce Touchand. Sans l'informer pour le moment que nous nous intéressons à lui. Je veux le voir d'abord. Et n'oublie pas non plus la secrétaire !

3

Pendant vingt-quatre heures, je fus partagé entre l'exaltation, l'inquiétude et la curiosité. Dans ce cocktail de sentiments, je crois bien que la curiosité dominait. Elle me dévorait. Une chose était certaine : Bolsano était mort. Mon opération avait donc réussi. Mais que faisait cette capitaine de police dans le bureau de Bolsano ? Ses paroles raisonnaient encore à mes oreilles : « C'est ce que nous cherchons à savoir. » Si Bolsano avait succombé à une crise cardiaque, il n'y avait aucun mystère à éclaircir. L'idée me vint que le type qui avait menacé Bolsano la veille lui avait peut-être réglé son compte d'une autre manière. Cela m'aurait déçu, car j'éprouvais une certaine fierté d'avoir à la fois débarrassé le monde de cet escroc, réussi un crime parfait et, je le dis sans vaine forfanterie, mis au point une technique originale. Mais l'essentiel était tout de même que cette canaille ait payé sa dette à ses victimes. Si un autre avait fait le coup, il m'inspirait de la sympathie. Pas au point, tout de même, de me dénoncer à sa place.

Je me sentais si soulagé par la disparition de

Bolsano que j'aurais sans doute trouvé l'énergie nécessaire pour remettre mes affaires à flot s'il n'y avait pas eu cette cruelle incertitude qui me rongeait. Pour tromper l'attente, je me lançai dans un inventaire détaillé de mes dettes les plus urgentes et de ce qui était récupérable dans mon magasin. La formule juridique sous laquelle j'avais monté ma société me laissait une chance de limiter les dégâts, à défaut de récupérer mon investissement. Mon attitude décidée parut surprendre ma vendeuse, mais elle ne la commenta pas.

Pour faire mes comptes, je m'étais installé dans mon bureau dont j'avais laissé la porte entrouverte. L'entrée d'un client me fit lever la tête. Il y en avait peu, surtout en semaine, et c'est pourquoi d'ailleurs j'allais devoir bientôt déposer mon bilan. J'entendis la vendeuse l'accueillir par sa formule rituelle : « Je peux vous être utile, madame ? » C'était donc une cliente... Puis j'aperçus une femme brune qui examinait les objets disposés dans les rayons avec une aisance inhabituelle. Elle les prenait puis les reposait sans même faire l'effort de les remettre à la même place, comme le font la plupart des gens.

— Gilbert Touchand n'est pas là ? demanda-t-elle soudain.

J'identifiai immédiatement cette voix sèche. C'était celle de la femme flic qui avait décroché la veille, lorsque j'avais appelé le bureau de Bolsano. Ma respiration s'interrompit pendant quelques secondes. Je m'appliquai ensuite à me maîtriser et me préparai à cette rencontre inattendue. Dans le fond, cette visite était une bonne chose : au moins, j'allais savoir ce qui était arrivé à Bolsano.

— Il est dans son bureau, mais il est occupé...

La porte s'ouvrit grand et je me trouvai en face d'une grande bringue en noir plutôt mal fagotée. D'une main, elle jouait avec une marmotte, de l'autre elle exhibait une carte barrée de tricolore.

— Capitaine Bremont. Je crois que nous avons eu un bref contact téléphonique, monsieur Touchand.

— En effet, dis-je. Que puis-je pour vous ?

— Vous connaissez la formule : répondre à quelques questions de routine.

— Bien volontiers. Je regrette de ne pas pouvoir vous recevoir plus confortablement. Comme vous le voyez, ce bureau est minuscule.

Pour faire asseoir le visiteur, il n'y avait qu'une chaise en plastique. Elle négligea ce siège et resta debout. Je me sentis donc obligé de me lever et de contourner mon bureau pour lui tendre une main qu'elle serra sans empressement. Elle retourna dans le magasin, où je la suivis. Puis elle recommença à manipuler divers objets : un briquet à l'effigie de Marylin Monroe, un téléphone en forme d'avion, une chaussure presse-papiers, mais sa préférence allait visiblement aux marmottes. Ce comportement m'irritait et la présence de la vendeuse accentuait mon malaise.

— Allez donc nous chercher deux cafés ! lui commandai-je.

— C'est une bonne idée ! approuva la femme flic. J'ai bien besoin d'un café.

Elle se décida enfin à remettre la marmotte en peluche à sa place.

— C'est très mignon. Il me semble que j'en ai acheté une à ma nièce. Je ne crois pas que ce soit chez vous, monsieur Touchand. J'ai dû trouver ça dans mon quartier. J'habite le XVe, n'est-ce pas. Mais c'était exactement le même magasin *Gadget City*. Vous appartenez donc à une chaîne...

— En effet.

— C'est très à la mode, les chaînes de magasins. Mais, dans un sens, je trouve ça dommage, il n'y a plus beaucoup de diversité. Toutes les rues commerçantes se ressemblent, vous ne trouvez pas ?

— Je n'avais pas vu les choses sous cet angle.

— Bien sûr, je comprends, vous êtes un commerçant. Vous voyez donc ça sous l'angle du commerce. Vos affaires marchent ?

— Disons que c'est un peu calme, en ce moment.

— Oui, bien sûr... (Elle se pencha vers moi et adopta le ton de la confidence.) J'ai entendu dire que beaucoup de magasins *Gadget City* avaient fermé, c'est vrai ?

— Eh bien, ils ne s'étaient peut-être pas implantés aux meilleurs endroits. Le coût des emplacements bien placés est élevé. Moi-même, je ne crois pas que je vais poursuivre cette activité. Je perds de l'argent.

— Autrement dit, ce n'était pas une bonne affaire d'entrer dans cette chaîne. M. Bolsano ne vous a peut-être pas très bien conseillé...

— Je ne dirais pas ça comme ça, mais je crois effectivement qu'il était surtout soucieux de recruter de nouveaux franchisés sans se préoccuper de leurs chances de réussite. (Je haussai les épaules.) Mais, dans les affaires, c'est la règle du jeu. Je manquais d'expérience, je serai plus prudent à l'avenir. À propos, qu'est-il arrivé à M. Bolsano ?

Elle affecta de se concentrer à nouveau sur la marmotte en peluche et attendit quelques secondes avant de se décider à répondre. Il était clair qu'elle prolongeait volontairement le suspense.

— Il a eu une crise cardiaque, dit-elle d'une voix neutre.

Je secouai la tête, avec une expression que je m'appliquai à rendre désolée.

— Le malheureux. Je savais en effet qu'il était cardiaque, mais il était si bon vivant qu'on finissait par l'oublier. Mais il y a une chose que je ne comprends pas...

Elle se pencha pour me regarder sous le nez. Elle était très grande, plus grande que moi qui ne mesure qu'un mètre soixante-six.

— Oui ?

— Si M. Bolsano est mort d'une crise cardiaque, quelle est la signification de votre enquête ?

Elle soupira.

— Voyez-vous, monsieur Touchand, il y a des éléments troublants dans cette affaire. Nous avons d'abord pensé qu'Hervé Bolsano avait pu être empoisonné.

— Empoisonné ?

— Oui, il prenait chaque jour des médicaments pour le cœur, du Cardionil. Vous ne le saviez pas ?

— Il m'a semblé en effet qu'il prenait des médicaments, mais j'ignorais lesquels.

— Le Cardionil sert à freiner le rythme cardiaque. Son cœur avait tendance à s'emballer, surtout quand il éprouvait des émotions fortes. Et, dans les affaires, cela devait lui arriver de temps en temps. C'est du moins ce que m'a expliqué le médecin... Avant-hier, Bolsano a donc pris son Cardionil comme d'habitude. Mais cette fois, il a ressenti des troubles bizarres. Des sensations d'étouffement. Nous le savons car sa secrétaire, Geneviève Loudac, se trouvait en sa compagnie à ce moment-là. Vous saviez qu'elle était sa maîtresse ?

— Je m'en doutais un peu, mais la vie privée d'Hervé Bolsano ne me concernait pas.

— Bien sûr... Toujours est-il qu'il s'est plaint de ces sensations désagréables. Il pensait même qu'on avait pu l'empoisonner volontairement. Le médecin traitant a préféré alerter la police. Et le juge a décidé une autopsie. Nous venons tout juste d'avoir les résultats.

— Et alors, il a réellement été empoisonné ?

— Pas du tout, il est bien mort d'une crise cardiaque. Mais il y a une chose très bizarre. Il semble qu'il n'ait pas pris son Cardionil. Ou alors il a pris un autre médicament, en plus.

— Et ce médicament... ?

À cet instant, la vendeuse revint avec les cafés. Je n'avais nulle envie de l'avoir sur le dos pendant cet entretien.

— Vous pouvez partir. Je fermerai le magasin.

La femme flic but une gorgée de son café, fit une petite grimace et posa sa tasse sur une étagère, à côté des marmottes. Ce café venait du bistrot voisin et n'était pas fameux. J'avalai néanmoins le mien d'un trait. Elle m'observait attentivement.

— Donc, ce médicament pourrait être la cause de sa crise ? repris-je, voyant qu'elle ne se décidait pas à répondre.

Elle rit.

— Dites donc, monsieur Touchand, on dirait que c'est vous qui menez l'enquête !

Devant mon air embarrassé, elle s'empressa d'ajouter :

— Votre curiosité est bien compréhensible. Eh bien, non, figurez-vous que ce deuxième médicament n'a aucun lien avec la crise cardiaque. Le médecin légiste est formel. C'est du Nicostérate, un calmant pour les démangeaisons. Mais le Nicostérate a parfois des effets secondaires sur certains sujets, comme cette sensation d'étouffement. C'est d'ailleurs clairement écrit sur la notice. Avouez que c'est tout de même curieux.

— Qu'est-ce qui est curieux ?

— Vous ne trouvez pas bizarre que Bolsano ait pris un médicament contre les démangeaisons qui a des effets secondaires pénibles, alors qu'il n'avait pas de démangeaisons ? On a trouvé des gélules de Nicostérate dans sa boîte de Cardionil. Comme si quelqu'un avait voulu lui faire une mauvaise blague. Peut-être pas le tuer, mais lui provoquer des troubles désagréables. Mais il aurait fallu que cette personne connaisse bien l'état de santé de Bolsano et sache qu'il ne supportait pas le Nicostérate. Selon le fabricant du médicament, il y a moins de 3 p. 100 de la population adulte qui est sujette à ces effets secondaires. Vous vous rendez compte ?

Je me rendais compte en effet. À vrai dire, je n'avais pas pris la peine de lire la notice en entier. Ces textes-là sont toujours écrits en tout petits caractères...

— Moi, dis-je, j'ignorais totalement qu'il souffrait de démangeaisons. Je ne savais même pas quels médicaments il prenait pour son cœur. Il a dû me le dire, mais je n'y ai pas fait attention.

— Et qui, à votre avis, pouvait connaître tous ces détails, à part son médecin ? Un intime. Sa maîtresse, par exemple, Geneviève Loudac.

— Je ne connais pas leurs rapports, mais je la vois mal...

— Il y a des tas de gens qu'on voit mal commettre des actes, disons, délictueux, et qui néanmoins... Mais ce ne serait pas un crime. Le Nicostérate ne peut pas être la cause de la mort.

Elle leva son doigt et l'agita.

— À moins...

— À moins ?

— À moins qu'on ait voulu, non pas faire ingurgiter du Nicostérate à Bolsano, mais le priver de son remède pour le cœur.

J'en restai muet. Cette femme était beaucoup plus fine que je ne l'avais pensé. Mais sa découverte ne prêtait pas à conséquence. Elle n'avait strictement aucune preuve, ni même aucun indice contre moi.

Elle abandonna ensuite ce terrain pour m'interroger sur le fonctionnement de la chaîne *Gadget City* et les relations de Bolsano avec ses franchisés. Elle évoqua au passage le cas du type qui l'avait menacé. Je m'efforçai d'enfoncer le clou, mais ça n'eut pas l'air de mordre.

Au moment de partir, elle retourna jeter un œil dans mon bureau, avec un parfait sans-gêne. Il était difficile de protester sans avoir l'air suspect.

Elle remarqua la petite marmotte posée sur ma table de travail, celle que j'avais prise dans le magasin pilote de l'avenue des Ternes.

— Oh, elle est encore plus jolie que l'autre, celle-là ! Elle est mieux fignolée. Regardez les yeux et les pattes ! Qu'est-ce que c'est bien fait, tout de même ! Je peux vous en acheter une ?

— C'est un modèle qui n'est pas encore en vente. Un spécimen. Mais, si vous voulez vous contenter d'une de celles qui sont en magasin, je vous l'offrirai bien volontiers.

J'emballai sa marmotte dans du papier cadeau.

— Je suppose que c'est pour un enfant. Il ne verra pas la différence.

4

Sa marmotte sous le bras, Hélène fit un petit tour dans le quartier et constata que le commerce ne semblait pas florissant. Plusieurs boutiques étaient à vendre. Les panneaux posés par les agents immobiliers précisaient « Sans droit au bail ». Ce qui signifiait que les propriétaires desdites boutiques avaient du mal à trouver des candidats. Elle entra dans une boulangerie où elle acheta une brioche. Elle avait déjeuné d'une salade au saumon fumé, en compagnie de Roland qui avait avalé un énorme steak frites, suivi d'une tarte aux fraises bourrée de crème. Hélène avait résisté. Elle estimait donc avoir droit à sa brioche.

— Vous le connaissez, le monsieur qui vend des jouets ?

La boulangère jeta un œil sur le paquet cadeau.

— Pas plus que ça. Il n'est pas depuis longtemps dans le quartier et il ne va sûrement pas y rester longtemps.

— Ah, c'est dommage, je trouve qu'il vend de jolis objets.

— Chacun ses goûts. Moi, je trouve que ce sont des trucs qui ne servent à rien. Des gadgets ! Pensez donc !

Elle avait prononcé le mot gadget avec dégoût, comme si elle parlait d'une chose aussi répugnante qu'une vidéocassette pédophile.

— Bien sûr, mais il y a tout de même des jeux amusants pour les enfants, insista Hélène.

— Vous allez au Prisunic d'en face, vous trouvez la même chose pour beaucoup moins cher. Je lui ai dit, quand il est venu s'installer. Pour moi, il s'est fait escroquer. Un commerce de ce genre, ça marche peut-être dans le quartier des Halles, mais pas par ici où les gens n'ont pas d'argent à gaspiller pour des âneries. La franchise, je le disais encore hier à mon mari, c'est rien que de l'arnaque. Vous croyez que c'est sérieux, les boulangeries où on vous vend du pain fabriqué en usine et réchauffé au four?

Hélène rassura la boulangère : elle préférait le pain traditionnel.

— Donc, ce monsieur ne s'est pas rendu compte qu'il se faisait escroquer?

— Il s'en est rendu compte, mais trop tard. L'autre jour, il avait bu un petit coup, il râlait. Il critiquait son franchiseur. Moi je dis qu'il n'avait qu'à lire son contrat et à réfléchir avant de signer. Les gens sont marrants. Dans le commerce, faut travailler. Ils voudraient que tout leur tombe tout cuit dans le bec en restant derrière leur tiroir-caisse. Sa femme l'a quitté. C'est malheureux, mais c'est comme ça. Dans un sens, il est à plaindre.

Hélène paya sa brioche, la dévora en quelques bouchées, fut terriblement tentée d'en acheter une autre. Une brioche devait représenter trois cents calories au moins. Ce calcul l'aida à renoncer.

Elle rentra chez elle en métro. Elle trouva sur son répondeur deux messages de Xavier Vallet. Le procureur avait des choses importantes à lui dire.

Après avoir dîné d'une boîte de maquereaux au vin blanc, d'une salade et de pommes de terre à l'eau — les trois kilos en trop ne voulaient pas se laisser éliminer —, elle fut assaillie par un vif sentiment de frustration. Elle alla fouiller dans le frigo, où elle dégotta un reste de gâteau de semoule. Ce qui faisait beaucoup de féculents. Bonjour les repas équilibrés. Elle allait craquer pour une tablette de chocolat, qu'elle avait l'intention de grignoter devant la télé, quand elle fut sauvée par le téléphone.

— Xavier Vallet. Pardonnez-moi de vous appeler si tard. Je ne vous dérange pas ? J'ai eu le rapport du légiste. Crise cardiaque. Je voulais tout de même avoir votre avis. On classe, non ?

— Il y a deux ou trois points bizarres que je voudrais vérifier. Vous me laissez quelques jours ?

— Qu'est-ce qui vous tracasse ? Cette histoire de Cardionate ?

— Cardionil, rectifia Hélène. Entre autres.

— C'est un peu léger, mais c'est OK, on ne referme pas le dossier tout de suite. Mais pour ouvrir officiellement une instruction, il va falloir quelque chose de plus solide, vous en avez conscience ?

Elle en avait tout à fait conscience. La mécanique était lancée. Elle avait oublié le chocolat. Elle composa le numéro de Roland.

À sa voix, elle devina qu'il n'était pas seul. Elle l'imagina au lit en train de sauter une nénette quelconque et ressentit une satisfaction intime à perturber ainsi ses ébats. Dans ses périodes de frustrations alimentaires, sentimentales ou sexuelles, Hélène pouvait se montrer tyrannique avec ses collaborateurs.

— J'ai un doute, dit-elle. C'est toi qui as éteint l'ordinateur du bureau de Bolsano, ou c'est sa secrétaire ?

— Et c'est pour ça que tu m'appelles... (Il marqua une pause, sans doute pour consulter sa montre ou pour s'adresser à celle qui partageait son lit.)... à 23 h 30 ? Je ne me souviens pas l'avoir éteint.

— Je voudrais savoir quel travail précis effectuait Bolsano au moment de sa mort, et s'il était branché sur Internet.

— Je vais demander le relevé à France Télécom.

— Tu touches ta bille en informatique ?

— Plus ou moins. Je peux jeter un œil sur la bête.

— Excellente idée. Tu me fais un petit rapport pour, disons, demain 10 heures, au bureau.

Elle raccrocha sans lui laisser le temps de protester. Ce rapport allait obliger Roland à se lever très tôt. Hélène eut ensuite un peu honte de son accès d'autoritarisme. Roland était adorable. Il avait le droit de passer la nuit avec qui bon lui semblait. Ce rapport n'était pas à une heure près.

Hélène n'avait pas envie de dormir. Elle s'installa devant la télé, commença à regarder un film qu'elle avait enregistré quelques jours plus tôt — un polar américain considéré comme génial par la critique et par ses collègues —, mais ne réussit pas à se concentrer. Pourtant, elle savait qu'il était inutile de se torturer les méninges : sans éléments supplémentaires, elle ne parviendrait pas à avancer. Il fallait faire preuve de patience, ce qui n'était pas toujours son fort. Elle ne réussit à trouver le sommeil que vers 1 heure du matin. Elle rêva de marmottes.

Roland ne déposa son rapport sur le bureau d'Hélène qu'à 11 h 45. Sa supérieure manifesta son irritation par une de ces petites réflexions saignantes dont elle avait le secret. Roland ne se démonta pas.

— Tu n'es pas obligée de me croire, mais je gratte pour toi depuis 7 heures ce matin.

D'un index méprisant, elle frappa le rapport — qui occupait à peine la moitié supérieure d'une feuille de format A4.

— Pour rédiger ça ? Je te savais lent, mais il y a des limites.

— Pour ce qui est de France Télécom, pas de lézard. La ligne sur laquelle est branché le modem de l'ordinateur de Bolsano a été utilisée entre 7 h 56 et 8 h 39. Le logiciel est programmé pour se déconnecter tout seul au bout d'une demi-heure quand on ne lui demande plus d'opération. Ce qui nous donne l'heure précise de la mort de Bolsano : 8 h 09. Il dispose de deux autres lignes dans son bureau, sans compter son portable. Aucune de ces lignes n'a été utilisée. Donc, pas de coup de fil de menaces.

Ça ne peut pas être la cause de son attaque cardiaque.

— Mais un e-mail a pu lui procurer une émotion forte, remarqua Hélène. Ou même une info sur Internet.

— Tu crois qu'il regardait des photos de cul ?

Elle le fusilla du regard.

— Tu es vraiment obsédé, comme tous les mecs ! Passons. Il a pu recevoir des menaces par Internet. Tu n'as pas relevé ses messages ?

Roland prit un air penaud.

— C'est bien le problème. J'ai passé deux heures sur l'ordinateur et je l'ai planté.

— Comment ça, tu l'as planté ?

— J'ai eu un message d'erreur, j'ai voulu entrer dans le système et j'ai tout planté. On n'arrive même plus à avoir Windows. D'habitude, je me démerde très bien, mais ce n'est pas la même version du logiciel...

— Épargne-moi les détails. Il faut trouver un spécialiste. Ça va prendre un temps fou et le juge est pressé de boucler le dossier.

— Toi, tu t'es levée du mauvais pied, observa Roland. (Il consulta sa montre.) Si on allait casser une graine pour se remonter ?

— Vas-y tout seul. Je te rejoindrai peut-être pour prendre un jus. J'ai plein de choses à faire.

Hélène s'était préparé une boîte Tupperware pour ne pas se laisser tenter : des restes de poulet mélangés à du pilpil et des poivrons.

Quand elle eut avalé ce repas frugal, elle

renonça à aller retrouver son collègue, de crainte de craquer pour un dessert quelconque. Elle prit un café au distributeur automatique et alla le siroter dans son bureau. Elle se mit ensuite à griffonner des notes et des croquis, avec les noms des différents protagonistes de l'affaire Bolsano reliés par des flèches. Elle entoura plusieurs de ces noms au feutre rouge, dont ceux de Gilbert Touchand et de Geneviève Loudac, la secrétaire.

Ensuite elle compulsa une partie de l'abondante documentation qu'elle avait récupérée dans les bureaux de la victime. Elle tomba sur une luxueuse brochure imprimée en quadrichromie sur papier couché qui vantait les mérites de *Gadget City*.

Cet opuscule comprenait plusieurs chapitres qu'on pouvait facilement consulter grâce à des encoches découpées dans la marge, à la manière des agendas :

Un créneau d'avenir
Une centrale d'achats performante
Une informatique de pointe
Des produits compétitifs
Une assistance permanente
Une formation top niveau
Le partenariat Gadget City
Des success stories : le témoignage de nos partenaires

Au chapitre «Informatique», une photo montrait un personnage en blouse blanche en train de conseiller une jeune femme souriante installée devant un ordinateur. La charmante personne qui avait posé pour ce cliché était la secrétaire, Geneviève Loudac.

Hélène passa directement au chapitre «Partenariat».

Les chiffres qu'elle lut la laissèrent rêveuse : 50 000 francs de droits d'enseigne, 7 500 francs de frais d'aménagement au mètre carré, 350 000 francs de stocks, 85 000 francs de logiciel de gestion de stocks par Intranet, 30 000 francs de frais de formation...

Au chapitre «Formation» apparaissait le même personnage qu'à la rubrique «Informatique», en complet veston cravate cette fois, et entouré de trois jeunes gens dans un décor de magasin. La photo avait été prise en grand angle, de façon à faire paraître la boutique plus grande qu'elle n'était. Sur les rayonnages, Hélène remarqua une rangée de marmottes. Elle se souvint alors qu'il lui fallait songer à envoyer par la poste celle qu'elle avait achetée pour son neveu. Elle chercha les références du magasin où se déroulait la formation des naïfs qui avaient signé un contrat de franchise avec *Gadget City*, mais ne la trouva pas.

Elle composa le numéro du bureau de Bolsano.

— *Gadget City*, j'écoute.

Intonation professionnelle, neutre.

— Geneviève Loudac ?

— Oui.

Ce « oui » manquait d'assurance. La voix avait changé de registre.

— Hélène Bremont. Je vais encore avoir quelques questions à vous poser.

L'entretien téléphonique dura une vingtaine de minutes. Hélène nota consciencieusement les réponses de la secrétaire.

— Une dernière chose. Que pensez-vous de M. Touchand ?

— Que voulez-vous que j'en pense ? Tout ce que je peux vous dire, c'est que M. Bolsano n'avait pas beaucoup d'estime pour lui...

— Et pourquoi cela ?

— Il disait qu'il n'était pas doué pour le commerce, qu'il ne comprenait rien au système de *Gadget City*, que c'était sa faute si son magasin ne marchait pas.

— Et vous, vous êtes de cet avis ?

Au bout du fil, il y eut un bref silence.

— Je ne sais pas. Je n'ai pas la compétence pour juger. C'est vrai que M. Touchand a parfois du mal à comprendre certaines choses. Les anciens cadres salariés comme lui n'ont pas l'expérience du commerce...

— Alors pourquoi M. Bolsano signait-il des contrats avec eux ?

Nouveau silence, suivi d'un petit rire gêné.

— Maintenant qu'il est mort, autant vous dire

la vérité. Il signait des contrats avec tous ceux qui étaient prêts à lui signer un chèque. Il ne sélectionnait pas sérieusement ses partenaires.

— Voilà qui a le mérite de la sincérité ! Donc, M. Touchand est un nul qui s'est fait proprement arnaquer par votre patron.

Troisième silence. Hélène imagina la jeune femme piquant un fard à l'autre bout du fil.

— Je n'ai pas dit ça, ergota-t-elle. Mais il avait du mal à comprendre certaines techniques.

— L'informatique, par exemple ?

Rire.

— À quarante-cinq ans, ce n'est pas facile de s'y mettre. Une fois, M. Bolsano s'est moqué de lui en ma présence. Il lui a dit qu'il ne touchait pas sa bille. C'était un jeu de mots, Touchand-touchait, vous voyez ce que je veux dire ?

— Très bien, mais ça n'a peut-être pas plu à M. Touchand.

— Je n'en sais rien. C'est une personne posée que je n'ai jamais vue se mettre en colère.

Hélène remercia la secrétaire. Quand elle eut raccroché, elle constata que Roland se tenait devant son bureau. Il posa un petit carton devant elle.

— Tiens, c'est un baba au rhum. Ils sont fameux. J'ai pensé que ça te ferait plaisir que je t'en rapporte un.

Elle prit le baba et le jeta dans la corbeille à papier.

5

La visite de cette capitaine de police m'avait perturbé, mais je décidai de ne pas me laisser abattre. Après avoir réglé par téléphone avec mon avocat divers problèmes concernant mon divorce, je pris le chemin de mon magasin. Il me fallait terminer mon inventaire et mes comptes. Ensuite je consulterais un autre juriste, spécialiste de la gestion des entreprises, pour essayer de négocier au mieux ce passage délicat. La disparition de Bolsano présentait un avantage subsidiaire : je n'aurais pas à lui régler les arriérés de royalties, de frais et de stocks que je lui devais. Il faudrait un certain temps pour nommer un administrateur judiciaire à la tête de *Gadget City*, et celui-ci aurait sans doute du mal à s'y retrouver dans les comptes, ce qui me laisserait un délai pour souffler. Si toutefois mes autres créanciers ne me mettaient pas le couteau sous la gorge. Le décès de mon franchiseur me servirait de prétexte pour demander des reports de traite. Je n'avais pas éliminé Bolsano pour ces raisons, mais je n'étais pas mécontent de ces calculs.

J'en étais là de mes réflexions quand je franchis le seuil de ma boutique. La vendeuse vint au-devant de moi.

— Il y a une dame, annonça-t-elle. La dame d'avant-hier. Elle est dans votre bureau.

La fliquesse s'était tout bonnement installée devant mon ordinateur, qu'elle avait allumé ! À mon arrivée, elle leva la tête vers moi et m'adressa un grand sourire.

— Ah, monsieur Touchand, je suis contente de vous voir. Vous allez pouvoir m'expliquer comment marche ce système. Oui, je me suis permis d'essayer... Mais rassurez-vous, je ne vous ai pas planté votre machine. Parce que ce sont des choses qui arrivent. Pas plus tard qu'hier, mon jeune collègue... Je vous expliquerai ça tout à l'heure.

Je m'appliquai à dissimuler mon irritation et à lui sourire moi aussi.

— Que voulez-vous savoir ?

Elle brandit une plaquette publicitaire de *Gadget City*.

— J'ai lu attentivement ce document. Il est question d'un logiciel révolutionnaire qui gère tout seul les stocks des magasins, assure le réassort automatique. Tout ça, c'est un peu de l'hébreu pour moi. J'essaie de comprendre comment ça fonctionne.

— Eh bien, quand un article est vendu, cette vente est enregistrée sur l'ordinateur et l'information arrive immédiatement au siège de la chaîne. L'ordinateur central prend le relais et commande le réassort de l'article qui est en principe livré dans les quarante-huit heures.

— Et la direction de la chaîne n'en profite pas

pour vous livrer des articles que vous n'avez pas commandés ?

— C'est en effet ce qui peut arriver en cas d'erreur ou...

— Ou de malversation peut-être ?

Je voyais où elle voulait en venir, me faire dire que Bolsano était un escroc. Ce qui était vrai, et qu'elle n'avait certainement eu aucune difficulté à apprendre.

— Oui, il est arrivé que mon franchiseur me livre des choses que je n'avais pas commandées, et à des prix élevés. Il a fallu rectifier. Ce n'est pas le système informatique lui-même qu'il faut incriminer, mais la façon de l'utiliser.

— Vous avez tout à fait raison. Mais j'ai un peu de mal à me faire à ces techniques modernes. Dans la police, voyez-vous, nous continuons à taper nos rapports sur de vieilles bécanes mécaniques...

Je me penchai sur son épaule. Elle s'était connectée à Internet. Constatant que je l'avais remarqué, elle fit apparaître une fenêtre et se déconnecta, avec une aisance qui démentait ses propos.

— Oui, j'ai compris ce truc-là, dit-elle, comme si elle avait deviné mes pensées, mais, en revanche, je n'ai pas bien compris la différence entre Intranet et Internet.

— L'un est un circuit interne à la chaîne, l'autre relie tous les ordinateurs disposant d'un modem, expliquai-je.

— Vous avez l'air de vous y connaître, monsieur Touchand. Vous allez peut-être pouvoir m'aider. Je voudrais vous soumettre une hypothèse.

— Je vous écoute.

— Hervé Bolsano, selon le rapport d'autopsie, est mort d'une crise cardiaque. Mais nous nous demandons si une personne malveillante n'aurait pas pu provoquer cette crise cardiaque volontairement, d'une façon ou d'une autre... Toujours selon le médecin, il suffisait d'une émotion très forte. Nous avons donc pensé à des menaces violentes, comme celles qu'il a subies la veille, de la part d'un autre de ses franchisés. (Elle sortit un petit calepin qu'elle consulta.) Bertrand Librod. Il a rendu visite à Bolsano juste avant vous, si j'ai bien compris.

— Nous nous sommes croisés dans le couloir. Il a en effet proféré des menaces devant moi. Il était très excité.

— Mais, selon sa secrétaire, Bolsano, lui, est resté très calme. Comment l'avez-vous trouvé ?

Il était totalement inutile de mentir, au risque d'être contredit par la secrétaire et peut-être par d'autres visiteurs.

— Il était en effet calme, irrité par cette algarade, mais calme...

— Vous voyez ! Ce n'est donc pas cet incident qui a provoqué sa crise. C'est le lendemain qu'il a éprouvé cette émotion. Nous nous sommes donc demandé s'il avait eu des visites juste avant sa mort. Ce Librod aurait pu revenir le lendemain matin avec de mauvaises intentions. Or, il se trouve que l'agent d'entretien, qui nettoyait le hall et ne l'a pas quitté de 7 h 30 à 8 h 15, n'a vu passer que Bolsano à 7 h 45, et sa secrétaire cinq minutes plus tard. Il est très précis.

— Quelqu'un aurait pu monter un peu plus tôt et l'attendre.

Elle secoua la tête d'un air désolé.

— Cela supposerait qu'il possède la clef du bureau ; de plus, la secrétaire l'aurait vu. Non, ça ne tient pas debout. En revanche, nous avons envisagé des menaces téléphoniques. Mais le relevé de Télécom nous apprend qu'il n'y a pas eu de communication téléphonique. La seule ligne qui a fonctionné est celle qui est branchée sur l'ordinateur du bureau de Bolsano. Je me suis donc demandé s'il n'avait pas reçu des menaces de cette façon, par Intranet ou Internet. Tous les commerçants de la chaîne *Gadget City* sont branchés sur ce réseau et peuvent avoir eu de bonnes raisons de menacer Bolsano, ou au moins de lui dire ses quatre vérités à distance...

Elle était très fine et très dangereuse. Mais elle n'avait aucun élément pour étayer son hypothèse. J'avais heureusement eu l'habileté de ne pas utiliser l'ordinateur de mon magasin. Je décidai d'entrer dans son jeu pour essayer d'en apprendre davantage.

— Un message de menaces sur Internet !

J'avoue que je n'y aurais pas songé, dis-je. C'est une idée séduisante, mais...

— Mais ?

— Je me demande si un homme comme Bolsano, capable de rester si calme en face d'un individu en chair et en os qui le menace physiquement, éprouverait une émotion aussi forte à la simple lecture d'un message.

Elle pointa son doigt sur moi.

— Très juste ! C'est aussi, je vous l'avoue, la question que je me suis posée, monsieur Touchand. Vous devez avoir raison, c'est une pure construction de l'esprit et, de toute manière, envoyer un message de menaces sur Internet n'est pas un crime. Même quand on s'adresse à un cardiaque. Sauf bien sûr si l'on agit avec l'intention délibérée de provoquer une émotion susceptible de déclencher une crise...

Elle contempla pensivement l'ordinateur, puis se leva et recommença à hocher la tête.

— De toute manière, nous ne le saurons probablement jamais.

— Comment cela ?

— Eh bien, comme je vous le disais tout à l'heure, mon jeune collaborateur, qui croyait s'y connaître en informatique, a trouvé le moyen de planter l'ordinateur de Bolsano, sur lequel nous aurions peut-être trouvé des messages et leur origine, ou du moins des indications. Il paraît qu'il reste probablement des traces des diverses opérations, mais le temps qu'on trouve un spécialiste, qu'il examine l'ordinateur et rédige son rapport, le juge aura sans doute refermé le dossier. Comme vous le savez, nous manquons cruellement de moyens...

— C'est en effet dommage, observai-je.

Elle se retourna et regarda en direction d'un couple qui venait d'entrer dans la boutique.

— Je vois que vous avez des clients. Je ne vais pas vous déranger plus longtemps.

— Je regrette de ne pas avoir pu vous aider davantage.

— Mais si, mais si... Vous avez tout de même eclairé ma lanterne sur le fonctionnement de ce système.

Je laissai la vendeuse s'occuper du couple et je raccompagnai la fliquesse jusqu'à la porte. Avant de la franchir, elle se retourna vers moi.

— Si j'apprends quelque chose ou si j'ai besoin d'un renseignement supplémentaire sur le fonctionnement de ce système, je vous passe un coup de fil.

— N'hésitez pas, mais, vous savez, il y a des gens beaucoup plus compétents que moi sur cette question.

Elle sortit de sa poche la brochure publicitaire de *Gadget City*, la feuilleta.

— Oui, bien sûr, il y a la personne qui s'occupe de la formation et qui, si j'ai bien compris, dirige aussi le magasin de l'avenue des Ternes, Paul Castel. J'ai bien l'intention d'aller le voir aussi. (Elle soupira.) Mais, vous savez, nous avons tant de choses à faire !

Je composai sur mon visage une expression compréhensive. Elle s'éloigna en direction de la place des Fêtes d'un pas énergique. Je la suivis du regard jusqu'à ce qu'elle ait tourné le coin de la rue, puis je rentrai dans le magasin où la vendeuse enveloppait dans du papier cadeau une marmotte du plus grand modèle. C'était un des seuls articles de Bolsano qui se vendaient bien.

Cette visite me laissa très mal à l'aise. Je ne parvins plus à me concentrer sur mon inventaire ni même sur les tâches quotidiennes du magasin, que j'abandonnai à la vendeuse.

J'avais besoin d'être seul et de réfléchir. J'entrepris une petite promenade dans le quartier, qui me stimula. Je passai en revue tous les aspects du problème, m'efforçai de recenser les erreurs que j'avais pu commettre et tentai de me mettre à la place de cette Hélène Bremont. Le seul élément concret dont elle disposerait peut-être prochainement, si l'enquête n'était pas classée d'ici là, c'était le contenu de l'ordinateur de Bolsano. Il existe plusieurs niveaux de mémoire sur un disque dur d'ordinateur. Même lorsque des fichiers ont été supprimés, un informaticien habile peut encore les retrouver. Cela prendrait, espérons-le, un certain temps. Retrouver les fichiers de Bolsano n'aiderait sans doute pas beaucoup les policiers. Ils n'auraient certainement pas l'idée de consulter les cours de la Bourse apparaissant dans ces fichiers et de les comparer aux cours en vigueur. Les flics sont des petits fonctionnaires qui n'ont guère les moyens d'investir en Bourse...

En revanche, des traces du message et du trojam pouvaient leur mettre la puce à l'oreille. J'ignorais s'il en subsistait. Si c'était le cas, ils découvriraient peut-être l'adresse électronique de l'expéditeur de l'e-mail. Et, même s'ils ne la trouvaient pas, ils risquaient d'examiner *tous* les ordinateurs des magasins *Gadget City*, dont le mien et celui du magasin de l'avenue des Ternes. Rien dans les opérations que j'avais effectuées ne me désignait. Néanmoins, quand les enquêteurs auraient compris le mécanisme général de l'opération, ils procéderaient sans doute par élimination. Ils commenceraient par soupçonner Castel. Le gérant du magasin de l'avenue des Ternes s'était déjà engueulé avec Bolsano, mais il n'avait pas, à ma connaissance, de mobile pour tuer un homme qui le payait grassement. De plus, il avait peut-être un alibi pour l'heure à laquelle j'avais procédé à la substitution des pages boursières. Quand il se serait disculpé, le filet se resserrerait inévitablement. Les flics chercheraient à savoir qui pouvait avoir eu accès à cet ordinateur : les employés de la boutique, les franchisés qui y avaient effectué des stages et connaissaient l'emplacement de la clef, sur le rebord de la fenêtre. De plus, un témoin m'avait vu : cette femme blonde que j'avais croisée dans la cour de l'immeuble et qui pouvait me reconnaître. Enfin, l'enquête se dirigerait sans doute vers le milieu des hackers, et celui qui m'avait offert le trojam se vanterait peut-être d'avoir été interviewé par un journaliste...

Je devais agir sans attendre que le piège se referme sur moi, mais comment?

Après un quart d'heure de marche supplémentaire qui me conduisit à l'entrée des Buttes-Chaumont, je crus avoir trouvé la solution. J'allai m'asseoir sur un banc pour mettre mon plan au point. Au milieu d'un groupe de sportifs qui remontaient une allée, j'aperçus alors une jeune femme brune en jogging bleu électrique à bande orangée qui courait coude au corps, à longues foulées régulières. Il me fallut quelques secondes pour identifier l'officier de police. Cette transformation vestimentaire m'avait trompé. Quand elle parvint à ma hauteur, je plaçai ma main devant mon visage et baissai la tête de façon à ce qu'elle ne puisse pas m'identifier. C'était stupide, car j'avais parfaitement le droit de me trouver là, mais mon instinct m'avait averti d'un danger. Je l'observai à la dérobée. Son visage était tendu par l'effort, elle souffrait mais poursuivait sa course au même rythme. Elle avait de longues jambes musclées. C'était à n'en pas douter une femme énergique et tenace. Qui se disait surchargée mais trouvait tout de même le temps de venir s'entraîner ici pendant ses heures de services.

Je revins sur mes pas et aperçus une Renault noire garée en double file devant les grilles du parc. Un jeune homme grand et costaud patientait en fumant une cigarette, adossé à la portière. Le gyrophare posé sur le toit de cette voiture ne laissait pas le moindre doute sur la profession du chauffeur.

Je fis un détour pour passer à l'écart du véhicule de police et rentrai au magasin.

Je renvoyai la vendeuse, baissai le rideau de la boutique et m'enfermai dans mon bureau. Deux conclusions s'imposaient : pour ce qui était de l'ordinateur du bureau de Bolsano, il n'y avait plus rien à faire, sinon prier pour que les enquêteurs ne trouvent rien ; en revanche, je pouvais encore limiter les dégâts en effaçant les traces de mes manipulations sur l'ordinateur de l'avenue des Ternes. Ainsi la police n'aurait aucune preuve formelle qu'on l'avait utilisé. La seule manière d'y parvenir, comme je ne possédais pas les compétences informatiques suffisantes pour être certain de ne pas laisser le moindre indice, était de procéder à l'échange de son disque dur.

Je m'armai d'un jeu de tournevis, dévissai les six vis qui maintenaient le capot de l'unité centrale de mon ordinateur et retirai ce capot. Hormis le fouillis de câbles multicolores, l'intérieur de l'appareil évoquait un jeu de Meccano.

Chaque pièce était relativement aisée à enlever ou à fixer. L'essentiel était de repérer soigneusement son emplacement et de quelle façon elle était reliée aux autres. Le moniteur de mon stage me l'avait expliqué en long et en large. La plupart des ordinateurs présents dans les magasins de la chaîne *Gadget City* étaient semblables, seul le serveur destiné à la gestion des stocks et des réassorts de marchandises était d'un modèle différent, plus puissant.

J'entrepris donc de débrancher le disque dur de ma machine et de le démonter, en notant soigneusement chaque étape de l'opération sur une feuille de papier, puis de le remonter et d'enclencher les fils rouges, noirs et jaunes dans les bonnes fiches. Je remis le capot en place, lançai l'appareil. Tout fonctionnait. C'était en effet un jeu d'enfant. Je retirai à nouveau le capot, renouvelai l'opération. Montre en main, cela représentait moins d'un quart d'heure de travail. Je relevai la marque du disque dur et le numéro de série du modèle avant de tout remettre en place. Je décrochai mon téléphone, avec l'intention d'appeler des fournisseurs de matériel informatique, puis renonçai, à l'idée que la police avait pu me placer sur écoute. Je gagnai donc la poste du XXe arrondissement, où je m'installai dans une cabine téléphonique, après avoir acheté une revue spécialisée dans un kiosque.

Trois quarts d'heure plus tard, j'entrai en possession d'un disque dur identique à celui de ma machine et de celle de l'avenue des Ternes, mais vierge. Pour ne pas laisser la moindre trace, je payai le commerçant, un jeune Chinois, en liquide.

Il ne me restait plus qu'à attendre la nuit pour procéder au remplacement.

Je dînai d'un reste de poulet et d'un morceau de fromage, puis suivis divers feuilletons télévisés jusqu'à 1 heure du matin. Mieux valait me détendre un peu avant de passer à l'action. Pour que cette détente ne soit pas perturbée par des appels intempestifs, je débranchai le téléphone.

Vers 2 heures, je gagnai le quartier des Ternes au volant de ma voiture. Je me garai dans l'avenue de Wagram, assez loin du magasin, après avoir vérifié que je n'avais pas été filé.

Je pris la clef à sa place habituelle et pénétrai dans l'arrière-boutique sans difficulté.

Dans la pénombre, je me heurtai à une pile de cartons. Les cartons dégringolèrent. Parvenu dans le bureau, j'allumai une lampe de poche et inspectai les lieux. Rien n'avait changé depuis mon passage précédent. La seule lumière provenait d'une veilleuse de faible voltage fixée à l'entrée de la cour. Cette lumière filtrait par une petite fenêtre. Elle n'était pas suffisante pour me permettre de travailler. Avant d'allumer le plafonnier, j'obturai la fenêtre en y scotchant des chemises cartonnées, ce qui me prit une dizaine de minutes.

Je déballai ensuite mes outils sur le bureau, à

la manière d'un chirurgien, jetai un œil au calepin sur lequel j'avais pris mes notes et tracé un croquis, puis retirai le capot de l'ordinateur. Constater que l'intérieur de cet appareil m'était désormais familier me procura une petite satisfaction d'amour-propre. La fameuse phrase de Bolsano — «Vous ne touchez pas votre bille, Touchand» — me revint en mémoire. Démonter le disque dur ne me posa pas le moindre problème. Je le plaçai dans la lumière crue du néon et l'observai pendant quelques secondes. Toutes les traces de mon intervention se trouvaient dans cette petite boîte métallique. J'étais incapable de les effacer complètement, c'était donc la boîte elle-même qu'il fallait faire disparaître.

Le montage du disque neuf fut un peu plus compliqué. Je me heurtai à un obstacle imprévu : le système de fixation avait été modifié. Quand je découvris que les attaches ne se trouvaient pas en face des trous prévus pour faire passer les vis, le découragement m'assaillit brutalement. Je m'étais donné tout ce mal pour rien ! Au prix d'un pénible effort de concentration, j'examinai attentivement les montants métalliques du boîtier et compris que les languettes d'acier pouvaient être déplacées. Je les poussai à l'aide du plus gros de mes tournevis et réussis enfin à fixer le disque convenablement. Un écrou m'échappa et se perdit dans le boîtier, mais les trois autres donnaient suffisamment de rigidité à l'ensemble. Je raccordai ensuite les différents fils. Je m'apprêtais à remettre le capot en place et à procéder à un essai quand un bruit venu de l'arrière-boutique me fit sursauter.

Je tendis l'oreille, perçus des pas.

— C'est vous, monsieur Guillaume ?

Je me précipitai en direction de l'interrupteur, mais avant que j'aie eu le temps de couper le courant, la porte s'ouvrit et je me trouvai en face d'une femme blonde vêtue d'un manteau vert.

— Oh, excusez-moi de vous déranger, j'ai vu de la lumière, je croyais que c'était le technicien. Il travaille de temps en temps la nuit. Je voulais lui proposer un café ou quelque chose à manger...

Sous son manteau, elle portait un pyjama. Aux pieds, elle avait des pantoufles, des babouches fourrées. Comme je demeurais muet, elle émit un petit rire gêné.

— Je suis insomniaque, n'est-ce pas... Vous travaillez dans le magasin ? Nous nous sommes déjà rencontrés, non ?

Je l'avais en effet croisée dans la cour, lors de mon premier passage. C'était bien ma veine.

— C'est possible, dis-je.

— Eh bien, fit-elle joyeusement, je vais tout de même vous descendre quelque chose, même si vous n'êtes pas M. Guillaume ! Mon frigo est plein. Je peux vous proposer du poulet, du rosbif, du jambon...

Elle se mit à énumérer les aliments. Sa voix était pâteuse. Elle avait bu. Elle devait occuper ses heures d'insomnie à picoler et cherchait de la compagnie.

— Pourquoi pas, dis-je pour gagner du temps, avec l'idée de filer pendant qu'elle remonterait chez elle.

Elle passa devant moi, aperçut la machine éventrée.

— Ah, les ordinateurs, toujours en panne! Doit falloir s'y connaître.

Elle s'empara de mon calepin, l'ouvrit.

— Je vais tout savoir sur vous!

— S'il vous plaît, madame...

Je voulus lui arracher le calepin des mains, mais elle me tourna le dos pour protéger sa prise.

— Gilbert, c'est un prénom qui vous va bien, j'ai connu un Gilbert...

Mon rythme cardiaque s'accéléra brutalement. Je saisis un lourd cendrier de verre et l'abattis sur sa nuque. Elle s'effondra sans un cri. Étalée ainsi sur le sol, elle avait l'air d'une sorte de paquet informe. Je demeurai quelques instants hébété à la contempler, puis je fonçai jusqu'à l'entrée, entrouvris la porte. Il n'y avait pas un chat dans la cour. Seule une fenêtre était éclairée, au quatrième étage, sans doute l'appartement de cette femme.

Je songeai un instant à la remonter chez elle, mais c'était beaucoup trop dangereux. Un voisin risquait de me surprendre. Pourtant, je ne pouvais pas non plus l'abandonner dans le bureau. Il ne fallait pas qu'on puisse établir un lien entre le magasin et elle.

Tout en réfléchissant, je fixai le capot de l'ordinateur, remis chaque chose à sa place, enlevai les cartons qui obstruaient la fenêtre, récupérai mon calepin et mes outils, puis je fourrai le disque dur et le cendrier dans un sac en plastique. Ce sac portait le logo de *Gadget City*, mais je n'avais rien d'autre pour transporter ces objets.

Que faire du cadavre ?

Je fouillai les poches du manteau. Elles contenaient un porte-monnaie, des clefs, un briquet et des cigarettes. Je vidai le porte-monnaie et détachai la montre que la femme portait au poignet. À l'emplacement du bracelet, la peau était plus claire. La police en déduirait sans doute que cette femme avait été agressée et détroussée. Je tentai de lui enlever sa bague, mais son doigt boudiné la retenait. Le bijou était enfoncé dans la chair. Je renonçai. Je traînai le cadavre dans la cour en le tirant par le manteau et l'abandonnai devant la porte cochère donnant sur la rue. Après avoir vérifié encore une fois que tout était en ordre dans le magasin, je verrouillai la porte, remis la clef à sa place, sur le rebord de la fenêtre, et sortis. Il n'y avait pas un chat dans la rue.

Je me retrouvai assis dans ma voiture. Je fermai les yeux, m'appuyai bras croisés sur le volant et me laissai aller pendant quelques minutes. Le danger immédiat était passé, mais ces péripéties m'avaient vidé. Je constatai avec une certaine surprise que je n'éprouvais aucun sentiment de culpabilité. Cette femme insomniaque s'ennuyait et buvait. Elle était sans doute très malheureuse. D'une certaine façon, je l'avais délivrée. Tuer de sang-froid pour faire disparaître un témoin ne me serait jamais venu à l'idée. Pourtant, cette élimination améliorait ma situation, car cette inconnue m'avait vu lors de mon premier passage avenue des Ternes...

Avant de démarrer, j'enclenchai une cassette dans l'autoradio, sans trop savoir si je voulais me changer les idées ou m'abrutir davantage. Sur le chemin du retour, je m'arrêtai à deux reprises dans des petites rues désertes, une première fois pour jeter le cendrier et la montre dans un égout, une seconde pour me débarrasser du disque dur dans une poubelle. Je conservai le sac en plastique dans mon coffre. L'idée me vint ensuite que le cendrier avait pu y laisser des traces invisibles à l'œil, un fragment de peau ou de cheveu. Je le balançai dans une autre poubelle.

Il n'était pas loin de 4 heures du matin lorsque je me retrouvai chez moi. Je me jetai sur mon lit tout habillé, épuisé, mais ne réussis pas à trouver le sommeil.

6

Un car de Police-Secours et deux véhicules banalisés s'alignaient devant le magasin *Gadget*

City. Roland rangea sa Laguna à l'extrémité de la file. Hélène montra sa carte au planton, qui esquissa un salut atrophié, et pénétra dans l'immeuble.

Le corps de la victime avait été enlevé. Son contour était tracé à la craie sur le bitume.

Une demi-douzaine de policiers palabraient avec des habitants de l'immeuble descendus aux nouvelles. Hélène reconnut quelques têtes. Elle se dirigea vers le grand chauve en loden beige qui dirigeait les opérations.

— Ah, Bremont, j'ai vu Vallet hier, je suis au courant de votre histoire. Je vous ai fait venir parce que j'ai pensé que ça pourrait vous intéresser. On ne sait jamais. Mais ça n'a peut-être aucun rapport. D'après les premières constatations, il est probable que cette bonne femme a été suivie par un type qui voulait la dépouiller. Il lui a fait son affaire sous le porche de l'immeuble. Le seul truc bizarre, c'est qu'elle était en pyjama et en pantoufles. En principe, on ne va pas très loin comme ça. Mais la concierge nous a dit qu'elle se pintait, alors... (Il tourna son pouce devant son nez pour souligner le fait.) Vous voulez prendre le dossier ?

— De quoi est-elle morte ?

— Un coup sur la nuque, apparemment. Une matraque, un bâton, un poing américain... On n'a rien retrouvé. Vous prenez l'affaire ?

— Je vais faire un tour à côté et je vous donne ma réponse. Les vendeurs de *Gadget City* discutaient avec animation autour d'un distributeur de café. Hélène identifia immédiatement l'homme qui avait posé pour le dépliant publicitaire de la chaîne. Une belle gueule bronzée, un peu veule, costume et chaussures coûteuses. Le même genre que feu son patron, en plus jeune.

Sans s'embarrasser de préambules, elle lui présenta sa carte.

— Avez-vous un endroit où nous pouvons parler tranquillement, monsieur Castel ?

Il parut à peine surpris de l'entendre ainsi prononcer son nom et haussa les épaules.

— Je ne peux rien vous raconter sur cette bonne femme. Il n'y a que notre technicien qui la connaît un peu, mais il n'est pas là aujourd'hui.

— Ce n'est pas d'elle que je veux vous parler, mais d'Hervé Bolsano et de *Gadget City*.

— Je vois. Vous appartenez à la Brigade financière ?

Cette supposition arracha un petit sourire à Hélène, le premier de la matinée.

Castel l'entraîna dans son bureau, qui était nettement plus grand et plus luxueux que celui de Gilbert Touchand. Il l'invita à prendre place dans un fauteuil. Hélène, à son habitude, commença par une petite inspection. Elle jeta un œil sur l'ordinateur, fit le tour de la pièce, prit une marmotte sur une étagère.

— Ça se vend, les marmottes ?

— C'est ce qui marche le mieux.

Hélène examina la peluche.

— On m'en a offert une l'autre jour dans un de vos magasins. Mais celle-ci est nettement plus jolie, elle est beaucoup mieux finie.

— Vous êtes observatrice. Le modèle en vente actuellement est fabriquée à Fleury-Mérogis. Celui-ci vient de Chine continentale, il nous coûte moins cher. Il n'est pas encore commercialisé.

— C'est ce qu'on m'a dit dans cette boutique, l'autre jour. Je voulais ce modèle-là et on m'a expliqué qu'il s'agissait d'un spécimen.

— Ça m'étonnerait que vous l'ayez vu dans un autre magasin. Nos franchisés ne l'ont pas encore reçu.

7

J'étais épuisé par cette opération nocturne et cinq heures de mauvais sommeil ne m'avaient pas permis de récupérer. Pour m'occuper, je me rendis à mon magasin vers 10 heures. Ma vendeuse constata que je n'étais pas dans mon assiette. Elle se montra très gentille, très empressée. Je poursuivis mon inventaire, mais mon esprit était ailleurs. Les péripéties de la nuit défilaient sans cesse dans mon cerveau, à la manière d'une bande vidéo qui tourne en boucle. La crainte d'avoir laissé un indice quelconque de mon passage dans le magasin de l'avenue des Ternes m'obsédait. Il me semblait pourtant ne pas avoir commis la moindre erreur. J'avais essuyé toutes les surfaces que j'avais touchées, remis chaque chose à sa place. J'ignorais quelle serait la réaction de Castel quand il constaterait que les données de son disque dur avaient été effacées. Peut-être imaginerait-il une bévue d'un stagiaire, ou un virus. Quant à son cendrier, il le chercherait sans doute, mais il ne se mettrait pas martel en tête pour cet objet. Il y avait peu de chances qu'il établisse un lien avec l'agression dont sa voisine avait été victime sous le porche de l'immeuble.

La journée me parut très longue, d'autant qu'il n'y eut en tout et pour tout que quatre clients. Sur le coup de midi, la visite du représentant d'un fournisseur m'apparut comme une bénédiction et me permit de me changer les idées. À ma surprise, il fut très affable et m'invita à déjeuner dans une brasserie du quartier. Il avait une idée derrière la tête. Son patron, un importateur d'objets fabriqués dans le Sud-Est asiatique, cherchait à monter un réseau de diffusion et envisageait de profiter de la situation pour reprendre la chaîne. Il me laissa entendre qu'il pourrait même, à certaines conditions qu'il ne précisa pas, prendre en charge une partie de mon passif et la transformation complète du magasin pour l'adapter à ses projets. Cette proposition me laissa songeur. Elle dissimulait probablement une magouille, mais si elle me permettait de m'en tirer à peu de frais, pourquoi pas ?

Après ce déjeuner bien arrosé, mon moral avait donc remonté. L'élimination de Bolsano avait des conséquences que je n'avais pas imaginées. En fait je ne crois pas que j'aurais pu le tuer par calcul, mais, maintenant que c'était fait, je me félicitais d'avoir fait d'une pierre deux coups. Quant à la mort de cette femme alcoolique, je la refoulais dans un coin sombre de mon cerveau. J'avais décidé d'oublier ce regrettable accident...

— Nous allons peut-être repartir à zéro avec un nouveau partenaire, annonçai-je gaiement à la vendeuse, à mon retour.

— Vous me rassurez, monsieur Touchand. Pour être franche, je me demandais si je n'avais pas intérêt à trouver un autre stage.

— N'en faites rien pour le moment. Et, si les affaires redémarrent, je vous embaucherai ferme dans de bonnes conditions.

Seule l'euphorie provoquée par ce déjeuner m'avait inspiré cette promesse hasardeuse, car, en y réfléchissant de plus près, ce type m'avait peut-être appâté dans le but de me tirer les vers du nez pour en savoir davantage sur les affaires de *Gadget City* et récupérer la chaîne au franc symbolique. Allez savoir ! Mais j'avais envie d'être gentil avec quelqu'un. Peut-être parce que je n'étais pas tout à fait en règle avec ma conscience. Et, pour la première fois sans doute, j'observai cette fille sous un autre angle. Elle n'était pas vraiment jolie, mais...

La sonnerie du téléphone me tira de ces considérations.

— Capitaine Hélène Bremont ; bonjour, monsieur Touchand.

— Encore vous ! Je croyais cette affaire terminée.

— Pas complètement, monsieur Touchand, pas complètement. Il y a encore deux ou trois petites choses que nous aimerions comprendre. Et nous avons besoin de vous.

— Si c'est une question d'informatique, comme je vous l'ai dit, il vaut mieux vous adresser à Paul Castel.

— Il est très compétent en effet, mais ce n'est pas seulement une question d'informatique. Pourriez-vous avoir l'obligeance de vous trouver demain matin à 7 h 30 pile au bureau de feu Hervé Bolsano ?

— 7 h 30 ?

— Oui, nous voulons procéder à une petite reconstitution avant de boucler le dossier.

— C'est une obligation ?

— Vous ne voudriez tout de même pas que je vous fasse convoquer par le juge sur papier bleu ? Ça ferait perdre du temps à tout le monde.

Sur ces paroles, elle raccrocha, certaine de toute évidence que j'allais obtempérer.

Cette désinvolture m'irrita, mais je n'avais pas

le choix. Un refus n'aurait fait que repousser cette formalité.

Cet appel dissipa la satisfaction que m'avait apportée l'entretien avec le représentant du fournisseur. Je rentrai chez moi très tôt, pris une douche et me jetai au lit. Le vin bu au cours du déjeuner et la fatigue accumulée produisirent leur effet. En dépit des innombrables questions qui se bousculaient sous mon crâne, je m'endormis comme une souche.

Le lendemain matin, j'étais relativement en forme et prêt à affronter l'adversaire. Cette femme fonctionnait sans doute à l'intuition, mais elle n'avait aucun indice matériel à se mettre sous la dent. Peut-être espérait-elle me faire craquer à l'aide d'une de ces manipulations qu'on enseigne dans les écoles de police. Je m'accrochai à la certitude qu'elle n'avait rien de concret à me reprocher. Je ne cessais de ressasser cela pendant toute la durée du trajet.

Ce fut la fliquesse elle-même qui m'ouvrit. Je fus surpris de constater que nous nous trouvions seuls dans les bureaux de *Gadget City*. Pour une reconstitution, je m'attendais à tomber sur un juge et une douzaine de personnes...

Elle lut mon étonnement sur mon visage.

— Ah non, ce n'est pas une reconstitution officielle avec tout le tralala. Nous n'en sommes pas là. Juste une petite mise au point. Allons nous installer dans le bureau de Bolsano.

Elle me fit passer devant, referma la porte derrière elle.

— Voilà, dit-elle, c'est donc ici que se trouvait Hervé Bolsano quand il a eu sa crise cardiaque. Voulez-vous prendre place dans son fauteuil, monsieur Touchand. Vous allez jouer son rôle.

— Jouer son rôle, mais...

— Vous n'avez rien à craindre. Vous n'êtes pas cardiaque, vous aussi ?

— Pas que je sache.

Cette mise en scène ne me plaisait guère. Elle, elle semblait satisfaite de son idée. Elle affichait un air réjoui, comme s'il s'agissait d'une partie de plaisir. J'allais néanmoins m'asseoir sans protester dans le fauteuil en cuir et acier de Bolsano. Cette situation était désagréable.

— Ah non, dit-elle, à la manière d'un réalisateur qui change soudain d'idée. Avant de s'installer dans son fauteuil, Hervé Bolsano faisait deux choses. Vous souvenez-vous lesquelles ?

— Il me semble qu'il se préparait un café. Pour ma part, j'ai déjà pris le mien.

— Passons donc sur le café. Et ensuite ?

— Je ne vois pas.

— Il retirait sa veste et allait l'accrocher dans ce placard.

Elle donna une tape du plat de la main sur le placard en question.

— C'est indispensable que je retire ma veste ?

— Ce serait plus réaliste, mais je ne peux pas vous y obliger.

Pour manifester ma bonne volonté, j'allai accrocher ma veste.

— Je souhaiterais tout de même que cette... reconstitution ne traîne pas trop, j'ai beaucoup de choses à faire.

— Comme nous tous.

Elle jeta un œil dans la penderie, la referma, la rouvrit.

— Maintenant, vous pouvez reprendre votre veste si vous le souhaitez, monsieur Touchand.

À vrai dire, en bras de chemise, j'éprouvais la sensation bizarre d'être nu devant cette femme. Je remis donc ma veste. À quoi jouait-elle ?

— Vous ne remarquez rien ?

— Je devrais remarquer quelque chose ?

— Fouillez les poches de votre veste.

Je ne mets jamais rien dans les poches latérales de mes vestes. Ça les déforme. Pourtant mes doigts rencontrèrent un petit objet dur, que je sortis. C'était une boîte de Nicostérate. En dépit de mes résolutions, le malaise qui couvait en moi augmenta d'intensité, pourtant je me maîtrisai parfaitement.

— Vous voyez qu'il était facile de procéder à une substitution, même en présence de Bolsano. Maintenant, passons à l'étape suivante. Que faisait-il ensuite ?

— Eh bien, dis-je, je crois qu'il allumait son ordinateur.

— Alors allons-y !

J'enfonçai la touche du moniteur puis celle de l'unité centrale. Le logo de *Gadget City* apparut. Je me doutais qu'elle allait me demander de me connecter à Internet, néanmoins j'attendis qu'elle me l'ait précisé. Les déclics du modem qui composait le numéro de téléphone du serveur retentirent, suivis du chuintement de la porteuse.

— Si j'ai bien compris, cet ordinateur est maintenant relié à tous les autres ordinateurs en activité, du moins ceux qui sont branchés sur le réseau téléphonique, dit-elle.

— C'est exact.

— Il permet d'envoyer des informations, d'en recevoir, de consulter des banques de données, des bulletins d'information... Que faisait donc Bolsano à une heure si matinale ?

— Je ne sais pas exactement.

Ma voix me semblait étrange, lointaine, comme si elle appartenait à quelqu'un d'autre.

— Dans ce cas, je vais vous le montrer, c'est très simple... Les opérations qu'il a effectuées ont été enregistrées dans un dossier particulier intitulé *Internet Temporary Files*. Pardonnez-moi ma très mauvaise prononciation de l'anglais...

J'accueillis cette dernière remarque par un sourire crispé.

— C'est un coup de chance, rien n'a été effacé. C'est mon jeune collègue qui n'y connaît rien. Paul Castel n'a eu aucun mal à remettre cette machine en marche. J'imagine que vous savez comment on trouve ce dossier ?

— Je crois...

Elle contourna le bureau pour venir se placer derrière moi et observer mes opérations.

— Voilà ; dites donc, la liste est drôlement longue ! Mais ce qui est formidable, c'est que toutes les opérations sont datées et classées. (Elle s'empara de la souris.) Voyez, il suffit de consulter la dernière et nous savons que Hervé Bolsano s'est connecté le 10 septembre à 8 h 07 au site www.boursico.ect. Qu'est-ce qu'on n'arrive pas à faire avec l'informatique !

— Et alors ? demandai-je sèchement.

— Connectons-nous vite à ce site, pour savoir si les informations trouvées par Bolsano ont pu le bouleverser au point d'avoir une attaque cardiaque.

Le logo du bulletin boursier se dessina sur l'écran.

Elle frappa du poing dans le creux de sa main, comme si elle venait d'avoir une révélation.

— Bolsano consultait les cours de la Bourse. Bien sûr ! Il possédait un beau paquet d'actions ! C'est une version moderne de l'avare qui compte son or tous les jours. Vous permettez ?

Elle reprit la souris, cliqua.

— Ah, dites donc, qu'est-ce que je lis ? « Effondrement des valeurs »... Il y a de quoi avoir une attaque, c'est comme si l'avare, en ouvrant son coffre, découvrait que son tas d'or a fondu de moitié !

Elle abandonna la souris et revint se placer en face de moi, de l'autre côté du bureau.

— Vous ne croyez pas que nous venons de découvrir la clef de l'histoire ?

— Je ne sais pas, c'est possible. Je ne comprends pas très bien où vous voulez en venir.

Elle se caressa pensivement le menton, d'un geste affecté.

— Je ne suis pas une spécialiste de la Bourse, mais ce qui est bizarre, c'est qu'aucun journal n'a évoqué cet effondrement.

Elle lança sur la table une liasse de journaux économiques.

— Regardez vous-même, monsieur Touchand !

— Ce n'est pas nécessaire, je vous crois sur parole.

— Alors voici ce que je crois, moi : un petit malin a introduit dans le système un faux bulletin *Boursico* qui était destiné à un seul lecteur : Hervé Bolsano. Et il ne s'agissait pas d'une mauvaise blague. Le pirate a voulu tuer. Ou du moins, essayer. Parce que son système aurait pu ne pas fonctionner. Il a eu de la chance, ou de la malchance, comme on voudra, car maintenant il va devoir rendre des comptes à la justice. Et ce petit malin, c'est vous, monsieur Touchand !

Je me dressai sur mon siège.

— C'est une trame de roman policier à dormir debout ! Vous n'avez pas la moindre preuve de ce que vous avancez !

— Je vais vous dire quelles erreurs vous avez commises, monsieur Touchand. Premièrement (elle se mit à compter sur ses doigts), vous auriez dû lire la notice du Nicostérate. Si Bolsano n'avait pas ressenti les effets secondaires de ce médicament, il n'y aurait sans doute jamais eu d'enquête et je ne serais pas ici en votre compagnie. Deuxièmement, lorsque vous êtes retourné dans le magasin de l'avenue des Ternes pour remplacer le disque dur de l'ordinateur par un disque neuf et vierge, ce n'est pas le bon disque que vous avez changé !

Cette fois, je ne parvins pas totalement à maîtriser ma réaction. Je sentis le sang refluer de mon visage. Je me penchai vers elle.

— Je ne comprends rien à ce que vous racontez, bafouillai-je.

— Vous allez comprendre ! Quand vous avez procédé à votre petite intervention, astucieuse j'en conviens, la première fois, toujours dans le magasin de l'avenue des Ternes, vous avez néanmoins commis une troisième erreur, ou du moins une deuxième erreur, puisqu'elle est antérieure. Vous avez tout simplement planté l'ordinateur, sans doute en essayant d'effacer les traces de votre passage. Le gérant du magasin, qui n'avait pas le temps de le réinitialiser, comme il allait recevoir deux futurs franchisés, a remplacé cette machine par une autre rigoureusement semblable après avoir sauvegardé ses données sur une autre. Il en avait plusieurs en stock. Comme vous le savez, Bolsano les revendait à ses franchisés, en prenant d'ailleurs une marge confortable au passage... Vous n'avez vraiment pas eu de chance, monsieur Touchand, car je dois reconnaître que votre système était très ingénieux. Pour quelqu'un qui n'y connaît rien ou pas grand-chose en informatique, vous vous êtes vraiment très bien débrouillé...

— Sincèrement, je ne comprends pas, répétai-je.

Elle me gratifia d'une moue de commisération.

— Malgré vos efforts, il devait vous manquer encore quelques rudiments de technique. Ou bien vous étiez trop nerveux. Vous avez cru effacer le programme de piratage, alors que vous n'avez fait disparaître que son icône du bureau. Ce sont des choses qui arrivent. Enfin, moi, je vous répète ce que m'ont expliqué les spécialistes... C'est comme ça que nous avons tout reconstitué. En revanche, tout à l'heure, je dois vous avouer que je me suis permis un petit mensonge pour observer votre réaction : sur l'ordinateur que vous avez devant vous, il ne restait plus la moindre trace. Vous aviez opéré à la perfection. Voyez comme c'est bizarre. Eh oui, l'informatique n'est pas une science exacte. Nous avons donc tout recopié, à partir du disque dur de l'ordinateur de l'avenue des Ternes, afin d'avoir le plaisir de procéder à cette reconstitution en votre compagnie. Vous vous êtes donné beaucoup de mal pour rien. Et vous avez aussi tué cette pauvre femme pour rien.

— De quelle femme parlez-vous ?

— Vous l'avez tuée à l'intérieur du magasin et vous l'avez traînée dans la cour jusque sous le porche où le concierge l'a trouvée. Nous avons découvert des bribes de fils arrachés à son manteau à divers endroits du magasin et sur le sol de la cour. Je suppose qu'elle a cru avoir affaire à un technicien qui travaillait parfois la nuit et qu'elle vous a surpris en pleine action. Vous n'aviez pas le choix.

— C'est une très belle construction de l'esprit, dis-je, mais vous n'avez pas la moindre preuve que j'aie joué un rôle dans ce scénario.

Elle secoua la tête d'un air désolé.

— Je regrette, monsieur Touchand, nous avons une preuve formelle de votre passage récent dans le magasin de l'avenue des Ternes. Ceci !

Comme un prestidigitateur tirant un lapin d'un chapeau, elle sortit une marmotte en peluche de son sac à main.

8

— Vite réglée, cette histoire. Ainsi, ce type a craqué tout de suite ?

— Pas si facilement que ça. J'avais bien préparé le terrain...

Xavier Vallet émit un petit sifflement d'admiration. Hélène le trouva vulgaire.

Le procureur l'avait invitée à dîner pour fêter leur succès. Au *Terminus Nord*. Nappe blanche, fruits de mer, une table calme. Non fumeur. Il avait fait un effort pour se priver de sa drogue.

Et il avait mis un beau costume en tweed.

— Je n'aimerais pas avoir affaire à toi comme client !

— Je prends ça comme un compliment.

— Donc, si j'ai bien compris, Touchand s'est effondré dans le bureau de Bolsano.

— C'est un type logique. Il croyait avoir parfaitement construit son histoire et il avait l'intention de s'y accrocher. Mais il suffit de retirer un élément, et tout s'écroule comme un jeu de cartes. Touchand aurait pu inventer une explication quelconque pour la marmotte, mais il n'est pas doué pour improviser...

Vallet fronça les sourcils.

— Une marmotte ? Il n'est pas question de marmotte dans le dossier.

Hélène pointa son doigt sur le procureur.

— Toi, tu as lu mon rapport en diagonale !

Il éclata de rire, puis il se pencha vers elle.

— J'avoue. Et ce n'est pas pour te parler de marmotte que je t'ai invitée. Ni de rapport. Maintenant que nous avons les aveux de ce bonhomme...

Elle affecta un air surpris.

— Ah bon.

— Disons que c'est plus personnel...

Voilà qu'il allait la draguer. Vallet ne lui plaisait pas du tout. Pas son genre. Elle décida de lui couper ses effets avant qu'il ne s'aventure plus loin.

— À propos, moi aussi j'ai mes sources de renseignement. Je crois savoir que tu es marié et père de famille.

Le procureur accusa le coup. Il devint aussi rouge que la carapace du crabe dans son assiette.

— Eh bien...

— Tu pourras offrir ça de ma part à tes gosses.

Hélène fouilla dans son sac, en sortit la marmotte (le plus petit modèle de *Gadget City*), la posa sur la table devant Vallet, se leva et se dirigea vers la sortie de la brasserie.

Le procureur prit l'animal en peluche, puis, sous le regard éberlué du maître d'hôtel, s'élança à la suite d'Hélène.

— Mais c'est une pièce à conviction ! cria-t-il.

9

Les six stagiaires sont assis sagement à leurs places, devant leurs ordinateurs — des modèles relativement anciens, mais qui suffisent parfaitement pour une initiation à l'informatique.

C'est moi qui ai eu l'idée de mettre cette formation sur pied. Il m'a fallu des mois pour vaincre les réticences de l'administration et du directeur. Tout ce qui bouleverse un peu le train-train de l'établissement indispose la hiérarchie pénitentiaire. Prenez le surveillant-chef qui nous observe, adossé à la porte, bras croisés, l'air renfrogné. Grosse moustache poivre et sel, teint rougeaud d'alcoolique, il appartient à la vieille génération : fils et petit-fils de gardiens de Clairvaux ! Imaginer qu'on puisse mettre des ordinateurs à la disposition des détenus est une chose qui sort de son univers. À ses yeux, nous sommes là pour en baver, un point c'est tout. Dans sa tête, il en est encore à l'époque des chaînes, des boulets et des tenues rayées de bagnards ! Voir des détenus utiliser des appareils dont il ne comprend pas le fonctionnement le rend malade. Il a fait tout ce qu'il a pu pour me mettre des bâtons dans les roues, et il a perdu. Si le directeur n'aime pas trop les innovations, il a aussi besoin de prouver de temps à autre qu'il se préoccupe de la réinsertion de ses clients. C'est bien vu au ministère, place Vendôme.

Pour se donner une contenance, le surveillant-chef parcourt la classe, se penche sur les écrans, pousse des grognements, émet des commentaires stupides. Après quelques minutes de ce jeu, il se lasse, regarde sa montre et prend un air dégoûté.

— Amusez-vous bien, les gars ! Touchand, je te les laisse quatre-vingt-douze minutes. Pas une de plus. N'en profitez pas pour faire des conneries ! Sinon, moi, je bousille tout ça à coup de masse !

Il en rêve tout haut, mais nous savons très bien qu'il ne peut pas faire ça. Et il sait qu'on le sait. Il lui faudrait un prétexte. Une bagarre générale, une révolte. Mais nous n'avons pas l'intention de lui offrir ce plaisir. Il déverrouille la porte, sort après avoir jeté un dernier coup d'œil par-dessus son épaule et nous boucle à triple tour. Pas de risque qu'on s'évade. Les fenêtres sont en Plexiglas blindé et les barreaux font cinq centimètres de diamètre. Et, même si on en venait à bout, il faudrait encore franchir deux murs d'enceinte surveillés par des détecteurs radars ultrasensibles. Si sensibles qu'un oiseau suffit parfois pour déclencher l'alarme. Je profite tout de même du départ du surveillant-chef pour aller me poster près de la fenêtre. Dans la cour, une douzaine de types tapent dans un ballon.

Les gardiens ont beau ne pas être très malins, ils vont certainement comprendre ça très vite : pendant que les détenus sont devant leurs ordinateurs, ils ne préparent ni mutinerie ni évasion. C'est comme la télévision dans les cellules. Ça contribue à maintenir le calme.

Nous tendons l'oreille. On entend les pas du surveillant-chef résonner dans le couloir, décroître. Une fois certain qu'il s'est éloigné — probablement pour aller écluser une bière dans son petit bureau, en compagnie des deux matons qui surveillent le sas —, j'adresse un signe discret à mes stagiaires.

— C'est bon, on peut y aller.

Deux gars sortent les mobiles qu'ils ont dissimulés dans leurs vêtements — pour tromper le détecteur magnétique, il y a des combines très simples qu'on m'a apprises dès mes premiers jours de prison. Ils branchent les cartes modem sur les micro-ordinateurs. Très vite, avec des gestes efficaces, comme je leur ai appris à le faire. Et hop, nous voilà en communication avec le monde entier.

Chacun se concentre sur son écran. Vous voyez le costaud installé dans l'angle de la pièce, au fond ? Dix ans pour proxénétisme aggravé, violences, coups et blessures. Il relève les compteurs de ses gagneuses sur le web. Le petit chauve qui se trouve à sa gauche appartient à la mafia napolitaine. Vingt ans pour meurtre. Il est en train de négocier l'installation de nouvelles machines à sous dans un casino de Nice. Quant à son voisin de droite, le blondinet qui a l'air d'un doux rêveur, il attend patiemment son tour car nous ne disposons que deux mobiles. Dans sa tête, il prépare déjà les transactions qu'il va mener sur le net en piratant le site d'un grand institut financier de la City. Bob a un disque dur à la place du cerveau. C'est un des *traders* les plus géniaux de sa génération. Sept ans pour escroquerie, abus de biens sociaux et banqueroute frauduleuse. Quand je lui ai raconté de quelle façon j'avais modifié les cours de *Boursico* pour me débarrasser de Bolsano, il a éclaté de rire. Pour lui, des opérations de ce genre sont des gamineries ! Quand il fait transiter des milliards de dollars virtuels d'un continent à l'autre, ce n'est pas un individu qui a une crise cardiaque, mais des dizaines et des dizaines de petits et gros porteurs ! Et quand il retrouvera la liberté, il sera sans aucun doute le plus riche d'entre nous. Mais moi, avec un peu de chance, je vais sortir un ou deux ans avant lui, et c'est moi qui vais lui servir de relais à l'extérieur. Oui, j'ai oublié de vous préciser que je suis revenu très vite sur mes aveux, sur le conseil de mon avocat. Le jury a trouvé très insuffisantes les preuves présentées par l'accusation. Dans le doute, il a coupé la poire en deux. Cinq ans ferme. Bref, il ne me reste plus beaucoup de temps à tirer ici. Et je peux vous dire que le système de « franchising financier » que je vais mettre en place sur le web avec Bob sera autrement plus sophistiqué que celui de feu Bolsano. Pour douloureuse qu'elle soit, cette expérience m'aura tout de même été très utile. Une véritable formation accélérée sur le tas. Et, comme je vous l'ai dit, c'est à moi que revient l'initiative d'avoir organisé tout ça. Je dois avouer que j'en suis assez fier. Aujourd'hui, je n'ai plus grand-chose à voir avec le *loser* qui tenait ce magasin minable. Chacun ici le sait, même les surveillants et le directeur : je fais partie des gens qui comptent. Le proxénète lui-même, qui respecte d'ordinaire davantage la force physique que le génie intellectuel, en convient. Après avoir passé le relais à Bob, il m'adresse un clin d'œil, marche jusqu'à moi et me donne une petite claque sur l'épaule.

— Y a pas à dire, Touchand, tu touches ta bille en informatique !

Ce mauvais jeu de mots me rappelle quelque chose, mais le compliment, venant de cette brute qui n'en fait jamais à personne, me va tout de même droit au cœur. Je joue les modestes.

— C'est à la portée de tout le monde. Il suffit de s'y mettre.

Boost Grafic Exterminator	11
Mort d'un bibliothécaire	33
Message codé	53
Expertise	71
Profitez-en, c'est gratuit !	93
Accro	113
Retrouvez le bonheur de consommer !	123
Rupture	149
Fiche n° 18972394	163
Rude journée	177
Bug d'enfer	187
Vous ne l'emporterez pas en paradis	229
Il suffit de s'y mettre	251

DU MÊME AUTEUR

Aux Éditions Gallimard

CHILI CON CARNE (Folio, n° 2743).

LE MIROIR DE L'INCAS (Folio, n° 2559).

LA CONFIANCE RÈGNE.

BALLES DE CHARITÉ (Folio Policier, n° 145).

RIOT GUN (Folio Policier, n° 173).

N'OUBLIEZ PAS L'ARTISTE ! (Folio n° 2239).

Aux Éditions Baleine

CHILI INCARNÉ (Librio).

Aux Éditions Denoël

LA PEAU DES AUTRES.

Aux Éditions Métailié

KZ, RETOUR VERS L'ENFER.

MORT D'UN SATRAPE ROUGE.

TICKET CHIC.

Aux Éditions du Fleuve noir

AU NORD DU RIO BALSA.

LA NUIT DE L'APAGON.

LE REPENTI.

COUP DE CAFARD.

LE BAISER DE LA COULEUVRE.

KALASHNIKOV.

LES CHIENS DE GARDE.

SOLIDARMOCHE.

UN GARÇON ORDINAIRE.
HISTOIRE D'OS.
TRANSFERT.
HORS-JEU.
LA SEPTIÈME GRIFFE DE TOGOR.
TCHERNOBOGUE.
MÂLE DE MER.
LE NOUVEAU CRIME DE L'ORIENT-EXPRESS.
SUR L'ÉCRAN NOIR DE LEURS NUITS BLANCHES.
ICI LE CHAT EST LE PATRON.
TICKET CHOC.
PRISONS, DOSSIERS BRÛLANTS.

Aux Éditions de l'Instant

FENÊTRE SUR ROUTE.

Aux Éditions du Masque

DU SANG SUR LE GLASNOST.
VOTRE ARGENT M'INTÉRESSE.

Aux Éditions Dagorno

VIVA VILLA !

Aux Éditions Syros

LE FILS CAPET SE FAIT LA MALLE.
PAQUET CHOC.
LE SQUELETTE DE LA MAIRIE.
LE TRÉSOR DE TUPAC AMARU.
PRISONS, LA MARMITE INFERNALE.

Aux Éditions Fayard

PIÈCES DÉTACHÉES.

DANGER CHIMIE.

Aux Éditions Calmann-Lévy

BUGS. (Folio n° 3471)

Aux Éditions Philippe Picquier

LES HUIT DRAGONS DE JADE.

Aux Éditions de la Renaissance

CERRO RICO, LA MINE AUX ENFANTS.

Aux Éditions Liana Levi

LE MIROIR DE L'INCA.

FESTIN DE CRABES.

Aux Éditions de l'Atelier

LA MÉDECINE MALADE DE L'ARGENT.

Aux Éditions Clé internationale

COUP DE CŒUR.

Aux Éditions Messidor

DOSSIER VIANDE, DU TRAFIC AU MEURTRE.

Aux Éditions Actes Sud

SCHIZO.

DERNIER TANGO À BUENOS AIRES.

Aux Éditions Comp'act

HAUTE TENSION.

Aux Éditions Hachette-Jeunesse

PIÈGES SUR INTERNET.

Aux Éditions « La Voûte »

LE NOUVEAU CRIME DE L'ORIENT-EXPRESS.
L'OR DES ABBESSES.
ENCHÈRES DE PEAU.

Aux Éditions « Nuits rouges »

LE BAISER DE LA COULEUVRE.

Aux Éditions Rebondir

LES MÉTIERS DE L'ÉCRITURE.

COLLECTION FOLIO

Dernières parutions

3228. Molière	*Le Tartuffe.*
3229. Molière	*Dom Juan.*
3230. Molière	*Les Femmes savantes.*
3231. Molière	*Les Fourberies de Scapin.*
3232. Molière	*Le Médecin malgré lui.*
3233. Molière	*Le Bourgeois gentilhomme.*
3234. Molière	*L'Avare.*
3235. Homère	*Odyssée.*
3236. Racine	*Andromaque.*
3237. La Fontaine	*Fables choisies.*
3238. Perrault	*Contes.*
3239. Daudet	*Lettres de mon moulin.*
3240. Mérimée	*La Vénus d'Ille.*
3241. Maupassant	*Contes de la Bécasse.*
3242. Maupassant	*Le Horla.*
3243. Voltaire	*Candide ou l'Optimisme.*
3244. Voltaire	*Zadig ou la Destinée.*
3245. Flaubert	*Trois Contes.*
3246. Rostand	*Cyrano de Bergerac.*
3247. Maupassant	*La Main gauche.*
3248. Rimbaud	*Poésies.*
3249. Beaumarchais	*Le Mariage de Figaro.*
3250. Maupassant	*Pierre et Jean.*
3251. Maupassant	*Une vie.*
3252. Flaubert	*Bouvart et Pécuchet.*
3253. Jean-Philippe Arrou-Vignod	*L'Homme du cinquième jour.*
3254. Christian Bobin	*La femme à venir.*
3255. Michel Braudeau	*Pérou.*
3256. Joseph Conrad	*Un paria des îles.*
3257. Jerôme Garcin	*Pour Jean Prévost.*
3258. Naguib Mahfouz	*La quête.*
3259. Ian McEwan	*Sous les draps et autres nouvelles.*

3260. Philippe Meyer — *Paris la Grande.*
3261. Patrick Mosconi — *Le chant de la mort.*
3262. Dominique Noguez — *Amour noir.*
3263. Olivier Todd — *Albert Camus, une vie.*
3264. Marc Weitzmann — *Chaos.*
3265. Anonyme — *Aucassin et Nicolette.*
3266. Tchekhov — *La dame au petit chien et autres nouvelles.*
3267. Hector Bianciotti — *Le pas si lent de l'amour.*
3268 Pierre Assouline — *Le dernier des Camondo.*
3269. Raphaël Confiant — *Le meurtre du Samedi-Gloria.*
3270. Joseph Conrad — *La Folie Almayer.*
3271. Catherine Cusset — *Jouir.*
3272. Marie Darrieussecq — *Naissance des fantômes.*
3273. Romain Gary — *Europa.*
3274. Paula Jacques — *Les femmes avec leur amour.*
3275. Iris Murdoch — *Le chevalier vert.*
3276. Rachid O. — *L'enfant ébloui.*
3277. Daniel Pennac — *Messieurs les enfants.*
3278. John Edgar Wideman — *Suis-je le gardien de mon frère ?*
3279. François Weyergans — *Le pitre.*
3280. Pierre Loti — *Le Roman d'un enfant* suivi de *Prime jeunesse.*
3281. Ovide — *Lettres d'amour.*
3282. Anonyme — *La Farce de Maître Pathelin.*
3283. François-Marie Banier — *Sur un air de fête.*
3284. Jemia et J.M.G. Le Clézio — *Gens des nuages.*
3285. Julian Barnes — *Outre-Manche.*
3286. Saul Bellow — *Une affinité véritable.*
3287. Emmanuèle Bernheim — *Vendredi soir.*
3288. Daniel Boulanger — *Le retable Wasserfall.*
3289. Bernard Comment — *L'ombre de mémoire.*
3290. Didier Daeninckx — *Cannibale.*
3291. Orhan Pamuk — *Le château blanc.*
3292. Pascal Quignard — *Vie secrète.*
3293. Dominique Rolin — *La Rénovation.*
3294. Nathalie Sarraute. — *Ouvrez.*
3295. Daniel Zimmermann — *Le dixième cercle.*
3296. Zola — *Rome.*
3297. Maupassant — *Boule de suif.*
3298. Balzac — *Le Colonel Chabert.*

3299.	José Maria Eça de Queiroz	*202, Champs-Élysées.*
3300.	Molière	*Le Malade Imaginaire.*
3301.	Sand	*La Mare au Diable.*
3302.	Zola	*La Curée.*
3303.	Zola	*L'Assommoir.*
3304.	Zola	*Germinal.*
3305.	Sempé	*Raoul Taburin.*
3306.	Sempé	*Les Musiciens.*
3307.	Maria Judite de Carvalho	*Tous ces gens, Mariana...*
3308.	Christian Bobin	*Autoportrait au radiateur.*
3309.	Philippe Delerm	*Il avait plu tout le dimanche.*
3312.	Pierre Pelot	*Ce soir, les souris sont bleues.*
3313.	Pierre Pelot	*Le nom perdu du soleil.*
3314.	Angelo Rinaldi	*Dernières nouvelles de la nuit.*
3315.	Arundhati Roy	*Le Dieu des Petits Riens.*
3316.	Shan Sa	*Porte de la paix céleste.*
3317.	Jorge Semprun	*Adieu, vive clarté...*
3318.	Philippe Sollers	*Casanova l'admirable.*
3319.	Victor Segalen	*René Leys.*
3320.	Albert Camus	*Le premier homme.*
3321.	Bernard Comment	*Florence, retours.*
3322.	Michel Del Castillo	*De père français.*
3323.	Michel Déon	*Madame Rose.*
3324.	Philipe Djian	*Sainte-Bob.*
3325.	Witold Gombrowicz	*Les envoûtés.*
3326.	Serje Joncour	*Vu.*
3327.	Milan Kundera	*L'identité.*
3328.	Pierre Magnan	*L'aube insolite.*
3329.	Jean-Noël Pancrazi	*Long séjour.*
3330.	Jacques Prévert	*La cinquième saison.*
3331.	Jules Romains	*Le vin blanc de la Villette.*
3332.	Thucydide	*La Guerre du Péloponnèse.*
3333.	Pierre Charras	*Juste avant la nuit.*
3334.	François Debré	*Trente ans avec sursis.*
3335.	Jérôme Garcin	*La chute de cheval.*
3336.	Syvie Germain	*Tobie des marais.*
3337.	Angela Huth	*L'invitation à la vie conjugale.*
3338.	Angela Huth	*Les filles de Hallows Farm.*
3339.	Luc Lang	*Mille six cents ventres.*
3340.	J.M.G. Le Clézio	*La fête chantée.*

3341. Daniel Rondeau — *Alexandrie.*
3342. Daniel Rondeau — *Tanger.*
3343. Mario Vargas Llosa — *Les carnets de Don Rigoberto.*
3344. Philippe Labro — *Rendez-vous au Colorado.*
3345. Christine Angot — *Not to be.*
3346. Christine Angot — *Vu du ciel.*
3347. Pierre Assouline — *La cliente.*
3348. Michel Braudeau — *Naissance d'une passion.*
3349. Paule Constant — *Confidence pour confidence.*
3350. Didier Daeninckx — *Passages d'enfer.*
3351. Jean Giono — *Les récits de la demi-brigade.*
3352. Régis Debray — *Par amour de l'art.*
3353. Endô Shûsaku — *Le fleuve sacré.*
3354. René Frégni — *Où se perdent les hommes.*
3355. Alix de Saint-André — *Archives des anges.*
3356. Lao She — *Quatre générations sous un même toit II.*
3357. Bernard Tirtiaux — *Le puisatier des abîmes.*
3358. Anne Wiazemsky — *Une poignée de gens.*
3359. Marguerite de Navarre — *L'Heptaméron.*
3360. Annie Cohen — *Le marabout de Blida.*
3361. Abdelkader Djemaï — *31, rue de l'Aigle.*
3362. Abdelkader Djemaï — *Un été de cendres.*
3363. J.P. Donleavy — *La dame qui aimait les toilettes propres.*
3364. Lajos Zilahy — *Les Dukay.*
3365. Claudio Magris — *Microcosmes.*
3366. Andreï Makine — *Le crime d'Olga Arbélina.*
3367. Antoine de Saint-Exupéry — *Citadelle (édition abrégée).*
3368. Boris Schreiber — *Hors-les-murs.*
3369. Dominique Sigaud — *Blue Moon.*
3370. Bernard Simonay — *La lumière d'Horus (La première pyramide III).*
3371. Romain Gary — *Ode à l'homme qui fut la France.*
3372. Grimm — *Contes.*
3373. Hugo — *Le Dernier Jour d'un Condamné.*
3374. Kafka — *La Métamorphose.*
3375. Mérimée — *Carmen.*
3376. Molière — *Le Misanthrope.*
3377. Molière — *L'École des femmes.*
3378. Racine — *Britannicus.*

3379.	Racine	*Phèdre.*
3380.	Stendhal	*Le Rouge et le Noir.*
3381.	Madame de Lafayette	*La Princesse de Clèves.*
3382.	Stevenson	*Le Maître de Ballantrae.*
3383.	Jacques Prévert	*Imaginaires.*
3384.	Pierre Péju	*Naissances.*
3385.	André Velter	*Zingaro suite équestre.*
3386.	Hector Bianciotti	*Ce que la nuit raconte au jour.*
3387.	Chrystine Brouillet	*Les neuf vies d'Edward.*
3388.	Louis Calaferte	*Requiem des innocents.*
3389.	Jonathan Coe	*La Maison du sommeil.*
3390.	Camille Laurens	*Les travaux d'Hercule.*
3391.	Naguib Mahfouz	*Akhénaton le renégat.*
3392.	Cees Nooteboom	*L'histoire suivante.*
3393.	Arto Paasilinna	*La cavale du géomètre.*
3394.	Jean-Christophe Rufin	*Sauver Ispahan.*
3395.	Marie de France	*Lais.*
3396.	Chrétien de Troyes	*Yvain ou le Chevalier au Lion.*
3397.	Jules Vallès	*L'Enfant.*
3398.	Marivaux	*L'Île des Esclaves.*
3399.	R.L. Stevenson	*L'Île au trésor.*
3400.	Philippe Carles et Jean-Louis Comolli	*Free jazz, Black power.*
3401.	Frédéric Beigbeder	*Nouvelles sous ecstasy.*
3402.	Mehdi Charef	*La maison d'Alexina.*
3403.	Laurence Cossé	*La femme du premier ministre.*
3404.	Jeanne Cressanges	*Le luthier de Mirecourt.*
3405.	Pierrette Fleutiaux	*L'expédition.*
3406.	Gilles Leroy	*Machines à sous.*
3407.	Pierre Magnan	*Un grison d'Arcadie.*
3408.	Patrick Modiano	*Des inconnues.*
3409.	Cees Nooteboom	*Le chant de l'être et du paraître.*
3410.	Cees Nooteboom	*Mokusei !*
3411.	Jean-Marie Rouart	*Bernis le cardinal des plaisirs.*
3412.	Julie Wolkenstein	*Juliette ou la paresseuse.*
3413.	Geoffrey Chaucer	*Les Contes de Canterbury.*
3414.	Collectif	*La Querelle des Anciens et des Modernes.*
3415.	Marie Nimier	*Sirène.*
3416.	Corneille	*L'Illusion Comique.*

Composition Bussière
et impression Bussière Camedan Imprimeries
à Saint-Amand (Cher), le 2 février 2001.
Dépôt légal : février 2001.
Numéro d'imprimeur : 2490-004887/1.
ISBN 2-07-041413-2./Imprimé en France.

95284